A E
& I

Adiós, pequeño

Autores Españoles e Iberoamericanos

Editorial Planeta convoca
el Premio de Novela Fernando Lara,
fiel a su objetivo de estimular la creación literaria
y contribuir a su difusión.

Esta novela obtuvo el XXVII Premio de Novela
Fernando Lara, concedido por el siguiente jurado:
Fernando Delgado, Pere Gimferrer,
Ana María Ruiz-Tagle, Clara Sánchez y Emili Rosales,
que actuó a la vez como secretario con voto.

El Premio de Novela Fernando Lara
cuenta con el patrocinio de
la Fundación Axa.

Máximo Huerta

Adiós, pequeño

Premio de Novela Fernando Lara
2022

Planeta

Esta edición se ha publicado gracias al acuerdo con Dos Passos Agencia Literaria

Av. Diagonal, 662-664, 08034 Barcelona
www.editorial.planeta.es
www.planetadelibros.com

Diseño de la colección: © Compañía

Primera edición: junio de 2022
Depósito legal: B. 8.704-2022
ISBN: 978-84-08-25856-8
Composición: Realización Planeta
Impresión y encuadernación: Unigraf, S. L.
Printed in Spain - Impreso en España

Certificado PEFC
Este libro procede de bosques gestionados de forma sostenible y fuentes controladas
PEFC
PEFC/14-38-00305
www.pefc.es

El papel utilizado para la impresión de este libro está calificado como **papel ecológico** y procede de bosques gestionados de manera **sostenible**.

No escribas lo que sientes, escribe lo que recuerdas y dirás la verdad, como decía no recuerdo quién.

PRIMERA PARTE

—

DONDE ESTÉ TU MADRE

Mi madre habría sido más feliz si yo no hubiera nacido. Esa es la única verdad de mi vida. Poco importa el desenlace, ni la trama de esta novela. Asumir las circunstancias de la historia es el único calmante para poder escribir. Tan solo temo el final. El único propósito de esta homilía que lanzo, palabra a palabra, dolor constante y felicidad figurada, es ralentizar la llegada inexorable del punto final como un tren que se ve llegar por la montaña del Cuco y que desaparece, a veces, entre los túneles excavados hace un siglo.

«¿Escribo? —me pregunto—. Escribe y, una vez terminado, no vuelvas. Dile adiós.»

Mi madre habría sido feliz si yo no hubiera nacido. Era 1971, la guerra olía todavía en las calles de Utiel, las mujeres andaban aún de negro por sus muertos, las vendimias contaban los años y las familias bien se casaban de blanco en la iglesia de la Asunción.

Una mujer soltera, de treinta y tres años, viajera, tímida y trabajadora.

Camina sola.

Acaba de saber que está.

El azul del cielo se convierte en marino.

La vida ordena otro guion para quien no lo busca:

iglesia a deshoras, padres que niegan el calendario que corre sin disimulo, pueblo que mira, que habla, y un corazón que empieza a latir en las entrañas. Un corazón de niño.

El pequeño nunca supo nada, el silencio atrapa las paredes de algunas casas con historias jamás contadas. Los años pasan como quien pone y quita manteles, para comer, para cenar, para las fiestas. Las migas vuelan por los balcones, ahora son gorriones los que vienen, luego serán gatos, las plantas se secan y regresa la primavera. La adolescencia golpea en el estómago. Nadie ha venido a pelear, pero sucede. El niño es hijo único y las lluvias son el mejor de los muros para poder quedarse en casa. Ama las tormentas porque protegen. Y detesta los veranos porque desnudan y obligan a empatizar con las calles, los amigos y las turbas. Una charanga de fiestas, una pandilla en la que es invisible, una estufa de leña en la que quema deseos y, con las piñas, se chamusca los dedos de niño. Alguien le pregunta qué quiere ser, pero ser es solo una huida: crecer. Y la vida concede ese único deseo. Todo lo demás es azar y casualidades.

Se crece.

Y el niño no sabe casi nada de aquella mujer que habría sido feliz. Ahora ha llegado, el tren silba destino, y la niña, la mujer, la anciana, la madre no quiere coger la maleta, se niega a hacerlo.

El miedo.

Me arrimo a las palabras porque la conversación es vaga, así ha sido siempre. Salgo a pasear por los recuerdos, con la brújula que me dan las letras, poco a poco, para no perderme. Yo, que siempre he planeado los libros como mapas donde pinchaba agujas para saber el camino, seré el acerico donde hundirlas. No hay premisa, pero sí misterios. Todo lo que no sé y jamás nadie me contará empiezo a escribirlo ya en este cuaderno nuevo.

Ahora bien, como soy escritor y he sido periodista, podría describir, definir y observar, sobre todo esto último, mirar qué pasó, dónde se perdió la ruta de la felicidad entre estos muros, y qué sentiste, mamá, el día en el que, sin saber, notaste que había otro corazón en tu interior.

Una vez sorprendí a una vecina, amiga de la familia, fregando los cristales de la puerta azul de la calle de las Cruces, la que lleva recto al cementerio.

—Hola, Carmen. ¿Cómo estás?

—Aquí, fregoteando. Poniendo la casa en orden. —Vi la cara de su tía, fea como un demonio, asomándose entre las cortinillas de los cristales—. ¿Adónde vas, pa casa?

—A por mi madre, que está con mi abuela.

—No te despegas.

Soltó el paño y se apoyó como un garrote en la acera, con los brazos cruzados sobre la vara. Tiesa. Ignoro ahora hacia dónde derivó la conversación ni qué preguntas se hicieron, es ese tipo de mujer que siempre ha querido saberlo todo, porque siento todavía cierto ahogo. Pero no hubo interrogantes. Habló. Me quedé quieto, sin dar crédito, con el aire justo para fingir que no pasaba nada, tan pequeño, sin palabras, y salí calle abajo sin entender cómo cabía tanta maldad en ese cuerpo seco, tanto dolor en el mío. Avergonzado también.

Oí cómo ella seguía a lo suyo, zas, zas, expulsando polvo hacia el bordillo.

La armonía de mi mundo se acababa de romper. Y cuando algo se quiebra, es para siempre, como aquel olmo seco hendido por el rayo.

Y me entristecí todavía más por haberlo sabido así, de aquella manera tan fresca.

Hoy es el día en el que uno se da cuenta de hasta qué punto fue monstruosa la infancia desde el minuto uno, en la normalidad que todos intentaban recuperar. El niño como excusa de una familia feliz donde todo ha de ir pasando urgentemente: las estaciones, los cumpleaños, las tallas, los muebles, las notas, los sacramentos, la altura, la voz, las canas, los viajes, el miedo súbito, la llamada necesaria, el también esto pasará, el acostumbrarse.

La vida es una retirada lenta, pausada; un viaje cargado de maletas a lugares a los que nunca volverás.

Los días no son sino la muerte avisando a cada paso, desde aquel niño que paseaba con su madre a comprar telas de ochenta centímetros o de doble ancho en la avenida del Oeste, Tejidos Marina, donde las putas y los travestis conquistaban el atardecer disimuladamente y la noche en acampada; revista *Burda* en mano, con los patrones marcados para elegir cuadros, rayas y tergales. Aquí o en Julián López, en Fémina, en la calle Ruzafa, esquina con Cirilo Amorós. Ella cosía. Y yo usaba ese jaboncito con el que se marcaban las telas para dibujar casas con humo y dos ventanas. Se parecen a la que hoy habito. Ella cogía el patrón con los alfileres a la tela. Yo, como un acerico, ya dije, los pinchaba en la piel.

Y ahí empieza a morir el niño: en una casa de mentira, dibujada por otros, sin señales de tráfico, sangrando sobre el papel de seda del que salían vestidos, faldas y blusas que mamá no se ponía, que se empaquetaban cuidadosamente para vecinas y conocidas a las que cobraba poco, y, sobre todo, sentado encima de una calabaza.

Escribo para despedirme de él.

1

Esta miopía me está haciendo feliz.

No veo de lejos y solo me interesa lo que tengo cerca. Fin. Aquí podría acabar este texto. Fin de la novela. No leas más si no quieres. Fin. Se acaba en el momento en el que solo aspiro a lo cercano. El tacto de las manos de mi madre, los golpecitos de mi perra en el sofá cuando quiere salir a pasear con su alegre rabo negro y fuego, la pintura que se me ha quedado seca en los dedos, la leña consumiéndose en la estufa, la rama de olivo que debo reponer robando una nueva en el campo, el cojín de lana y la manta de ganchillo de la abuela, el mechero que hace chispitas, el olor del tomillo en mis manos, la frase de memoria de *Platero*, el desconchado con forma de ángel que tiene el espejo, la copa de vino y las nueces, el lápiz que mordí en 1975, este de aquí, mis calcetines gordos para ir descalzo, las gafas sucias y la respiración profunda de Leo, mi perra, tras el paseo... Todo eso que es hoy.[1]

Ese de cerca que roza y que conforma la vida verdadera. La otra, no sé dónde la he puesto. De tanto protegerla, la he perdido.

1. «Todo eso que es hoy» puede leerse como «todo eso que soy». Haz la prueba.

Ahora que veo poco, que no soy capaz de enfocar, he entendido que la felicidad no está en todos esos grandes escenarios que de pequeño empiezan a convertirse en fascinación, aquellos llenos de detalles y luces, en esos lugares de cine que otros protagonizan. Siempre otros. Nunca nosotros.

No son míos.

Los míos son estos: la herida del dedo, la libreta, la foto enmarcada y la sartén del fregadero.

Busqué durante mucho tiempo el glamour en el brillo de los focos, como si esas luces hicieran la figura más alta, cuando lo que dibujaban era una sombra más larga, más intensa, más profunda.

El niño que soy, crecido y con canas, está feliz de haber viajado, quiere más, pero lo pide de otra manera.

¿Cómo ha sido? No lo sé. ¿Cómo ha pasado el tiempo? ¿Dónde está el sumidero que se lleva los años poquito a poco o a toda velocidad? Esto no es más que un intento de poner tapón a la memoria, de dejar aquí lo que ya nadie nunca recordará por mí. Se fue papá, se irá mi madre y me iré yo. La casa se quedará vacía y con elementos sin significado, muertos sin mortaja, objetos que ahora van de un sitio a otro y que alguien vendrá e irá metiendo en alguna bolsa de basura para vaciar el lugar.

El tiempo y sus caricias. Y sus arañazos. Y las pegas. Y las cosas acumuladas con alguna finalidad que serán bártulos mañana.

Me he quitado el reloj para escribir. Es la ventana abierta la que marca las horas, levantando las cortinas en sus vuelos o apagándolas en vertical, sobrias como monjas. Todos los factores de este relato serán solo una manera de parar lo imparable: el niño que se va, la infancia y sus recuerdos. ¡Si es posible acaso! Y si lo fuera, aquí se queda.

El tiempo y sus caprichos. No voy a vivir más de lo que el texto quiera, ni siquiera mamá. Ni mi perra. Nos iremos yendo, poquito a poco. Y si ha de quedar, que sea esto. Un universo de poquitas vidas, de poquita gente, de los sueños dormidos y los conseguidos. Los sabores de la abuela, la maña de papá para las herramientas, la postura de mamá en la Singer, los olores, el tacto de los sillones, los besos, los bofetones. Mi silla en el colegio y mi escondite, la música del coche y el «ven, que ya está la comida».

Recuerdos. Los que me dé la gana. Me ha dado por salir al balcón a decir adiós, a ver cómo se aleja de una vez el niño que fuimos, que fui, calle abajo, hacia los pinos, allí donde jugaba a ser mayor.

Supongo que, como las plantas que hemos ido poniendo en el patio, algunas agarraron en la tierra y otras se fueron secando.

Brillan la buganvilla y el galán de noche, y cantan los pájaros.

La cortina flota casi en horizontal.

Señala algo. A alguien.

Nada más.

Y nada menos.

2

Volver no es fácil.

Sin embargo, a veces hay que hacerlo.

Había en aquel entonces en estas paredes de Buñol a las que he regresado un padre rígido, una madre que sufría y un hijo perdido. Podría definirlos a ellos, incluso a mí, de muchas maneras, con sus matices, con sus virtudes, llenar de detalles cada uno de los días, meses, años que pasamos aquí, en la casa que fue hogar y prisión, pero no pretendo endulzar con palabras lo que nunca fue una plantación de azúcar.

El padre ya está muerto.

«Ha vivido», dije en su funeral.

La madre anda más allá de los ochenta con mil achaques, todos narrados en voz alta —otros en baja—, y un tumor que tambalea las hojas restantes del almanaque y de la incierta felicidad de las pequeñas cosas.

El hijo escribe para que nada se olvide.

Los gorriones ya no se apoyan en la barandilla, ni la chumbera tiene el brío de entonces, ni restos de los nidos de golondrinas. La tierra de las macetas está seca, dura como cemento. Los barrotes oxidados y las bombillas fundidas dejan zonas en penumbra.

La casa... ¿Por qué habíamos regresado? ¿Qué iba a hacer ahora frente a tantos recuerdos y con la incomodidad de sentirla vacía? Aquí y allá solo destacaban los trastos y el polvo frente a un sol que pedía entrar por las rendijas de las persianas atascadas.

La casa ha dormido durante años sola, sin más visita que la de los fantasmas que todos tenemos duplicados en algún plano de la vida.

A oscuras y silenciosa, intuyo. Vagas visitas. Recogida de enseres alguna vez para alguna necesidad peregrina. Noches de paso en las que no conciliaba el sueño. Desconchándose y envejeciendo sin nosotros, pero paradójicamente al mismo ritmo.

Las casas tienen memoria.

Mi casa.

Al abrir la puerta, se abrieron también todas las cajas de los recuerdos. Y eso sucede sin permiso. Mamá fue abriendo ventanas, yo paseando de un lugar a otro con la perra siguiéndome. Silencio. Miraba el estucado de las paredes, viejo y rasgado, la máquina del aire corroída por las lluvias, mohosas las esquinas del techo de la terraza.

Siempre estuvimos deseando irnos.

Pasé la mano de adulto por la foto del niño que fui, una grande que cuelga en la pared de la escalera. Blanco y negro. Jersey de lana. Camisa de cuadros. Sonrisa y lengua pellizcada entre los dientes de leche. Flequillo rebelde peinado con colonia. Me estremecí de pena.

Y ahí empezó todo.

Silencio.

—Nos apañaremos, pero la mitad de las cosas no funcionan. Ni el agua caliente, ni la lavadora... —Mamá iba enumerando los cadáveres mientras yo iba echando en una bolsa botellas vacías, revistas, lápices, medicamentos, pañuelos, libretillas, cables, mecheros gastados, flores secas, bombillas, bolígrafos secos. Las casas son la fotografía de lo que un día fuimos. Y, sin embargo, nada lo parece. Los cajones están llenos de objetos que pudieron ser útiles, en los armarios de la cocina hay bichos muertos que otros se han comido, el baño tiene una colección de coqueterías que ahora son basura. Y las pilas de todo lo eléctrico han expulsado el óxido como un vómito ante la pereza y el tiempo.

La casa va hablando.

No fue culpa suya.

Los días pasan rescatando del mar tablas que nos podrán servir para salvarnos de este naufragio. Limpiando y tirando, llenando bolsas de basura y sorprendiéndonos ante lo que fuimos. Ya sea una foto o un juego de cartas, las gafas de la abuela, su reloj parado en una hora clave, una cajita con clavos, las pesetas en un saquito de ganchillo, los duros en otro. Y decenas de estampas de vírgenes y santos entre libros y copas con las que nunca brindamos.

Los días y el ánimo no consiguen cambiar nada. Por mucho que abrimos las ventanas, el aire pasa, pero no se queda.

«Será poco a poco», le digo a mamá.

Ella se queja.

No es que no funcionen los grifos, es que nosotros no caminamos.

Todo queda en manos de un oficial y una cuadrilla de obreros que contrato en dos llamadas gracias a la ayuda de un amigo con el objetivo de devolver a la casa aquello que andaba siendo solo un recuerdo de lo que fue. Digo «devolver», pero pienso en borrar.

Me preocupa la frase. No quiero sino eliminar. Pero

me impone respeto. Aquellas piedras, que están esperando tanto tiempo, no sé qué quieren.

Pronto me doy cuenta de que la reforma de la casa no va a ser cosa sencilla. El jefe de obra, Paco, tiene las ideas claras y sonríe para animar mi desorden. Para él es la costumbre, como la de un enterrador, para mí y para mi madre es el olvido.

Sin el menor titubeo, ordena a sus hombres lo que he pedido. Arrancar la memoria de los muros. Salen las arañas, el polvo, los escombros, los sacos se llenan, suben otros, vacíos, los cables quedan al aire, instalan nuevas tuberías con una furia que a mí me resulta imprevista y reconfortante.

—Cubran esa pared de piedras de campo, que sean pedruscos vistos, salvajes. Con sus aristas, sin cuidado. Que parezca... otra.

—¿Qué dice? —responde el capataz señalando la pared principal del salón comedor.

—Quiero que sea de piedra vista, como una casa de la campiña. Y en la esquina, una chimenea, de hierro.

Los obreros se miraron.

Aquel día mamá pasó la mañana revolviendo cajones de las cómodas de su habitación, sacando bolsas y descubriendo sábanas con sus iniciales, con las de su madre y las de su abuela. Yo, empujando piedras hacia la pared.

—Justo aquí, seguro que parece otra. Otra casa.

—Pues sí, queda bien.

Es cierto. Los albañiles picaban en el yeso y sacaban losas rústicas que iban cambiando la cara de todo. Derribaron lo necesario y vaciaban basura en un contenedor en la puerta.

Con esa idea ha desaparecido todo lo que mi padre decidió, han sacado muebles, han rehecho baños y dado la vuelta a los cuadros. El suelo es otro. Nos pasamos la vida mirando los pasos que damos y adivinando los que dimos en otro tiempo, era doloroso. El aire viciado de una casa cerrada ha ido limpiándose con las ventanas abiertas. No se puede borrar el pasado, pero sí pintarlo, inventarlo y aligerarlo de peso.

Desaparecieron cortinas, pintamos, cambiamos de lugar las camas, para que los sueños fueran otros: las manijas de las puertas, que guardaban las huellas y la fuerza, han sido cambiadas por otras, negras de forja, como también los escalones por los que huíamos de la vida, la pared del salón, la chimenea...

«Abajo con todo», le digo al obrero. A la orden del niño que se despide de lo que no quiere ver ni volver a ser.

—¿Qué hacemos con las fotos?

—No quiero verlas. Guárdalas donde sea.

Mamá, desde la apatía de regresar a donde no fue feliz, embadurnándose de aceite de romero las rodillas con tempo lento, va dando órdenes que no lo son. Son lamentos. El hospital está cerca. Mi nuevo trabajo también.

—Tira todo lo que quieras.

Hay en cada palabra una despedida. Y, sin embargo, es una bienvenida al principio. A la casa.

No le hago caso y guardo las fotos en una habitación, sobre el tocador de la tía Gregoria, un mueble de espejo que fue herencia y aquí sigue. Las coloco todas juntas: abuelos, tíos, padres, infancia.

Al día siguiente, la mitad no están sobre el mármol. Las descubro en el interior de un armario, amontonadas. La vida va en serio. Y mamá.

3

¿A qué recuerdos puede uno recurrir para hacer más llevadero el insomnio? ¿A la habitación de niño? ¿Al sabor de las almendras garrapiñadas y las peladillas? ¿A las nubes de azúcar? ¿Al ruido de la tiza en la pizarra? ¿Al cumpleaños feliz?

Siento que la noche será larga y en la oscuridad distingo el armario, la llave colgando de un cordelillo, las fotos de mis muertos en orden de cariño sobre el velador, las zapatillas para ir al baño y el reloj de la muñeca liberado en la mesilla.

No hay tiempo. Y si no hay tiempo, ¿por qué pesa invitado junto a mi almohada?

La vida es ahora.

La vida no será solo mañana.

¿El día más hermoso de la vida? Piensa, piensa, piensa. ¿Cuál fue? ¿Y si no ha sido?

Agotamiento, sudor, inquietud y burbujas. Una burbuja de nerviosismo y otra de dudas. Pero juntas hacen esas pompas que sueltan los niños cuando soplan. Vuelan. Soplan y vuelan.

Y siempre llega otro pequeño corriendo a hacerlas explotar. Pero soy de los que, como Elsa, siguen jugando. Soplo y lanzo más burbujas. Son mías.

Solo me gustan los niños que creen que las podrán agarrar con sus manos. Detesto a los que corren a romperlas.

La vida es hoy. También en este silencio.

Una noche de esas (creo que es ahí donde comienza esta historia), comprendí mejor que nunca, para siempre y muy a mi pesar, que la vida se estaba yendo y qué clase de negocio era este de vivir.

Esto va de ir apagando luces, de acostumbrarse a perder, a despedirse. Ir tirando cosas, las rotas y las que estorban. Deshacerse de afectos, de un abanico roto que aireó una tarde de fiesta, o de la canastilla, el neceser de bebé de cuadros amarillos y blancos, que llevaba cincuenta años en el mismo rincón del armario. Fin.

4

Espuma es una de mis palabras favoritas, se rompe en la boca. Y suelta una pompa al final.

Me gustan mucho *jacaranda, buganvilla* y *algarabía.*

Butaca me suena muy mal, pero me sienta muy bien.

Voltereta. Tan alegre.

Azul, por el mar, por el cielo, por la boca.

Me gustan los diminutivos, hasta cuando no lo son.

Me gusta *lavanda,* porque lleva música.

Me gusta *océano,* porque me da miedo.

Me gusta *firmamento,* porque es techo.

Me gusta *mirilla.*

Me gusta también *ovillo.* Y *canalla.*

Son palabras que me gustan. Pero hay más. Las que me callo y las que no recuerdo.

5

Mi madre sentada a mi derecha en su silloncito, con algo de frío, porque veo que se ha puesto un jersey mío sobre los hombros, calla. Uno que hizo la abuela Irene con rayas verdes y azules. Es posiblemente la prenda que más retrata una etapa de mi vida. Ese tiempo tras la adolescencia en el que andaba perdido por la vida y por mi interior. El jersey sigue ahí para recordarlo: que nadie se recupera nunca de sus calvarios.

La miro.

Me gira la cabeza inconscientemente. «Apenas te veo, no distingo tus ojos», me dice. Se cubre la cara con la mano. Intuyo que ha empezado el dolor.

Mi madre se quedó desde hace un tiempo con un ojo deformado por una vieja operación que, con los años, le ha ido arrugando los párpados y dejándolos rotos. Fragmentada la piel y sufrimiento constante. Algo arrancaron de más, reconstruyeron mal la herida y hoy toda la cicatriz genera ausencia de visión. La mácula que vive dentro de aquellos maravillosos ojos verdes ha ido haciendo estragos. No ve. El otro día se quemó la mano, quemaduras de segundo grado, dijo el doctor días después, porque no distingue bien las distancias y el vapor de la cafetera —según me dijo— la quemó. Puso la mano bajo el agua, pero le salieron bambollas en la piel y tardó en mirarla un médico. Cuando llegó el día ya estaba mal y hubo que tratarla con un producto de plata.

Decía aquí que no ve. Y se pasa el día con la mano en la cara, el dolor, intuyo, es insoportable. La tritura por dentro, confunde sus movimientos y aplasta su ánimo. Se pone gotas para que esté hidratado de alguna manera. Eso le han dicho. Eso nos han dicho, porque nos sentamos los dos en la consulta, sin saber bien qué pasará en su mirada. Las gotas no le restan sufrimiento, pero es lo único que parece calmar el malestar en ese ojo izquierdo.

Me mira.

La miro.

Busco el mando y enciendo la tele para que otros nos miren.

La poca visión que queda del ojo derecho es forzada. Y crea una mirada extraña. Mi madre ya no es aquella de ojos bellísimos y gesto tierno. En la deformidad hay ahora una mueca.

Envejecer es solo para valientes.

Se levanta ahora y coge la taza de café que me acabo de tomar, la apoya sobre la caja de la manta eléctrica que le ha dejado Ángela y sale poco a poco hacia la cocina. El jersey de rayas de aquella época queda en el silloncito.

Se oyen esos ruidos en la cocina que tanto echaré de menos. Lo sé. Un espray, una portezuela que se cierra, el clic de la caja de medicamentos... Ruidos de pasitos torpes que son hermosos a pesar de todo.

Llevo oliendo la muerte desde que era niño. Y he tenido miedo a ella desde entonces. Miedo a perderla. No ha cambiado nada. Solo que ahora está cerca y es un tiempo extraño de descuento.

6

La casa del pueblo ya está reformada. El suelo ha cambiado, el baño, las puertas y la pared del salón. Ahora es de piedra y una estufa de hierro fundido preside la estancia como un militar que hace guardia.

Pensé en venderla, quitármela de encima como quien expulsa el polvo de unas zapatillas tras un paseo por el campo. Era el terror a vivir en el lugar del que quise huir.

Escapé de esta casa hace muchos años, pero la casa no ha salido de mí. Por eso, tras unas vueltas por el mundo, he regresado a ella de manera inevitable. Y en la limpieza, en el orden y la reforma he vuelto a encontrarme. En eso ando. Aquí estoy, frente a la pared de piedra viva y la llama del fuego de una leña de carrasca que compro en la gasolinera. Paquetitos a poco más dc trcs curos.

Ha sido una reforma lenta hecha con la excusa de «¿qué dinero me van a dar por esta casa, miseria?», «aquí vendré con mis amigos, como en las casas rurales», «tumba los recuerdos de tu padre, de aquellos años», «arréglala y así con el tiempo estará mejor para venderla», «si la cambias, borras la memoria». Y más. Más excusas.

Descubrí el tesoro entre los escombros. Yo. Los despojos del niño que fui.

Ha sido entre yeso, cemento, ladrillos y polvo donde

ha vuelto a levantarse otra etapa. Es la última. Encaro los cincuenta años con la serenidad que da haber perdido algunas batallas, un padre muerto con el que quedaron todas las conversaciones pendientes y una madre que se despide poco a poco. Debo acostumbrarme a mi deterioro físico, la tripa, los kilos, la miopía, la hernia de hiato, las malas digestiones, la falta de firmeza, el asma y otros etcéteras. Los cincuenta son lo que son, no me preocupan en absoluto. Es todo lo que rodea a esa cifra lo que se desmorona.

Se acaba una vida vivida torpemente.

7

Doña Leo es mi perra. Se ha subido al sofá a darme besos y le huele el aliento a pescado, «niña, esa boca». Me come la cara y la quito con gestos de cariño; ella se pone a mi lado, en la mantita que me regalaron en Televisión Valenciana en alguna Navidad. Es gris y está casi nueva.

Hoy me subí comida de una tienda del pueblo, comimos lenguado y salmón. Lenguado yo y salmón mi madre. «Dale la cabeza, que le gusta», dijo. Y se las di. «Mira, de un *bocao*.»

Ahora se me duerme con las manitas como brazos de una muñeca. Su negro y fuego brillan con el sol que entra por la ventana. Las ventanas están descorridas, se ve la montaña poderosa con la casa de Fina Luján, una pintora local, presidiendo la cima. Es Buñol, mi pueblo.

Me quedo mirando a mi perra, que abre los ojillos negros como Platero y veo en ellos a mi madre, que sigue en el silloncito con mi jersey de rayas y la mano en la cara.

—Hoy debía venir el electricista —le digo.

—Por las horas que son ya no ha de venir —replica.

Doña Leo mueve el hocico, se retuerce y queda patas arriba. Ofreciéndose en su cariño o lascivia perruna, mostrando la cicatriz, la que sirvió para dejarla yerma. La vaciaron, dicen en los pueblos. Y suena hueco, como si yo ahora fuera a darle golpecitos y oír la cueva que hay silenciosa en su interior.

Me pone el coño en el codo como esas niñas de colegio que apoyan el pubis en las esquinas de las mesas. No sé si siente, si disfruta. Mueve la patita y me hace caricias con sus..., ¿cómo se llaman las esponjitas negras de las patas?, en el antebrazo. El sol va bajando y entra más en el salón.

—Mírala en el espejo de la estufa —dice mi madre—, qué tranquilita está contigo. No se separa de ti. Siempre pegadita. Buscándote.

Ese amor incondicional solo lo ofrecemos los perros y yo. Ese amor que he ofrecido a mi madre, que envejece de golpe, también ha sido incondicional. He entregado mis años de infancia, de adolescencia y, tras una pausa en la que disfruté del alcohol y los amores en Madrid, también mi madurez. Me he convertido en su cuidador y sufro sus miedos como míos. Sus rabias. Sus enfados. Su terror a morir que, a veces, verbaliza.

Quiero vivir, grita en un desespero que hace eco en mi espacio vacío. Yermo también.

8

Mamá no verbaliza todo el dolor. Cierra el ojo y se lamenta cuando se le caen las cosas de las manos. Yo cometo el error de contestar mal a veces. Que me perdone Dios porque no es para causarle más problemas: es también mi angustia ante la vida que lleva. Quisiera calmarle ese laberinto mortal en el que anda metida, de ansiedad y dolores, de miedo a la muerte y de cuenta atrás. Y yo me rebelo como si en esa contestación —mamá, ¡¿no lo ves?!— pudiera ir algo de salvación. Como si tratándola normal como otras veces pudiera hacerla sentir mejor.

Escribo con un nudo en el pecho jamás conocido. Escribo consciente de cómo irá todo esto. Y eso espesa el aire.

El TAC detectó algo. Y dos días después hicieron una resonancia. La resonancia fue clara: tiene algo en la cabeza. La degeneración del ojo izquierdo se debe a otra razón. Han encontrado material blando dentro. Material blando es un tumor.

Nos lo dijo un oftalmólogo oriental que la trató con escuetas palabras, mientras iba a hablar en voz baja con las enfermeras y mamá se apoyaba en la nada consciente de todo.

¿Y ahora?

Iremos valorando.

Un tumor dentro. Me pregunto si es la raíz del que tuvo hace veinte años y que se quedó ahí, paralizado, o es uno nuevo que ha aparecido dentro de su cabeza.

¿Qué hacer?

Me duelen las manos.

Me duele verla.

No cabe más incertidumbre en el día a día. Somos un silencio andante, que aprovecha que la perra se cambia de sofá para hablar. Ponemos la tele para que hablen otros. Para que ese ruido de herencias y tertulia nos dé una vida paralela a la que estamos viviendo.

Mañana nos iremos a Valencia. Ahora deben decidir otros —hospital La Fe— qué hacer con eso. Eso que ha venido para castigarla más, como si su recorrido hasta estos ochenta y tres años hubiera sido fácil. Apenas ve y apenas camina. Ayer mismo nos quedamos clavados al bajar un bordillo porque fuimos a tomar una caña y ese paseíto le da una pequeña alegría.

Mamá era ágil, tenía los ojos preciosos y andaba siendo el motor de nuestras vidas. Un corazón extra.

El riesgo del que hablan es muy elevado, no sé qué alternativa habrá. Luis, un amigo neurocirujano, me ha dicho que pueden ofrecer algo muy agresivo para calmarlo todo. Quitarlo, también el ojo.

Mamá no sabe nada.

Y todo esto con ausencia de abrazos en esta pandemia que nos ha separado de todos, que nos ha eliminado contactos y charlas con amistades. Ella y yo, aquí, en la casa de la playa, desayunando, comiendo y cenando juntos.

Por las noches nos hablamos de cama a cama con frases llenas de amor y con cero contenido.

—¿Hace frío en tu habitación?

—No, se está muy bien.

—¿Te has puesto pijama, mamá?

—Llevo una camiseta de manga larga que me diste.

—¿Rosa?

—Sí, clarito.

—Es la que compramos en París. ¿No te acuerdas? Aquel día que hacía tanto frío.

—Es verdad... Yo compré un *foulard* para ir por el barco. Y tú, ¿tienes frío?

—No, se está bien. Leo está ya roncando.

Y me duermo con el soniquete de la respiración de mi perra, imaginando a mi madre con sus ojos cerrados, algo que me da pavor, y con un Orfidal deshaciéndose en la boca. Amargándome el inicio feliz de un sueño.

Me abrigo.

Tengo frío.

9

Nos sentamos a ver la televisión. Mi madre queda iluminada bajo la lámpara, la luz marca las arrugas que han ido labrándose con los años, refleja el aro y creo que tiene la manta eléctrica encendida.

—¿Ves bien? —le digo.

Se incorpora y me dice: «Las letras no las distingo». Yo tampoco, le contesto para ponerme de su lado. Vuelve a recostarse en el abrigo del sillón con el mando a distancia en la mano.

Tengo una foto de ella en ese mismo lugar el día que leyó una de mis novelas, no recuerdo cuál, y me gustaba sentirla dentro de la historia, conociendo a los personajes y, supongo, intuyéndome entre los diálogos. Tendría que buscar la imagen para saber qué libro era.

Este último, *Con el amor bastaba,* no lo ha podido leer. Lo siento, me dijo. No puedo. Andaba con la lupa de línea en línea, intentando coger el hilo. Era verano, con la luz del sol de media tarde, en la terraza, tranquilos y con el aislamiento de la pandemia. Leyó algunas páginas en silencio.

«A mi madre, por enseñarme a leer, a escribir y a callar. Esta y todas.»

Esa era la dedicatoria.

Lo curioso es que ha sido la única novela que no ha leído, la que le dediqué abiertamente.

He estado un rato mirándola. En esa pausa que cabe en el espaciado blanco del folio. Está con la lupa.

—¿Qué miras?

—El teléfono de Rosa, la vecina. Pero no lo debo de tener apuntado.

—¿Le han traído esa caja de la entrada?

—Han venido tres veces y me han dicho que si, por favor, podían dejarlo en la casa del vecino.

—¿Con la lupa ves bien? Te graduaste las gafas...

—Sí, pero no veo.

Y abandona la lupa sobre la mesita, un taburete que pinté de azul en verano.

La perra viene y se sube a mi lado. Se tumba. Le toco las orejitas y se deja acariciar hasta que vuelve a roncar de pura tranquilidad. En esa calma común estamos un rato, tal vez media hora o más, acompañados en el silencio que genera la televisión hablando sola. No sé qué comentan, hay una anestesia que relaja y en la que nos hundimos, medio dormidos, sin conversación ni ganas de iniciarla. Mamá en el sillón azul y yo en el sofá. El ronquidito se pierde cuando hay anuncios porque el volumen es superior. Se está bien porque estamos bien en esa pausa. Así ha sido desde hace años, supongo que todos los que tengo: estar callados, estar juntos y no hacer preguntas. Ha bastado con un «¿estás bien?». Porque *estar* es el verbo que mejor y más hemos conjugado. Hemos estado.

Así es ahora, en este rato en el que escribo. La luz dorada sobre su cara y un televisor en marcha.

10

Un día, así lo siento; un día que espero que sea tarde, recordaré la imagen que tengo ahora frente a mí. Está mamá sentada en el sillón, tras la siesta, con la manta gris sobre las piernas, las manos viejas entrelazadas, el jersey verde que compramos en el bazar con varias manchas de lejía y una chaquetilla azul que le gusta mucho porque es cálida y cómoda. Lleva el pelo retirado, tras las orejas, los pendientes de aro, erguida hacia la estufa encendida, doña Leo dormida a su derecha y la luz iluminando la media cara que tantas veces he besado. No dice nada y lo dice todo. Es un «estoy». Un «qué bien». Un «no hace falta más».

—¿Tienes frío? —le pregunto.

—Ahora no, el calorcillo en las piernas está bien. Se está bien —repite.

—¿De verdad?

—Te he dicho que sí. Que estoy bien.

Sale la madre. La autoridad que se ha gastado poco a poco y que sigue en pie como las varas de los árboles marchitos.

Miro sus manos y la vigilo, toda ella, la mujer, la madre. Una mirada desde los pies en zapatillas a la frente marchita. Era guapa. Era muy guapa. Miro sus fotos en blanco y negro, unas pequeñitas en las que sonríe a la cámara con sus amigas; mamá resulta magnética junto a las otras muchachas. Es inevitable mirarla y navegar por los pensamientos desconocidos de una joven de Utiel que se quedó sin bailar por un tal Alejandro que cuando le concedió el baile se fue con otra. «Mejor», le digo. Ya no responde. Vete a saber quién sería aquel chaval que sin querer dejó huella con su nombre y con una canción de Raphael.

«Con esta canción me dejó Alejandro.» Lo soltó así. Como si nosotros fuéramos de confidencias. Y no dijo más.

Clara fue muy bella. De niña le daba vergüenza que la llamaran Lauren Bacall. Era el de las gaseosas el que venía con esos cuentos. Venía a llevarse los cascos y a dejar las botellas llenas, y aprovechaba el cambio para lanzar un piropo inesperado y repetitivo. «Que no salgo —decía mi madre—, que se vaya, que no quiero que me llame así.»

El avechucho y su sobrino me lo decían, me miraban y se reían.

Y yo me río cuando lo dice, porque aparece repentinamente la misma vergüenza de la niña en sus ochenta y tres años.

Ahora queda aquello que el tiempo ha ido dejando en pie. Eso que no reflejan los espejos, ni siquiera ese que está a su espalda, negándole la réplica.

—Echa otro tronco al fuego —me dice . Que no se apague.

Abro la portezuela y apoyo un bolo de madera de carrasca seca que prende instantáneamente.

—¿Lo ves? Qué bonito.

Y nos quedamos mudos, como nos gusta, en esa presencia firme que solo ofrece el amor. Lo no dicho es, en ocasiones, más importante. Porque pesa, porque no cabe por la boca, porque palpita en el silencio. Y crepita la leña, encendida, violentamente sutil en la esquina del salón.

11

Mi padre no quería que se quitara aquella chimenea que habían construido. «Es muy maja.» Eran sus palabras. Yo, adolescente, debí de insistir en que la hicieran de otra manera o en que la echaran abajo porque la casa estaba en obras y todavía nada era definitivo. No sé bien qué pasó. No sé bien cómo fueron las cosas. Solo me ha llegado el eco de aquel estallido de ira y de propiedad —eso éramos para mi padre, propiedades—, y lanzó un: «¿Este qué se ha creído, que la casa es de él?». Retumbó. Mi madre salió de casa muerta porque la cólera no se quedó ahí, y se refugió con Ángela, que debió de saberlo todo, todo lo de entonces.

La chimenea estuvo cerrada siempre, con una tabla que tabicaba el tiro para no ser utilizada. Supongo que mi padre se arrepintió, como debió de arrepentirse de todo toda la vida. Pero era terco, con esa tozudez del que no cede porque cree que es menos hombre, como se decía entonces. Y fue de esos que comprendieron, herencias recibidas, que tenerle miedo al padre era igual que respetarlo.

Hoy, si nos viera mirando la leña en otra chimenea, en una que he comprado para esta casa medio reformada, se quedaría también mudo, con su particular peso de amor entre las tripas, ese que no se dice, ese que crepita violentamente sutil en la garganta.

El fuego purifica, el fuego calma. Hipnotiza. Abriga. Relaja. Susurra. Evoca. Y me cuenta historias.

12

Mi desembarco en el mundo tuvo lugar en la noche del 25 al 26 de enero.

Lo cuentas mejor tú, mamá.

Naciste a las dos de la madrugada. Un día de invierno, nevaba. Todavía tengo las facturas de las monjas, me quedé cuatro días, dijeron que en la cama hasta que estuviera bien repuesta. No fue cesárea, fueron puntos. Hicieron un corte hacia un lado y los médicos me explicaron que no habían visto a nadie que cicatrizara tan bien.

—¿Cuántos puntos me han dado, madre? —le dije a la monja.

—Más que a un hábito —me dijo.

Les había hecho todos los hábitos a las monjas de Santa Ana. Y querían que hiciera también la Casa de la Salud de Valencia, pero no pude, estaba harta de tanto coser. Se tenían unas envidias... Ni te imaginas. Me soltaban: «A la hermana Teresa se lo has hecho antes». «Pero a mí qué más me da hacer uno antes que otro», les respondía. En fin.

—La recuerdo a esa monja, mamá.

Te trajo unos libros de Zaragoza. Los cuentos que no le dejabas a nadie. ¡Cómo has sido para tus cosas! Cuando venían los hijos de Alberto, que eran más malos que nadie, tú los escondías, pim, pam, para que no los tocaran.

«Qué guapo es Maxi», decía tu tía Luci. La primera que vino. Luego las otras, siempre detrás.

«Dice mi hermana que te llevas aceite de casa de mi madre», vino diciendo un día tu padre. Qué mala era. Para incordiar más.

Han pasado cincuenta años desde aquel invierno. Seguimos cicatrizando bien, creo.

No ha sido fácil.

Dejarse herir, tampoco.

13

Desde hace un tiempo me gusta que se acabe la batería del móvil, que se ponga en rojo, que anuncie —como Delibes— que le queda poquito y que, si alguien ha de llamar, ya lo ha hecho. Es una forma de desconectarse y conectarse al ahora.

Negaré haber escrito esa frase, detesto los libros de autoayuda porque, si fueran buenos, bastaría con uno. Dicho esto, sigo.

Me conecto al paseo con mi perra, miro su pis y la invito a cagar por donde no pasa gente, por el caminillo de piteras que lleva a las oliveras de la partida de arriba. Me cuelo por la senda, que tanto hemos pisado, y vamos oliendo hierbas y hundiendo el hocico en otras mierdas y otros orines. Yo aspiro el aire puro que viene de la sierra, el que atiza los campos y peina los sembrados. Giramos en la caseta, donde se ve el horizonte, hacia la Violeta, más allá, perdiendo la mirada en Alborache, Macastre, Yátova... Intuyo las casicas de monte, las chimeneas, la leña apilada y los cercados para que no se escapen los animales.

Doña Leo me mira, observa mi pausa y apoya el culo, se sienta. Lo ha hecho todo. Ahora solo se ofrece para lo que yo quiera. ¿Otro paseo? ¿Nos vamos a casa?

La pequeña empieza a andar como si quisiera sacarme

de mis pensamientos. Ale, vamos. Y echamos un viaje hacia los algarrobos, donde siempre arranco alguna rama de hojas fuertes y parto el fruto para buscar el azúcar. De niño me decían que hacían chocolate y yo los creía. De mayor he sabido que sí. Pero entre esa mentira y la verdad han tenido que pasar muchas cosas.

El caminillo anuncia la balsa de riego porque se oyen los patos tirándose al agua. Nos vamos acercando y graznan pidiéndonos pan.

Doña Leo se pega al cercado y las aves aumentan su volumen hasta el estorbo. Mi perra se siente asediada, no ladra, me mira y parece decir «vámonos de aquí, pesados».

Salimos sonriendo y, de reojo, veo cómo los patos se dispersan y enmudecen. Vuelve mi diálogo interior. Miro de nuevo las hierbas, esas que no dejo que Leo coma porque vomita; observo las fachadas que han ido cambiando con los años y los dueños, nuevos colores, ventanas en lugar de balcones, vallas de cemento, de hierro y de balaustradas. Una palmera reina se abre en la bifurcación de dos calles, la que va hacia mi casa y Balmes. Observo la pendiente imposible para coches y recuerdo cuando mi asma adolescente, mochila en ristre, me impedía llegar bien al instituto. Ahí sentí que yo no iba a ser como los demás. En esa cuesta en la que me ahogaba y debía pararme a respirar como un anciano. Supe que la vida iría a otro ritmo y que tocaría detenerse a resoplar, bufar, airearse.

La herida interior no se ve. El asma es una herida interior que duele, que arde dentro. Empecé a tomar cortisonas, me pinchaba a mí mismo en el brazo unas vacunas que se guardaban en la nevera, vigilaba de cerca el Urbasón o andaba con un Ventolín siempre a mano. Eso empezó a ser otra mochila muy pesada que limitaba movimientos, que impedía correr, saltar tapias o sumarse al pelotón de ciclistas colegiales.

El aire de dentro.

Una vida ahogándose poquito a poco, anunciando una ausencia. El asma como compañera de vida, la misma que se llevó a mi abuelo Victoriano demasiado joven.

14

Una breve pausa necesaria mientras la leña arde bien y la chimenea no necesita otro leño. Está calentito el salón. En octubre de 1979, cuando mi abuelo Victoriano murió, la casa siguió su ritmo, reinada a partir de entonces por la Irene. El suelo continuaba siendo fregado, la puerta abierta para expulsar el polvo con el trapo hacia la calle, la persiana entornada a la hora de la siesta, la cama hecha, el colchón ablentado, la despensa llena de botes de conserva, los viajes a la carnicería, al ultramarinos de la Julieta, al horno de la Reme, a la farmacia de Ipiens, al zapatero Mochales, a la droguería de la Rita, vecinos después en el edificio, y los desayunos, comidas, meriendas y cenas a su ritmo y a su hora. Ignoro cuáles fueron las últimas voluntades de mi abuelo. Fue enterrado en la parte nueva del cementerio, donde todavía daba mucho sol porque no había construcciones, sin foto, solo su nombre y las correspondientes fechas que marcan una vida finita. De tal a tal, como si al morirse no siguiera el recuerdo. Fue el primer muerto que vi. Quisieron sacarme de aquella casa. Llevarme no sé adónde para evitarle al niño la imagen de un muerto, como si unos ojos cerrados y un traje bueno fueran siniestros. Más de una vez lo había visto dormirse así en el sillón de la ventana, con la boca abierta y el pie en el brasero. Pero me sacaron. Y todo desde ese momento es confuso porque no sé si estuve mientras hundían la caja o ponían el yeso. En mi imaginación está. Como esos recuerdos que no sabes si lo son o los has escuchado en alguna conversación de tarde, magdalenas en ristre, uniendo cartas con meriendas y visitas de tarde. El abuelo se fue y nosotros empezamos a ir a visitarle, a ponerle flores, a fregotear la lápida y a darle brillo a la cruz grabada en la lápida.

—¿Has visto qué sencilla? La gente pone cosas muy excesivas. A mí no me pongáis foto, que no me gusta. La fecha y ya está. Mira, si se murió la tal. Ni me acordaba. Vamos a dar una vuelta antes de irnos a casa, que no hace frío.

Y yo iba mirando caras, fotos, crucecillas de metal y angelotes de cerámica mala, flores secas, flores de plástico y apellidos conocidos, familiares. La cercanía con el escenario de la muerte, ese almacén de cuerpos y nostalgias, fue algo cotidiano desde niño. Hasta tal punto que yo, cuando veía el panteón de medio círculo con columnas y capitel del dramaturgo Enrique Rambal, decía:

—Yo quiero uno así.

Y lo decía de niño.

Qué oscuro pensamiento de posteridad habitaba en la mente infantil. O qué admiración sentía hacia ese hombre desconocido que daba nombre al teatro. O qué pensaba que era la muerte a esa edad.

El niño, la madre y la abuela salían de allí después de darle unas pesetas al enterrador, que estaba en una caseta a la salida, con lápidas viejas y botellas de vino rellenas de agua para las flores. Le dábamos algo, según me decían las mujeres de mi familia, para que nos cuidara la tumba, para que «le echara un ojo».

Nunca lloramos frente a las tumbas. El abuelo seguía vivo en nuestras conversaciones con la diferencia de que ya no dormía en casa, se quedaba más allá de las viñas.

Murió en el Hospital General de Valencia, pero fingieron que no estaba muerto. Lo subieron con su pijama a la ambulancia y con un termómetro puesto en la axila. Así pudo salir para llegar a casa y vestirse para el viaje eterno.

El termómetro es el mismo con el que me he tomado la fiebre durante toda mi vida. Y el otro día se rompió. La COVID ha convertido a mi madre en un ser nervioso y ha estado tomándose la temperatura todo el rato, todo el rato es cada media hora. Pero la vista no le va bien y en una de esas prisas el termómetro de mercurio que con tanto cariño guardaba desde entonces se rompió.

—No sabes cuánto lo siento —me dijo.

Lo sé.

Mi abuelo se iba definitivamente muchos años después, sin coincidir con la fecha de la lápida.

15

Vivo entre gorriones, palomas, golondrinas en tiempo de primavera, aviones que pasan a baja altura y nubes que van y vienen con encargos de otro lugar. Alrededor de las cinco y media empieza a ponerse el sol en el Alto Jorge, dejando todo dorado y naranja en la sierra que ondula de un lado a otro de mi ventana. Oigo ligeramente los coches que suben y bajan por la cuesta Roya y las campanas de la iglesia que suenan muy de vez en cuando con el nuevo párroco. «A este le ha dado por recordarnos que hay iglesia», dice la Ángela. Yo me sonrío porque me gusta. Como me gusta también el amanecer de algunas gallinas y los ladridos de esos perros solitarios que tienen amo y casa pero no horario. Rondan libres por el pueblo ajenos al peligro de los coches y copulando entre todos, preñándose de mil leches y veinte mil caracteres. La mía, mi Leo, es heredera de esas sodomas. Estoy convencido. La encontraron perdidilla por una carretera de Turis, «llevaba varios días buscando entre los contenedores», y la recogió Alicia. Una más, se dijo. Una más para el enjambre de perros recogidos que tiene. Coco, por aquel entonces, ya estaba vieja, andaba lenta por el piso y se tropezaba con las esquinas. Solo quería cariño y sofá. Se quedaba abrigadita en su cama o entre algunas mantas. Coco había aparecido también en una calle, pero entonces no hubo ninguna Alicia. Fui yo quien la rescató, como pude, entre las ruedas de los coches. Vivió diecinueve años y se fue discretamente, dormidilla en un rincón de la cocina, siempre cerca de la calefacción o de la mesa camilla. En esos tiempos de debilidad apareció Leo, masculina y rebelde como ella sola, revoltosa, fuerte y simpática como recién expulsada del circo. Vino a joderle la plácida vejez a Coco, a quien, como no llegaba a tiempo a su cama, la saltimbanqui Leo daba un brinco y se la quitaba. La otra se andaba sobre sus pasos y buscaba otro abrigo. «Maldita», pensaría.

Doña Leo tuvo que ser doña porque todos decían: «Qué perro más bonito». Es algo que nos sucede. Damos por hechas la masculinidad y la heterosexualidad de todos. También de los animales.

Doña Leo se hizo con el protagonismo de la casa y vino a alegrar los últimos años de mi padre, que le decía: «Vente, Leo, sube a la cama». Y la muy putilla se quedaba abajo, sacándole la lengua al enfermo. Solo le buscaba cuando olfateaba la comida y podía pellizcar algo de dulce o sobrasada con pan.

Le gusta mirar desde el balcón las nubes que quedan a su altura en esta casa que vuela sobre el pueblo. Mira tras el cristal o sale fuera y saca la cabeza entre los barrotes. Allí se queda pensando. Tal vez habla con mi padre, que andará fumando entre ese cielo provocando nubes grises de cigarro Farias.

Desde la otra ventana, la de la cocina, veo campos que fueron siembra, olivos, muchos algarrobos, algunas huertas de ancianos que nadie heredará, y la tapia de un viejo cementerio. El amanecer es precioso desde allí: las hierbas se ponen doradas y la paz parece colarse entre las cortinas. La leche hierve, el café se anuncia desde la italiana y abro el pan en dos. Tiene el mismo color que la tarde, cerrando el círculo del día. Los gorriones vienen buscando las migas que caen del mantel en el balcón, se avisan unos a otros, lo llenan de vida, hasta que, de pronto, doña Leo sale y los asusta. Todos echan a volar con sus miguitas en los picos para sus crías. Leo me mira satisfecha, como si me hubiese salvado de alguna plaga de aves. No sabe que parte de mí se va con los gorriones en cada vuelo.

16

Conozco mi mundo... El hecho de estar en el pueblo me hace sentir seguro. En la primera casa vivían Carmen y Amadeo, que se fueron a la capital; en la segunda, Gema y Paco; junto a la mía, Santos y Pili. Hubo un tiempo, parece que fue hace siglos, en que nos sentábamos en la calle con varias mesas de playa y cenábamos con lo que cada uno bajaba de su cocina. Mi madre siempre echaba el resto: su famoso solomillo con tomate frito. Salivo. Un día los críos de Amadeo y Carmen se quedaron mirando a mi padre y le dijeron que se parecía a Paco Clavel, que lo acababan de ver en la tele y que era igual. Entre todos hubo un silencio incómodo y algún bofetón se les iría de la mano a los adultos. Mi padre, que nunca fue un hombre de alegrías, rompió a reír y movió la pierna. Esa que tanta gracia les hacía a los críos vecinos. Su zapato con plataforma para evitar la cojera les pareció gracioso y mi padre empezó a repetirles para jugar con ellos: «Mira, como Paco Clavel». Y exageraba la cojera en la calle. Siempre se llevó bien con los niños de los vecinos. Amadeo le hacía muchas muecas, y Paco, el hijo de Ángela, fue siempre su debilidad.

Mochales, el zapatero, estaba en la cuesta de San Juan, en Utiel. El taller olía fuertemente a pegamento, a pieles y a pies. Una mezcla química que no se parecía a nada. Allí íbamos mi madre y yo a dejar un par y regresar con otros. Siempre gastaba mucho los de diario y guardaba unos casi nuevos para fiestas o celebraciones. Creo que le pusimos esos para la incineración.

—Clari —alzaba la voz—, cálzame.

Esa frase era el despertador de cada mañana.

—Claaari.

Mi madre le ponía los calcetines, le anudaba los cordones y le ayudaba con los pantalones. Sin camisa se iba al baño a asearse y salía afeitado y oliendo a colonia Silvestre. Se tomaba un café que ella ya había dejado sobre la mesa camilla.

Los zapatos de mi padre han sido las campanas de mi casa. Sonaban por la escalera anunciando su poderosa presencia.

17

La calle de Eduardo Dato era donde vivía mi abuela y donde transcurrió la infancia de mi madre y sus hermanos: Luis y Rafa. Ella fue la mayor. Allí llegaban los Reyes Magos y los cerdos para la matanza.

La casa tenía tres estrechas plantas distribuidas en un salón en la entrada con un aseo bajo la escalera donde había Flit, no sé por qué recuerdo esto, y al fondo del comedor, una cocina con una despensa en la que había un arcón que era la puerta a los mundos de niño. La escalera daba directamente a la habitación de los abuelos, sin puerta, y tras una cortina se entraba a la habitación de mi madre y a una pequeña con dos camitas, las de mis tíos. Los colchones de lana, los interruptores de cable junto a la cabecera, armaritos empotrados en huecos de la pared, pocos muebles... Eso era. Y al abrir el ropero, sábanas y la ropa justa de una familia sencilla y pulcra. Todo estaba ordenado, el suelo de barro aceitado y fregado, los cristales limpios. De aquella planta se accedía a la cámara donde estaban los conejos y los jamones pendiendo de las vigas de madera. La matanza sucedía allí, despiezaban en la calle y todo se subía hasta la buhardilla para hacer los embutidos y freír el tocino. Mi abuela restregaba con sus manos los perniles, con una masa grasienta de color rojo, pimentón y sal. El primer almuerzo era el mejor.

Nos gustaban las tripas, sobre todo en salmuera. Se lavaban en el río para quitarles la mierda. Después empezaba a hacerse la delicia. Sal gorda, de matanza (venía en sacos), pimienta, pimentón, aceite, zumo de naranja y de limón. Eso había que lavarlo otra vez para quitar los sabores intensos y dejarlo listo y seco para freír.

Sucedían muchas cosas en aquella calle llena de personajes.

La Manuela vivía al lado, una mujer que convivía con su hija Regina. Después estaba la Tonica, la «más alcahueta del mundo». Después, la tienda de la Julieta, en la que había sacos con legumbres, mortadelas, membrillo, piensos y embutidos. En el rincón estaba la casa de la Isabel la Pilo, su hermana, la Julia, y el marido de esta, Paco el Manco. La Marina estaba un poco más arriba del rincón, siempre apoyada en el balcón.

—Tío Victoriano, ¿cómo anda hoy?

—Bien. Y tú, Marina, ¿cómo estás?

—Ay, Victoriano... Pues a chorros ando hoy.

«A chorros» era la regla. Enterarse del ciclo menstrual de la Marina era algo normal. Cotidiano.

Más arriba estaba la casa de la Concha, y las conocidas Periquis: la Reme, la Marujín, la Remedios y Miguel, su marido. Enfrente estaban las Bieco: Mercedes, Julia y la Isabel. La Fifí, la comadrona, vivía más arriba de las Periquis. La Marialuisa frente a mi tía Luci, hermana de mi padre; y al lado, un poco más arriba, la Paquita y su marido, que siempre estaba muy enfermo y que era muy amigo de mi abuelo Victoriano. La Leopolda tenía una casa gigante que daba la vuelta a la Puerta del Sol, estrecha pero alargada; alquiló una parte para una tienda. A las horas de los trenes, el hermano pequeño de mi madre, Luis, se ponía a pedir a los pasajeros. «¡Y le daban!», recuerda mi madre con la mirada perdida en la leña. Se venía con unos chavos y se iba a la tienda de la Leopolda. Fue siempre un chiquillo muy simpático.

Los Sangüesa, los de los transportes, también estaban allí, en ese entorno de familias, vida y costumbres repetidas. La vida lenta, de vecinos y jóvenes que estaban ajenos a la tragedia de la posguerra. La dictadura solo eran los botones que mi abuela cosía en uniformes para la Falange, a la que nunca fueron sus hijos. La vida era comer, crecer y salvarse de los peligros.

Eduardo Dato, 10, era la casa. Una fachada blanca, encalada siempre, con las rejas negras y blancas. El pozo estaba inutilizado. Cuando se secó tuvieron la buena idea de rellenarlo con muebles.

—Nos liamos a echar cosas y cosas —dice mi madre—. Nos pusimos las botas tirando objetos... Hasta el gramófono.

—Sería precioso, mamá. Qué locura.

—Una cosa cuadrada, así —me dice con las manos—, y una puerta que se subía para guardar discos. El tío Rafa se lo llevaba a las fiestas y alguno se lo quedó un tiempo. No lo devolvía.

En el pozo echaron hasta un molinillo de café. Y cuando llegó la abuela de la compra montó en cólera porque se les había ido la mano deshaciéndose de lo que consideraban trastos.

Las Periquis —vuelvo a ellas— eran de postín y estaban en todos los saraos. La empresa donde trabajaba su familia organizó una vuelta ciclista en Utiel. La que se armó. Mi tío Luis dio una vuelta de más al recorrido porque no le avisaron de que había sido el ganador. ¡Llegó el primero! Esperaron a que pasara el de la familia para aplaudir y darle el premio. El pobre se consumió en la segunda vuelta y se enfadó a base de bien. Todos se contagiaron de la mala leche y del engaño. Mi madre, su otro hermano, las potajeras.[2] Enfado global ante el chanchullo local de las Periquis.

Nos reímos siempre que recordamos la anécdota.

—El pobre dio una vuelta de más y, aun así, llegó de los primeros.

Mi madre la cuenta igual una y otra vez. Y me gusta escucharla e imaginarla corriendo con su hermano enfadado hasta casa. Gritando, cansado, decepcionado y harto.

Se acuerda mi madre de todo esto. Y yo miro al techo como si volviera a ver los perniles embadurnados de sal, con el chillido del cerdo en la sien. Ese chillido que entraba como un alambre en la cabeza y que nunca se ha ido.

El ventanuco de la cámara no existe, ni la casa, ni el pozo relleno de muebles. El número diez está solo en la memoria y en estos papeles en los que escribo.

2. Las potajeras eran dueñas de una famosa casa de comidas de Utiel. Su especialidad era el potaje.

18

Doña Leo viene de dar un paseo por la calle. Había una rata aplastada en mitad de la calzada y, por suerte, la he visto antes que ella. La muy canalla va mendigando comida como si no tuviera qué comer, cuando menos te lo esperas viene con un hueso en la boca o basura que pilla de los bordillos, digna heredera de los personajes de Dickens. Astuta, pícara y embaucadora. Siempre pendiente de que caiga algo, marrullera y simpática para que le des algún chusco de pan. Me doy cuenta de que la pobreza, hasta bien alimentados, se queda en la piel. No dejamos de ser pobres ni con dinero.

Ahora se relame las patas —tuvo una herida en la que murió una avispa— y me mira desde su flequillo despeinado. Agradecida. Se relaja. Se va durmiendo.

Está dormida.

El fuego necesita otro bolo de leña.

Y yo tengo hambre. Quisiera estar en la cámara, vaciando sal en los lebrillos, entre el alboroto de las tripas, los jamones y la lumbre. Quisiera ese bocadillo de tocino blanco aplastado entre el pan. Quisiera abrir el mueble de la entrada y jugar con las llaves viejas, mirarme con la cara de niño en el espejo, escudriñar en el cajón de la máquina de coser, coger unas tijeras, hacer recortables, pintar con el jaboncillo en la madera, poner el UHF, ajustar la imagen desde el botón de detrás, meterme en la despensa, destapar un bote de tomate frito, arrancar un pellejo de los capellanes secos.

Hay muchas cosas ahora, pero no tantas como entonces. Esas no existen.

El ronquidito de doña Leo anuncia la hora de cenar.

19

Mi madre me cuenta que mira la hora siempre a las siete y diez. Lo confiesa sorprendida cerrando el móvil. Y me dice: «¿Será algo?». Levanto los hombros y respondo con otra hora.

—Yo siempre miro la hora a las trece y trece horas.

—¿Por?

—Por lo mismo que tú. La miro siempre sin saber a esa hora. No sé. Lo ignoro. A veces creo que es un mensaje.

—Y... ¿qué será? ¿Qué mensaje? —Se queda pensando como si hurgara en las diversas posibilidades—. El cerebro es muy curioso. —Rompe el silencio—. No creo que me anuncie nada, será una casualidad que mi cabeza mira la hora a esa hora y ya está. Eso sí, siempre a las siete y diez. Las siete y diez.

Nos quedamos en silencio de nuevo y tras el ángel que recorre el salón me dice que tiene ganas de que sea lunes. A las ocho y media entra en el quirófano para que le analicen el tumor que ha aparecido en la cabeza, tras ese ojo que ha ido deformándose durante estos dos últimos años y que la tiene abatida. Dolor constante, veinticuatro horas, molestia, ceguera, ansiedad, cansancio. Meses y meses de gotas, cremas, inyecciones, hasta la degeneración total del párpado y la nula visión. Un TAC y una resonancia han anunciado, como esa hora, que hay un tumor dentro. El lunes será.

—¿Te estás poniendo la crema estos días? —le digo.

—Claro.

—¿Y bien?

—Igual, me escuece a ratos, me pica. Otros momentos no sé, me duele menos. Tal vez se olvida. Tenía un peso aquí... —se señala la sien— muy grande. Y ahora es menor.

—Tal vez se ha parado.

—Pues ojalá. O quizá se haya ido, que también puede ser. La doctora dijo que había una carne blanda ahí dentro, un tumorcito. Temía que se fuera a otra parte. Pues si se ha de ir..., que se salga, que sitio tiene.

—¿Como si fuera aire?

—Como si fuera el aire.

Soplaría con mi aliento en ese lagrimal que se ha secado con los años para que se esfumara el tumor hacia el techo, como una nube de humo de las que a veces tira la estufa inundándolo todo de olor a leña y a ceniza. Abriría las ventanas para que entrara la brisa que necesitas, mamá, que ese viento limpiara todo dolor, la angustia, y triturara la carne blanda que te borra la tranquilidad. Esa que intuyes dentro. La que sientes oprimiendo la cabeza. Y si ese aire, limpio, te devolviera la sonrisa, yo me quedaría satisfecho. Daría mis días, no sé cuántos, para ti, para que la pesadumbre dejara de abrumarte, despejándote la mirada como esos días azules de la montaña en los que recibíamos a la Virgen del Remedio. ¿Te acuerdas de aquel frío en el que estrenábamos los abrigos? Seguramente sí. Y cómo nos los quitábamos al entrar en casa, caliente y a fuego lento. La escena se desarrollaba en la cocina, donde decidíais, la abuela y tú, qué hacer de comer. La despensa guardaba restos de morcilla y longaniza de la noche anterior, que, frías, estaban más ricas. Abría algún bote de costillas o escudriñaba tras las latas en busca de chocolate, conservas de cabello de ángel o sobres con sardinas en salmuera. ¿Cómo puedo haber sido tan comilón? Respuesta rápida que me vomita la cabeza: porque la cocina era el refugio y todo lo que sea comer me lleva a esos momentos del castillo donde nos resguardábamos de los hombres. La sartén parece echar a hervir, los huevos ya están cocidos, el tomate, frito, las ollas echan humo, el cristal se empaña, abrimos la puerta del balcón, me apoyo entre las macetas, la calle es bullicio, se ve a mi padre llegar cojeando con el periódico bajo el brazo. Me cambia la cara. Pellizco algo de pan y corto un trozo de jamón del garrón que cuelga del gancho de la pared. El calendario tiene marcados los cumpleaños.

Doña Leo me mira, escucha mis pensamientos y lee esto que escribo desde mi derecha. La pantalla la hipnotiza, las letras que van creciendo, llenando la línea, la tienen absorta. Absorta Leo. Mira, esta frase es para ti, para que veas cómo crece la tinta sobre el documento. ¿Te gusta, pequeña? ¿Te ha entrado hambre con las palabras? ¿Las hueles? Acerca el hocico, su fresa agrietada, a mis manos, las retira del teclado, pide una caricia...

Esta tarde merendamos una torta de pasas y nueces del horno de Rubén que me he traído esta mañana al ir a comprar el pan. El aparador estaba lleno de todo eso que me fascina y que abre las papilas de los recuerdos: roscos de anís, empanadillas de boniato, panquemaos, pan san Blas, magdalenas y otros etcéteras de harina y azúcar. Después de repasar el mostrador con la mirada infantil, elegí la torta de pasas y nueces. Me imaginé haciendo lo que ahora hago, hundiéndola en el vaso de leche, recogiendo las migas de la mesa, limpiándome las palmas de las manos, arrancando alguna pasa, buscando la nuez en el fondo del vaso. Ay. Me regaló la panadera un chocolate de bolo que me gusta mucho porque ese sabor me recuerda —también— a la infancia. Un chocolate tosco, duro y seco que tenía una marca rural y graciosa, nada comercial, Filiberto. Entonces iba envuelto en papel de estraza y, en cuanto lo empezaba, debía acabarlo. Llámale gula. O ansiedad. O felicidad.

—¿Dónde está el cuchillo? —dice mamá.

Y cortamos otro trozo para mejorar la tarde.

—Después enciendes la estufa y ya tenemos todo.

Y ya tenemos todo.

Eso es. Ya tenemos todo. Una madre, un hijo, un dulce de horno y un hogar. Se van las preocupaciones en ese rato de azúcar.

—Llévatelo o nos lo acabamos.

Hay una sonrisa interior.

Y hay unas migas sobre la mesa que Leo busca con su lengua para unirse al festín de felicidad.

—Leeeeeo.

Y me mira como respondiendo:

«Vaaale».

20

En la parte de atrás de la casa de mi otra abuela, Lucía, a la que llamábamos yaya, había un patio rodeado por una tapia alta de casi tres metros de altura que la separaba de las otras casas. Por allí paseaban los gatos sin nombre, de vez en cuando parían y los mininos arañaban como diablos cuando me acercaba a cogerlos, tan pacíficos e inocentes. No tardaban en crecer y desaparecer por la tapia, emparrándose a toda velocidad. Las uñas eran agujas. Desde el balcón de las macetas, al que se accedía desde la cocina, les echaba pellejos del pollo que me daba mi madre y se arremolinaban fuertes para desgarrar y compartir la presa. Tal vez por eso me tenían algo de cariño cuando bajaba al garaje y entraba al patio en busca de rosas. Qué grandes eran los pétalos y qué buen olor hacían. Aquel rosal era un árbol precioso que trepaba por la tapia y que hacía un arco sobre la puerta que daba al otro patio, en el que estaban las gallinas. Eran rosas rojas, rosas amarillas, rosas que tenían un aroma potente, intenso. Los pétalos, si formabas una bolsita, podías hacerlos estallar en la frente como chicles. A eso me dedicaba. Uno tras otro. Luego cortaba algunas, que tenían espinas como los gatos, y las ponía en algún jarroncillo de la cocina. Mamá se encontraba frente al fuego, donde más cómodo se estaba en aquella sala grande, gélida siempre. El patio era un buen lugar para pasar las horas, en la jaula de los conejos o cortando leña con el hacha sobre otros maderos. Había dos, muy grandes, en los que podía tumbarme y mirar el cielo. Desde allí escapaba de la casa y saltaba la tapia, mirando el azul de aquel Utiel de los años setenta.

En los veranos, la abuela Lucía se sentaba en la puerta del garaje, frente a la entrada de la Cooperativa de Vino. En el suelo ponía platillos con veneno amarillo para las moscas, allí caían muertas como un aperitivo. La tarde se hacía tediosa, aburrida y larga. Las horas eran pesadas, tan soporíferas que no recuerdo ninguna conversación. Nada. Es un silencio frente a una yaya vestida de negro, moño blanco y delantal de cuadritos. Su faltriquera para guardar el pañuelo con el que secarse los mocos.

Ignoro si hubo gestos de cariño. Solo besos al llegar y besos al salir, besos al bajar y besos al despedirse. «Dale un beso a tu abuela», exigía mi padre. Pero nunca sé si me los dieron.

Las moscas caían también con el zarpazo del matamoscas de plástico que mi madre siempre tenía en la mano para amenazarlas en el aire.

El olor a gatos, a pienso de conejos, a leña amontonada donde circulaban las arañas, a vino amargo, a uva colgando de cordeles, a moscas y a veneno. Solo las rosas venían a cambiar aquel cementerio de emociones de la calle Maldonado.

De alguna manera, siento algo de añoranza. La prueba es que soy capaz de visualizar cada uno de aquellos momentos. El timbre, la escalera, el espejo a cuarenta y cinco grados de la pared pendiente de una cuerda, el pasillo circular, el salón central con la estufa pintada en plata, los sillones, la mesa camilla, el ventanal y los enchufes tapados con esparadrapo. Mi tío Ángel, que en su tiempo fue empleado de un banco local, tenía esquizofrenia y sentía que le vigilaban por los agujeros de los enchufes. Todos estaban tapados por él. Y los que no, había que pasar por delante de ellos de manera rápida para no ser visto. Se tumbaba en la cama y fumaba. Olía a pies. Allí pasaba las horas. Salía a comer o a beber leche condensada a morro directamente del bote. En ocasiones la mezclaba con vino y se hacía un extraño cóctel que nunca me atreví a probar. Yo dormía en la habitación de al lado, la parte más gélida de la casa. Me acostaba con pijama, calcetines y bolsa de agua hirviendo porque las sábanas eran láminas de hielo. «Tírate un pedo —decía el Ángel—, así se calientan.»

Mi gran fracaso no ha sido el Ministerio de Cultura y Deporte. Mi madre recuerda un episodio infinitamente peor para la autoestima.

Yo había aprendido a pintar en Buñol, en los talleres de Juan Mora, del que hablaré en algún momento de esta espera. Mis primeros cuadros eran torpes y pueriles. Pero tenía mano para la pintura, mi trazo fue creciendo y el carboncillo volaba sobre el papel. Empecé a usar las ceras, a mezclar con los dedos, a formar nuevas texturas y a brillar con los colores. Así pasé al óleo y a los maravillosos aceites de linaza y aguarrás, aromas que siguen pareciéndome afrodisíacos. Mi primera obra, según mi madre, fue un gato rodeado de flores, supongo que copiado de alguna de aquellas postales o cromos que se vendían como coleccionables para álbumes. Fue una rosa, parecida a aquellas del árbol del patio, la que me hizo estar orgulloso de mi arte. Una rosa solitaria, firme, con espinas y pétalos rojos. La firmé y le pusimos un marco rojo, también. Se la regalé a mi abuela Lucía, que, si bien no era mi favorita, supongo que debió de ser una forma de congraciarme y quedar bien con mi padre. El cuadrito se colgó en una pared del salón, junto al televisor y en la esquina donde dejábamos el rollo de cartón del hule.

—¿Te gusta, abuela?

Creo escuchar un «muy maja».

El drama no tardó en desatarse.

Una semana después, cuando llegamos a Utiel desde Buñol, como todos los fines de semana, al entrar en la casa, dar los correspondientes besos como salvoconducto y pegar las manitas en la estufa, miré inconscientemente hacia la rosa.

El cuadrito no estaba.

En el mismo clavo había un paisaje de más calidad de mi prima Amparín. Sabía pintar mejor. Era la estrella de la familia. Todos elogiaban su arte, sus recortables de silicona en tres dimensiones, sus bodegones, sus flores.

Mamá y yo no dijimos nada. Creo. Sentí la punzada de la humillación. Y la advertencia, a temprana edad, de que el fracaso está colgado en el lugar más inesperado. Allí donde tu orgullo se levanta, hay espacio también para otro de más volumen y más vanidad. No puedo añadir nada. Solo que este episodio marcó mi infancia y mi madre lo recuerda muy a menudo porque rescatamos mi cuadro de un cajón y nos lo trajimos a casa. Nunca lo volvimos a colgar. Se quedó en algún rincón del aparador, durmiendo tierno e inofensivamente, ajeno al dolor real que tenían sus mal pintadas espinas.

La vida es ese cuadrito de una rosa. Y el clavo siempre puede servirle a otro.

21

Mamá está roncando suavemente en el sillón. Hace un rato me ha dicho que ha dormido bien esta noche. Despierta cuando escribo estas palabras:

—Qué bien estamos aquí esta tarde, callados.

El silencio no está lo bastante valorado. Aquí nos gusta. Anoche hubo un poco de tensión: el suelo estaba lleno de agua porque se le había volcado la botella, y yo dije: «Cuidado, los cables», pero lo solucionamos con silencio. Callando. Sin verbalizar mucho más. Sin agrandar el disgusto de sentirse inútil, del miedo ante la operación que aparece en cualquier momento, la torpeza que la edad ha ido dejando en cada movimiento. Envejecer es para valientes, mamá. Y tú sigues siendo una joven que se rebela ante el paso del tiempo, que no soporta pedir ayuda. Una joven que no se quiere morir.

22

El tiempo fluye como agua bajo nuestros pies, como si la vida fuera cruzar un largo puente.

Pasa y no sabemos cuánta queda. Aquel río caudaloso era limpio, bajaba alegre y saltaba las rocas, los peces se veían bajo el agua transparente, y los niños jugaban en la orilla. Las riberas llenas de verde, enredadas de vida y flores. Qué alegría mojarse los pies, caerse, resbalarse en el verdín de las piedras. Hoy baja más turbio, parándose en los meandros con tristeza, sin la fuerza de entonces, esperando que alguien abra una zanja para que todo siga su curso. El puente cierra su arco, se acaba.

El tiempo no deja de ensuciar el agua.

23

La lotería de Navidad edulcora la casa con sus soniquetes y cantinelas de siempre. La misma música para un 22 de diciembre en el que despertamos de la intervención con la incertidumbre de otro tipo de fortuna: han arrancado con la biopsia algo del tumor para analizarlo y tenemos que esperar para saber. Los días serán ahora espesos. Hemos comprado el boleto de la salud y solo queremos que nos toque.

Mamá se despierta con el ojo hinchado y con un ligero dolor «si me toco».

«Tengo como si me latiera un corazón», dice.

El corazón se instala donde quiere, pienso.

La intervención me tuvo durante cuatro horas en la puerta del hospital, con su abrigo en mi brazo y una bolsa de plástico en la que iba toda su ropa: bragas, calcetines, pantalones, camiseta, sujetador, jersey, zapatillas y una cajita para la dentadura. La dejé desnuda con una bata azul y un beso. Me bajé solitario a esperar. Esperar,

esperar,

esperar,

esperar...

Mi madre en quirófano y yo, solo, en un banco con todas sus cosas. Ahora puedo escribirlo sin ese agobio, sin la presión del tictac. Era un niño a la salida del colegio al que no han ido a recogerlo, olvidado, abrazado a las pertenencias de una madre y con el frío de la puerta que se abre y cierra vomitando caras extrañas. Un niño que vuelve a nacer cuando suena el teléfono y le dicen que ha ido bien, que ya está despierta, que ha pedido que me llamen porque sabe que estaré peor. Solo una madre puede pensar que su hijo está peor que ella, tumbada en la puerta de un quirófano. No hay opción a contarlo de otra manera, no hay literatura, no hay verbos, ni adverbios, ni metáforas.

—Llamadle. Decidle que estoy bien.

Rompo a llorar en ese momento en la puerta, justo cuando una lectora que pasa por recepción me reconoce y me dice que si yo soy yo. Lloro. Y lloro más por dentro para evitar ser el centro de atención en la entrada y salida de pacientes.

Hubo un segundo en el que esa bolsa llena de ropa fue lo único que tenía de mi madre: sus cosas.

Ahora duerme. Y doña Leo también. Los niños de San Ildefonso siguen cantando premios menores, no atendemos a los números, el tópico y las estadísticas se explican solas, la vida ha pasado rápida. Y tiene la misma música. Desde aquel primer recuerdo se han amontonado muchos, uno tras otro, como si la única obsesión fuera repetir de alguna manera aquella vez que no volverá jamás. Andamos imitando la primera felicidad. El sucedáneo de ahora, de este momento en el que se oyen villancicos y la gente compra dulces para Nochebuena, es el anverso de lo que creemos que fue. Buscamos al niño. Y entiendo que mi madre, que hace un rato estaba llorando porque no puede caminar, echa de menos a aquella niña.

Estaba paralizada en la puerta, atrapada en el mismo paso, con la mano en la pared.

—He salido a echar la basura —se justifica.

—¿Y has ido hasta allí abajo, hasta el contenedor?

—No. Le he dado la bolsa a un chico. Eran solo botellas. Me la ha recogido, muy amable.

—¿Y te has dejado la puerta abierta?

—Quería ver si podía caminar...

Y se ha desmoronado.

—Mamá... (palabras).

Hablo para rellenar el silencio en la entrada de la casa, Leo se enreda en los pies con la correa sin soltar, mamá oculta la cara, se gira, coge el pan que he traído, no quiere conversación. Evita la condescendencia y huye de mis frases como de la peste. Aprovecho para entrar al garaje y coger algunos bolos de leña para encender el fuego y, sobre todo, para darle tiempo a subir los escalones sin la presión que sé que significa para ella estar a su espalda. «Pasa», me dice a veces, como si metiera prisa. Por eso espero. La miro subir poco a poco, con una mano en la pared y otra en la barandilla. Si supiera que no tengo prisa, que precisamente lo que no tengo es urgencia. No tengo ganas de que pase el tiempo, no me apremia nada, podría quedarme en ese escalón en el que nos hemos anclado los dos. Fijos. Todos los pensamientos de cariño nos atraviesan a ambos sin verbalizarlos, no le ofrezco la mano para ayudarla a subir la empinada escalera. No me la pide. Somos fríos. Ese hielo de los dos polos mantiene la temperatura de todo nuestro planeta, los glaciares hacen más estable nuestra existencia. Son un recurso básico de agua dulce para los tiempos donde hubo muchas lágrimas, para evitar que la sal afecte al funcionamiento normal del corazón. ¿Qué pasaría si se derritiesen los polos? Cambiarían las corrientes y el clima. Este clima de paz en el que decidimos vivir, sin sacar el pasado a la superficie, sin hablar de los años duros, sin mencionar qué pasó en mi nacimiento, sin hablar del amor, sin trasladarnos a la casa de Utiel, sin tocar ni un solo tema que pueda derretir la calma y hacer, del agua dulce, sal marina.

Esa es la razón de la frialdad. La contención.

24

Tocan las campanas en la iglesia de la plaza. Es Nochebuena. Son las siete de la tarde.

25

Desde por la mañana había una cierta animación por las calles. Mamá y yo habíamos hecho la compra juntos. Recorrer el pueblo era algo habitual en ese tiempo, de una tienda a otra, de la pescadería de la Dorita al ultramarinos de su padre, el tío Floreal, donde vendía unas bajoquillas verdes en vinagre que me fascinaban y que me comía de camino a casa. Exponía las cajas en la puerta, frutas y verduras, poca cosa, algunas latas en el interior y los embutidos justos. Un poquito para las necesidades básicas. Me caían bien Floreal y su mujer, y no porque entrara a menudo. Era una tiendita peculiar. No creo que ganaran mucho dinero, pero abastecían a los viejos y vecinos del barrio hasta que la edad de la jubilación les devastó las fuerzas. Al salir revisábamos los números de la lotería en la administración, el *porsiacaso* de última hora y la compra de algún décimo para el Niño si había devolución; si no, nada, seguíamos el camino. La ruta. La carnicería de la Peque, en la calle del Molino, siempre me asustó porque olía a tripas abiertas, las que habían sido arrancadas de los corderos vacíos, colgados de ganchos que tapizaban la pared de una puerta a otra. Trozos de caña mantenían el costillar abierto, como un monstruo al que han dado zarpazos. Yo me salía a la calle con ganas de vomitar, no éramos veganos, ni siquiera existía la consciencia de lo violento de los animales expuestos al aire, al tabaco o a las moscas. Era lo que había: carne. Comida. No sé por dónde volvíamos a casa. Hubo un tiempo en el que iba hasta la calle del Río a por leche. Otro de los olores más desagradables de esos años. Leche que hervía convirtiéndose en algo que llamaban nata y que, con un poco de azúcar, se lo comían mi madre o mi abuela. Entrar a llenar la lechera de latón era insoportable, la arcada en la boca y el polvillo de la paja tamizando el aire de ubres. La pureza de la leche es algo que, para los que vivimos en cierto tiempo, no tiene épica, ni poesía. Es un recuerdo pesado en la sien.

Los quesos que hacía la Pilar «la de las cabras» también formaban parte de nuestra compra. Quesos frescos, con olor y sabor a cabra. Nos atendía en el primer piso, donde los fabricaba. Y, al mismo tiempo, me pinchaba las vacunas de la alergia. Tenía mano para la vida. La parte de la casa que nunca se pisaba estaba adornada con flores y figuritas de cerámica, sillas nuevas tapizadas, butaquitas y maceteros con potos que colgaban alegres hasta el suelo. Esa costumbre de tener el grifo abierto, corriendo el agua fresca, con un trapo blanco anudado que se mojaba y quitaba algo de ruidillo, era típicamente de Buñol. El agua no era un bien escaso, era sensación de limpieza. Yo no sé cómo aguantaba el frío. Las mujeres fregaban y se arremangaban alegres los jerséis y salían diligentes a la puerta, a fregar el portal y a tirar prestas el cubo calle abajo. Qué ligeras eran ellas. Había algo veloz en sus gestos, en la actividad del hogar y en las compras. Así es como supe que la mujer era un ser superior, dominante y capaz. Mujeres de Buñol que encalaban la fachada, que fregaban las aceras, que se teñían las canas, que hacían la compra, que recogían el pan o el arroz al horno, que pensaban en el traje de la fiesta local, que se afanaban por hacer buenas recetas, que tenían conversación y que aparecían, con la comida hecha, en la puerta del colegio a por los hijos. Mientras tanto, el sonido de las fichas de dominó de los hombres en el bar de Francisquito.

El día que llegaba la Navidad, papá venía con la cesta que le regalaban en la fábrica de Cementos, que no era sino una caja llena de espumillón de plástico blanco para que las botellas no chocaran y algunos productos bien encajados entre el cartón. Ese momento era feliz. La apertura de la caja de Navidad en la mesa del salón y la posterior distribución en el armario de la cocina y el botellero del aparador. Todavía hoy lo abro y queda peppermint y algún whisky de entonces. No se bebía vino en casa y, para la cena, a mamá solo le gustaba la sidra. La botella se quedaba sin terminar y la vaciábamos en el fregadero, porque a mi padre le gustaba beber en el bar. «La cerveza en casa no sabe igual», sentenciaba. Hoy sé que tenía razón. Entonces era un suplicio infantil ver cómo se emborrachaba en la barra y no tenía fin.

—Pon otras bravas y otra ronda.

Y así.

La caja de Navidad se estrenaba esa noche, abríamos las peladillas o el bote de aceitunas. Lo demás se quedaba para la Nochebuena y se unía a las viandas que preparaba mamá. Varios platos se repitieron año tras año: anguilas, zarzuela de marisco y perdices escabechadas. El primer plato, solo para mi padre, me daba un asco tremendo porque las había visto vivas en el mármol de la pescadería de la Dorita y se le escapaban de las manos —«mira qué ricas, gorditas»— hasta que de un cuchillazo las partía en varios trozos. Las serpientes de la Albufera seguían coleando sangrientas hasta que las metía en la bolsa y las pesaba. Otro grifo, para lavar la sangre. ¿Qué más te pongo? ¿Quieres gambas, madrecita, mejillones...? Ponme clóchinas, sí. ¿Son valencianas?

La perdiz escabechada era un follón. Había que desplumarla al frío. Y el trajín para cocinarla bien era otro enredo. Pero qué sabrosas. Ese caldo en el que mojábamos una barra de pan era gloria bendita.

La zarzuela estaba, también, riquísima.

De los entrantes me encargaba yo. Cursi hasta el paroxismo, repetía alguna receta que había visto en el *Teleprograma*. Tuvo mucho éxito siempre el paté con unas bolitas de caviar falso y las tostaditas de sobrasada con miel calientes. Ya está. Esa era mi aportación. Esa y distribuir los quesos y poner la mesa.

—Papá, ¿podrías esperar a que estemos todos?

La mirada era el anuncio de un bofetón. Pero hacía más daño.

¡Cuántas Navidades esperábamos esa caja! ¡Qué sencilla alegría! Ahora que todos tienen de todo, que todo se anuncia en todo, todo es nada. Aquello sí era todo.

26

Acabo de teñirle el pelo. La escena ha sucedido en la cocina. He puesto una silla en el centro, he descorrido bien las cortinas para que entrara la luz del domingo, he colocado el radiador pegadito a sus piernas y he empezado a mezclar los diferentes frasquitos en el bote distribuidor de tinte. Con un peine he ido abriendo mechones, todo blanco, para pringar del número siete de L'Oréal su cabeza. Poco a poco, con cuidado para no derramar una gota en el ojo recién operado, tengo destreza, no es la primera vez que lo hago. Podría parecer una peluquería ilegal para llegar a fin de mes, pero es una más de las funciones de hijo que yo mismo he ido adoptando con los años. No concibo serlo de otra manera.

Ahora, cuarenta y cinco minutos después de colorearlo con el químico, le digo que ha quedado bien, que estaba muy canoso, que no soy peluquero, pero que el resultado es satisfactorio. Que la veo guapa.

Contesta con una mueca, igualita que su madre. Se parecen. Reconozco a la Irene en la forma de bajar la escalera, en cómo pone las manos del revés en el sillón, entre las piernas y los cojines, en cómo cocina, en la forma en que coge las cosas a tientas o en cómo se retira el pelo blanco hacia atrás con colonia Heno de Pravia. La artrosis las ha igualado, y los años. Veo a las dos en una —madre y madre de madre— y eso no es mi ficción ni mi locura, es un regalo de la vida. Tenerlas presentes, cerca. Aquí.

—No sabes cómo detesto este viento —dice de pronto.

La casa parece que está arrancándose de la tierra, que los muros se mueven y que andamos llevados por los vientos hacia otro lugar. El remolino violento que se cuece entre mi casa y el edificio vecino mueve persianas, antenas y chimeneas. Se cuela por las rendijas y entra, levantando cortinas. El cielo, sin embargo, está azul. Azul imposible.

Lavarle el pelo ha sido una odisea. He arrimado la silla al grifo de la cocina y he ido echando cacitos de agua templada para retirar el tinte. ¿Está caliente? Está fría. Espera. ¿Así bien? Sí. Le he tapado el ojo izquierdo con dos vendas y celo. Celo del colegio. Quedaba un rollo en el mueble donde están los últimos estuches y algunos carnets de la biblioteca.

Lo único que he encontrado para pegarlo a la piel y salvarla del peligro.

Soluciones.

27

El agua del río estaba a un buen rato de Minglanilla, pero era más limpia que la que había en el lavadero del centro del pueblo. Allí se juntaban muchas mujeres, y la tía Josefa insistía en que fuéramos más lejos. «Mejor, mejor, adónde va a parar», decía. Así que cogíamos la ropa sucia en unas espuertas y echábamos a andar, caminata en busca de agua limpia, aunque yo notaba que era para sentirse más libre y para sentir menos pudor. Se cambiaban una vez a la semana, y las bragas hacían un olor insoportable, como las sábanas. Yo era una cría. Lo recuerdo. Lavábamos arrodilladas en las piedras y lo tendíamos todo en las hierbas, no tardaba en secarse. Era bonito.

Mamá lo recuerda así.

Nació en Minglanilla. El 12 de agosto de 1937. España estaba en guerra. La Irene y Victoriano se habían casado durante la República y el embarazo de Clarita terminó allí, en el pueblo donde habían nacido todos. Así que salieron de Utiel, en dirección a Minglanilla, para parir a la niña. Timoteo y Teófila, los abuelos, acogieron la natividad de mi madre en su casa, en la calle Real.

—Cuéntame cosas, mamá.

—Cuando dejé de ir al colegio, empecé a aprender a coser, es lo que se hacía, ni más ni menos. Mis hermanos,

Rafa y Luis, iban a una escuela, una academia en Utiel, pero el pequeño, Luis, no pagaba porque era tan listo que ayudaba a dar clases.

—Háblame de las tías.

—Las tías eran modistas. Seis hijas y un hijo: la abuela, la Luisa, la Carmen, la Flora, la Josefa, la Esperanza, seis, y el tío Timoteo, siete. Eran muchos. La Esperanza se fue a casa de unos a Valencia, que era profesora de corte, y estudió y así montaron en Minglanilla un taller de modistas. Cosían muy bien y mucho. Y el tío, pues al campo. Eran gentes sencillas, no hay más. Tenía viñas y su propia bodega. Pero, entre tanta mujer, era siempre el hijo el que cortaba el bacalao. Él decidía hasta las telas de las hermanas. Así continuó y así le enseñó también a su hijo.

—Qué machista.

—Hombres.

En el gesto que hace mi madre no hay lamento, ni siquiera valoración; su mohín es una aceptación de un tiempo que pasó y que abrasó las manos a todas las mujeres de esa larga época en la que ellos mandaban en la labranza de la vida. Hombres fuertes también, de manos agrietadas, que se dejaban el lomo en la tierra, igual que ellas en el río, en la confección de sábanas, vestidos y manteles, y en los ásperos suelos de la casa. Las mujeres y los hombres que fueron niños en la guerra y adolescentes en la posguerra tienen la resistencia de la tierra, han forcejeado con las obligaciones, aceptándolas, son cuerpos de fibra, con nervio, con impulso para hacer todo a todas horas, tienen el poderío que no exhiben y han conquistado la democracia. No sé dónde está su debilidad, tal vez en la ausencia de vanidad. No hay ego. Ni queja. Esos hombres y mujeres de los que hablo son recios. Mamá es así. Y la abuela era así. Y el resto.

—Mira qué cielo —dice de pronto mi madre.

Giro la cara hacia el ventanal, silba el viento desde la montaña y suspira la chimenea como un animal moviendo los leños, y la colección de nubes que se ofrece en el cielo es un impresionante abanico de naranjas, dorados y plata.

—Es de *Lo que el viento se llevó.* Mira —insiste mientras el plata va siendo más violeta y el naranja más fuego.

—Impresiona.

—El trocito que se ve azul es más azul.

—Precioso.

El espectáculo es perfecto. Y parece que el pasado habla a las seis de la tarde, como si quisiera decir que la vida se pone bonita si ella quiere, ajena a ti.

28

Las noches llegan de manera inesperada. Apagamos las luces y caminamos hacia la cocina en busca de un vaso de agua, vamos subiendo a las habitaciones y doña Leo nos sigue.

Anoche entramos en el cuarto de la abuela, así lo llamo porque cuando venía dormía ahí. Es el más estrecho y los muebles son restos de varios lugares: el armario que tuvieron mis padres, las sillas Thonet de la tía Gregoria y la cama que nos regaló la tía Rosa y que fue de mis primos.

—Qué triste es esta habitación —dijo de golpe y porrazo mi madre.

La miré sin saber qué añadir porque es una sensación que yo tengo cada vez que entro.

—Es verdad —respondí—. Y no sé por qué es triste.

Mentí.

La abuela, alegre, murió en esta casa y algo de sus últimos días se quedó entre las cosas. El alma pertenece al que se va y a los que se quedan, como un puente. Y la suya, algún trocito que debo gestionar, anda dando vueltas por esa habitación.

—¿Cierro?

—Cierra.

Hoy nos hemos despertado con el ombligo de mi madre convertido en hernia, se ha salido y duele. Anda con la mano todo el día ahí, apretándose y conteniendo el dolor. ¿Qué extraña conexión con su madre sucede en este momento? ¿Por qué pienso esto? ¿Tengo miedo? No sé ni ordenar las frases para que dejen de ser telegráficas porque la respiración se agita si pienso lo que pienso. Me calmo con un vaso de leche y me apoyo en el banco de la cocina mirando en el microondas mi reflejo, que, de pronto, se funde. La luz se apaga, pero sigue dando vueltas.

Me pongo la mano como ella, sobre el ombligo que un día nos unió físicamente. Ahí está ella. En el salón y aquí, bajo la palma de mi mano. En ese lugar de mi cuerpo que fue sangre y gelatina un enero. Ese misterio de la vida que nos une en cadena de madre en madre le punza a la mía y no sé qué decir para aliviarla.

Y no sé qué decir para responderme a esa llamada de las tripas.

—Si me lo toco, me duele menos.

—...

29

La mañana de Año Nuevo se despertó ofreciéndose azul y luminosa, sin el frío que ahora mueve las palmeras de la playa de L'Albir, y las buganvillas estallando en rosas y magentas que se reflejaban en el suelo de la terraza. «Enciende la tele, está el concierto de Viena en la televisión», me dice Juan desde su isla. La pongo y los cabellos del director se mueven como si la misma brisa que acaricia las flores de mi jardín llegara a sus partituras. Imagino que se elevan y sobrevuelan de pronto entre las buganvillas. Puedo verlo si cierro los ojos un segundo. Puedo ver cómo las notas que llenan el salón y traspasan la pantalla son gorriones que vienen a beber agua en el cacharrito de Leo. Y ella, dormida como está, ajena a los trajines, serenidad de 1 de enero, mueve el hocico dejando que las aves beban porque no son gatos. La miro y abre un ojo porque sabe que la vigilo. Lo vuelve a cerrar y el cielo empieza a cambiar de azules, llegan las nubes, son brillantes porque el sol las infla, se agitan las palmeras como abanicos, el calorcillo empieza a ser fresco y echan a volar los gorriones con el golpe de batuta del maestro.

La buganvilla se pone guapa para la foto.

Qué diferente el paisaje.

Sereno despierta 2021. Sí, todo irá bien.

Ayer le dije a mamá que fuéramos a despedirnos del año viejo en la cafetería de los Eucaliptos. Me pongo algo y salimos. Caminamos lento hacia la calle y doña Leo va dirigiendo la ruta, *alegre ma non troppo*, hacia la mesa en la que nos sentamos al sol.

—Una caña y... un vermut.

No hay brindis, hay silencio. Ese que nos calma y que forma nuestro carácter desde que los años empezaban por mil novecientos.

—¿Qué le pides al año?

—Estar felices —zanja tras un trago—. Eso será que todo está bien.

—Pues eso —respondo—. Felicidad.

Y nos quedamos callados frente a frente. El silencio cómplice que no necesita romperse con palabras. Los nudos de este año se quedan así, ahí, en la placidez de madre e hijo al sol. Y se toma su pastilla de la quimio de otro trago.

—¿Con cerveza?

—Qué más da —me dice.

Sonrío. Y eso es lo mejor de la vida. Lo que acaba de hacer.

La quimioterapia han empezado a darla ante la presencia del tumor que se ha albergado ilegalmente tras el ojo de mamá. Han dicho que no hay metástasis, que por fortuna se ha alojado entre el globo y el cerebro, pero que es malo y que, o desaparece, o tendrán que ser más agresivos dentro de tres meses. No sé con qué palabras lo dijeron porque yo no dejaba de mirar a mi madre, paralizada en la silla, frente a los médicos que nos atendían en la planta sexta de la torre B. Ella solo tragaba saliva y dijo algo como «pero yo ya soy mayor, tengo ochenta y tres años». Los piropos no calan cuando todo está encharcado de dolor. Le sentó igual lo que respondieron acerca de la vida y su estado físico. Respiré hondo, hasta el ombligo que me une a ella. Me abracé a su bolso en la silla de acompañante que puso la enfermera para mí. Noté sus llaves, las gafas, los pañuelos, el monedero, la cruz, las estampitas, los caramelos... Noté su pulso. El tratamiento empezó en el coche, camino de casa, con una botella de agua para digerir la primera pastilla. Doce del mediodía. Una al día. Un mes. Análisis. Revisión. Otro mes. Revisión. Tercer mes. Resonancia. Ahí dirán.

Vinimos hablando de la perdiz escabechada que había comprado para cenar en Nochevieja y el solomillo relleno que había preparado. ¿No será mucho para dos? «Lo que sobre, para el día siguiente.»

¿Se puede hacer lo mismo con los besos? ¿Se guardan para el día siguiente? ¿Y con el amor?

—Pero... ¡si no tenemos uvas! —alerté en la terraza de los Eucaliptos.

Su mueca de respuesta es de «qué más nos da». Pero responde:

—Luego le digo a Juani que compre algún racimo y nos lo traiga, así la vemos.

Vuelve el silencio feliz, la paz, la tranquilidad, los misterios que uno no sabe del otro. Y el sol que llena todo de calor. Nos tenemos más allá de 2020. Y no, no olvidaremos el año. Como tampoco olvidaré esta caña y este vermut al sol. Ni las llamadas, ni los ratos en casa, ni las lecturas, ni los «qué hacemos de comer», ni los mimos de mi perra, ni los viajes a la habitación o a los álbumes de fotos. Lo compartido me lo guardo.

Aunque todos echamos de menos los abrazos, estoy convencido de que, en la ausencia de ellos, ha habido más amor. AMOR, sí. Porque muchas veces la espera de un abrazo es infinitamente más bonita que el gesto.

«Te quiero, mamá.»

«Y yo a ti.»

Silencio. Es en silencio.

—¿Nos tomamos otra caña o nos vamos a casa?

—Vamos, que tengo el caldo al fuego.

Desatamos a doña Leo de la silla, nos despedimos de Carlos, el camarero, y, poco a poco, regresamos a casa, con nuestra caña, nuestro sol y nuestros mejores deseos de volver a brindar juntos.

El vals del emperador, de Strauss hijo, termina. Arranca una polca rápida. Me giro hacia el ventanal, y las hojas pardas vuelan de un lado a otro, el cielo se ha quedado pintado de nubes..., y las buganvillas, fuertes, saludan desde la calle. Aplauden.

—Me he tomado la tercera pastilla.

30

Yo tenía unas tías francesas que no eran francesas, pero las llamábamos así: las tías de Francia.

Venían en tiempo de la vendimia a Utiel y su llegada era siempre un acontecimiento.

La abuela Irene preparaba merienda después de anunciar la bienvenida.

—¡Vienen las tías..., las de Francia!

Eran las parientes. Las emigrantes. Las que escaparon en busca de fortuna.

La primera que se marchó a vivir más allá de los Pirineos fue la Elvira, Elvira Hernández Ruiz. Alfonso era su hermano, también partió, porque enfermó mucho por culpa de los Altos Hornos de Sagunto y los aires de Francia le sentaban mejor en esos años de dolor. Recuerdo al resto: Pepe, Miguel, África, Salud, Carmen, Feli... Elvira era la sobrina mayor de mi abuelo Victoriano, la más llamativa, el faro de aquel acontecimiento.

Una de ellas tuvo una tienda de flores, la Feli. Escribí sin saber ese dato en *No me dejes*. La emigrante con una floristería. «Mamá, ¿cómo me lo cuentas ahora? ¿No recuerdas la novela?», le digo casi recriminando no haberlo conocido antes. Me mira y añade: «Me acabo de acordar». ¿Qué escucharía de niño para que ese dato se alojara en el cerebro como un haba de colegial sobre algodones? En fin.

La Francia de la que hablaban era Clermont-Ferrand, simplemente. Ese fue el destino de los emigrantes de Puerto de Sagunto.

Elvira y Juan, su marido, llegaban a casa a la hora de la merienda y nos traían bombones franceses, alguna colonia y sonrisas. Para mí, aquella mujer era exótica, venía del extranjero y tenía otro acento, sus ropas eran alegres, se sentaba a contarnos cosas de Francia y olía a perfume francés, el sumun de la exquisitez. En ese momento de mi infancia, mi mirada empezó a cambiar y a fantasear con que en Francia sucedían cosas más llamativas que aquí, que las mujeres vestían faldas de colores y que los aromas tenían sabor a chocolate con licor. La inocencia es un campo que necesita poca agua para llenarse de flores.

La Elvira nunca supo que aquel niño creció con la imaginación desbordada por su conversación; sin saberlo, anidó en mí la semilla de la exageración y el mundo de ficción que convertía a Francia en una verdadera Ciudad Esmeralda. Solo tenía que cruzar los Pirineos, igual que ellos. Huir.

Cada septiembre llegaban, para la Feria y Fiestas de la Virgen del Remedio, su casa estaba cerca del recinto, por la fuente, pero se acercaban a la Puerta del Sol. Así siempre. Yo las esperaba. Un año más. Otro. La esperada rutina anual. En ese paréntesis de vida había buscado información en las enciclopedias de la biblioteca de Buñol y recortado fotografías que, afortunadamente y por sorpresa, aparecían en las revistas. La hoja de ruta estaba formándose poco a poco, la brújula había orientado al norte como salvación de una infancia gris y apocada, encogido por otros males, y París se había convertido en un fin. Oh, Francia. Me preguntaba qué sucedería en ese país, cómo serían las calles, qué habría alrededor de esa torre de la que hablaban o cómo sabrían las ostras que, según contaban, había en los mercados. La puerta de la imaginación la abría Elvira, sentada en la silla frente al balcón, y yo entraba. En mi interior había anidado el amor hacia lo francés: las canciones, los libros, las imágenes, los quesos, los nombres, las películas, los autores, las fachadas, los perfumes, la vida lejana que tiene forma de felicidad.

«¡Que vienen las tías de Francia!», decía la abuela Irene. ¿Supo que yo corría hacia la entrada para ser el primero en verlas y quedarme con su primer beso? *Bonjour, bonsoir, adieu, l'amour, oh là là, bonheur, voyage...* Sabía de memoria algunas palabras que salían en las canciones o en las revistas.

Y yo, ilusionado hasta el paroxismo, abría la puerta de la casa para oír los zapatos que subían taconeando por la escalera.

—Mírale, qué guapo está.

Siempre se quiere a quien te mira bien.

31

Si bien es cierto que hoy me siento más que nunca apegado al pueblo, Buñol, también lo es que la tentación de venderlo todo e irme a París palpita como una moto, más y más fuerte. ¿Por qué no decirlo?

¿De dónde vendrán esas ganas irrefrenables de escapar siempre del lugar en el que estoy? Es como si siempre hubiera una parte incómoda allí donde despierto.

Entonces, salgo a pasear con mi perra hacia la fuente de la Violeta, allí adonde mi madre me llevaba con el carrito para que me diera el aire. O para que le diera el aire a ella. El parquecillo era entonces amable, sin cuidados excesivos ni setos de ese arbusto que parece ciprés mutilado.

Buñol en caminata es hermoso, Buñol a pie, Buñol desde la zona donde vivo con el castillo medieval en su fachada este hasta las Ventas, atravesar el Roquillo, bajar hacia San Luis y dar la vuelta por la montaña rumbo al Hortelano, el barrio al que llegaban los veraneantes en aquellos años setenta. Las provechosas fábricas de papel que dieron riqueza al pueblo son ahora naves abandonadas, solares de *grafitti* y ladrillos mordisqueados por los años. Sin embargo, desde aquella carretera, bajo la sierra, se ve el valle de casitas y tejados como un cuento. Un horizonte de pasado y presente, ignoro el futuro, en el que la decadencia ha ido lastimando la belleza. Amputado de empresas, es ahora un pueblo rural, que aspira a volver a ser, que sigue respirando música, que tiene humildad y que trabaja y sueña, como dice su pegadizo himno: «En un frondoso valle de la anchurosa sierra...».

Voy dando pasos y Leo juega con las piñas de los pinos salvajes que pueblan las laderas de mi calle, y me topo con la imagen del niño que subía por ese camino, entonces sin asfaltar, hasta el cementerio viejo. Viejo y vacío. Una tapia de hiedras y florecillas. Me veo más gordo, más viejo y más feliz. Más dichoso que entonces, con tantos miedos, tranquilo a ratos y radiante otros. Ha habido desventuras, muchas. Algunas gordas, dolorosas. Andan marcando el nuevo carácter que se fragua con los años y las heridas. Algo pálido, observador, sin muchas risas, con facha de *flâneur* rural.

Sigo mis propios pasos y los de Leo.

Peregrino alrededor de los pensamientos, que son recuerdos que me asaltan a mano armada, los recojo y los mastico, los escupo allí donde orina mi perra. No se puede volver allí donde quisieras corregir el pasado. No se puede regresar a la clase ni dar un carpetazo, ni un bofetón, ni una patada en la espinilla, ni un «a la mierda todos». Zangoloteo, pues, entre la memoria y este camino de piñas, pinos y olivos crecidos desordenadamente.

¿Cómo podría uno volver a existir? ¿Qué haríamos sin los errores? ¿Se puede olvidar? Hace fresco y eso explica todo.

Desde los primeros años de mi infancia recuerdo todo con frío. La cama estaba fría, las sábanas eran de escarcha, los pasillos, la entrada, las clases, el coche. Vuelvo a hallar mi vida en el frío. Los túneles de la memoria están poco iluminados, se respira polvo, hay estornudos, algunos escalones y, de manera mecánica, alguien grita. También alguien dice mi nombre.

Por lo demás, pienso, qué suerte tienen los árboles, que crecen como quieren.

Durante mi adolescencia, con asiduidad, alguien venía a podar las ramas o manoseaba mis cosas, para que estuvieran ordenadas *como debían estar.* Me deslizo suavemente por el dolor hasta que dejo de escribir.

32

Siento especial afecto por la calle San Luis porque la montaña sale por entre las casas como si fuera el sol. Se brinda como un destino cercano, verde y rocoso, para embellecer la línea de fuga.

Voy de recuerdo en recuerdo. Las puertas estaban abiertas de par en par para mostrar manteles y muebles encerados, cuadros imponentes y patios recién regados. Colgaban candiles, fotografías de antepasados y flores recién cortadas. Aparadores llenos, copas y tazas tal vez nunca usadas. Amplitud de entrada, sofás *déco* y sillitas de rejilla barnizadas y pulcras. Percheros con mantones, sombreros y bolsos de ganchillo. Todo expuesto. Todo decorado para las fiestas. Las fachadas encaladas, los balcones impolutos, las macetas florecidas y el olor a jabones y a sábanas planchadas. Las puertas entornadas, la jarana de la cena que se ordena y los garajes levantados para pequeñas exposiciones de acuarelas, óleos o pinturas en tela. Las amas de casa, dueñas. Los señores, fumando. La chiquillada, lista para la feria.

La vida regocijada se ofrecía tras las puertas y cristales, y el ligero olor a espliego y alfábega recién cortados, que un carro iba soltando para alfombrar la calle, inundaban todo de alegría.

En ocasiones miro al interior de esas casas, ahora cerradas, para encontrar el reflejo de aquellos días de jarana. El bullicio se ha apagado, al menos aquel que, sencillo y oloroso, cambiaba la vida del pueblo.

Voy camino del ferial. Cruzo el arco de luces. Empieza la música. Se oye la tómbola abierta como una maleta gigante, y los peluches roñosos cuelgan de cuerdas junto con guitarras que nunca tocan, las de todos los años, y muñegotes que reafirman la moda televisiva. El algodón de azúcar. Las manzanas caramelizadas. Las bolsitas de almendras garrapiñadas. La balsita de patos amarillos que con caña y gancho debes pescar para encontrar un número afortunado. Miro el agua sucia y veo mi cara y el revés del toldillo. Las muchachas y muchachos que flirtean están en el murete de los coches de choque, los admiro, los envidio. Paso de largo para olisquear entre los tenderetes de hippies que venden pulseras y colgantillos con iniciales de metal. Se ve el bar, los padres se apoyan en la barra y reservan mesas para la cena: bravas, mejillones, bocadillos, calamares, tigres y otros fritos. El escenario está listo para la orquesta, tras él, la ermita del santo, y, a su izquierda, el charco del que nace agua. Me agacho para beber con las manos y veo al hombre que soy reflejado, con la barba mojada y las gafas empañadas en vapor. Se ha pasado una gran parte de la vida. La feria está vacía, no suena la música y uno de aquellos chiquillos que ligaba amor en la atracción es ahora un hombre que me saluda con su mujer.

—¿Cómo estás?

—Pasa la vida.

Recuerdo que hacía frío en aquellas noches de feria. Y que nunca subí al tren de la bruja. Regresaba a casa antes de que anocheciera.

33

Me gusta el sol que parte en dos la cara de mi madre, dormida.

Me gusta el plato sobre la mesa con los restos de nata y el tenedor pegado al azúcar.

Me gusta la rama de olivo que corté en el camino de lagartijas.

Me gusta el calor de la parte izquierda de mi cara y el reflejo del jersey azul de mamá en la chimenea.

Me gusta estar descalzo.

Me gusta la manta de ganchillo de colores que hizo la abuela.

Me gusta el polvillo que flota entre los rayos de sol de la persiana.

Me gusta el libro abierto sobre el sofá, *Luz de febrero*, de Elizabeth Strout.

Me gusta el olor a leña de carrasca.

Me gusta la respiración de Leo en algún lugar del salón, tal vez tras el sofá, junto a la ventana o tras el sillón. Escucho su viaje de sueño, imagino la tripita que sube y baja. Y los ojos cerrados, dormidos. La tranquilidad de una perra en un salón de invierno.

34

Se convierten las tardes en muñecas rusas, todas iguales, una dentro de otra, estrechándose en el espacio y achicando la vida. Abro una y otra, y después otra más pequeña. Aparece igual, idéntica a la de ayer, con la misma siesta y el mismo cielo aborregado, con el viento frío y el silencio que empieza a ser doloroso.

No sé cuántas muñecas me quedan por abrir, solo sé que la sorpresa es una simulación que se parte en dos y sigue adelante en una solitaria que circula por el suelo, acechando. Acechándonos.

El sueño no significa descanso, sino una manera de acelerar el tiempo y de desaparecer un rato de este lugar que es la casa.

Las cajas de los adornos navideños están ya en la bodeguita, guardadas una encima de otra. En ese silencio he ido recogiendo el nacimiento de trapo y los cuatro trastitos que decidí colocar para simular fiesta. Duermen ya en la misma caja de zapatos de hace veinte, treinta años. La corona mellada de piñas que colgaba de la puerta, pensé que este año se la llevaría alguien, ha vuelto a dormir en su funda. Y el Niño regresa a la habitación. He echado las piñas a la chimenea junto a las postales navideñas con los mejores deseos, como una improvisada noche de San Juan en la hoguera de la playa. La llamita tímida que se ve tras el cristal tiene ya la tinta y las palabras consumidas como los días que han ido transcurriendo desde el año pasado.

La muñeca rusa se abre a las cinco y media de la tarde. El café con leche, las mismas galletas, el bostezo, la luz encendida de la esquina y el libro abierto.

La muñeca se repite con el dibujo peor matizado, con menos detalle, y el grueso de los colores se empasta. Más allá del amor, de las horas, de los días, está la vida inesperada. Esta, por la que vamos circulando a pasito lento, se le parece, pero no es aquello que imaginamos de niños. Ni ella ni yo.

Ni tú ni yo, mamá.

35

El entorno de mi padre eran los camareros y dueños de los bares: el Garzarán, el Vegano, Francisquito o el Mercé. Cierro los ojos y nos veo entrar en uno de ellos, allí está esperando su amigo Antonio, el Gorrinero, un hombre sano que se dedica al transporte de cerdos y que nos tenía mucho cariño, tanto o más que Amelia, su mujer. La primera caña no tiene tiempo, la segunda viene pronto y hay que pedir algo para picar. Yo me sumo: boquerones en vinagre. No sé de qué hablan, los vasos y los platillos se van sumando en la barra, me reflejo en los cristales de la máquina de *pinball*, no juego porque no me va ni la entiendo, ni me interesa, sobre todo, ni me interesa. Veo la tragaperras anunciar premios y verduras doradas. No tarda mi padre en engancharse y pedir cambio para seguir jugando a la maquinita, empieza a ser vicio. Así va pasando la mañana. Cambiamos de bar y volvemos a apoyarnos en otra barra, saca su fajo de billetes, que a vista de todos puede sonar a hombre fanfarrón, pero es lo que solían hacer algunos hombres de la época: llevarlo todo encima, no se fían de los bancos porque los bancos no son de fiar. Fin. Allí, en el Vegano, las tapas son mejores y sacan sepia, bravas y torreznos. El ambiente es alegre, las cañas ayudan a que lo sea más, y el pequeño que soy entonces empieza a aburrirse, a subir y bajar del taburete, a ir al baño por ir, a salir a la calle, a volver a entrar por orden de mi padre, a beberme otro Choleck de chocolate y a picar más boquerones. Ya no estamos con amigos. Es el bar, la barra y nosotros. Insisto en irnos a casa, pero la casa no está en sus planes. Me pone la mano en el hombro y paga, yo me ilusiono de manera absurda porque, en ese momento en el que enfilamos la calle hacia la plaza donde está la casa de mi abuela, nos dirigimos a otro bar: el Mercé. Me reciben los dueños con el cariño de siempre. La Rosi es un amor. Mi padre pide clóchinas, yo me bebo el caldo en un vaso que ofrece su marido, sin ser consciente de que allí meten la mano y los cazos para servir. Me vuelvo a acomodar en un taburete y salen más cañas. Desde mi sitio veo el reflejo de la cara de mi padre, que va ebrio, pero se mantiene bien, firme de carácter y hablador con el dueño. Son espejos con anuncios de Martini y Schweppes, banderillas y toreros. En los pies veo acumulados cientos de servilletas arrugadas, palillos y huesos de aceituna. Es la tierra que piso, a la que me voy acostumbrando y en la que crezco. En ese solar de suelo de bares echo raíces. Los recuerdos se introducen retorcidos bajo las barras de bar, hundiéndose en las cocinas, anudándose en las cazuelas y en los platillos de altramuces, cacahuetes y encurtidos. Enraizar ahí es complicado, pero busco las salidas para crecer, la cepa no es firme, se sujeta como puede entre taburetes y piernas de hombres que van y vienen, hombres que hablan de motores y de baterías, que quedan para otra caña y que vociferan sobre mujeres, empiezo a amarlas, se hunden las raicillas en los azulejos, buscando pozos de felicidad que no aparecen, y mis ojos se iluminan con las luces de las tragaperras y brillos de las botellas del mostrador. El humo todo lo matiza, no molesta, es parte del oxígeno que trago, en el que voy creciendo, torpemente, bruscamente, con alcohol y ceniza de puros Farias. El niño qué sabe, esa es la vida, la que existe, no hay otra. La vida es salir a beber en coche, charlar con dueños de bares y emparrarse en los taburetes para buscar un cielo.

Me acuerdo de otros bares, otros restaurantes de carretera, otras cafeterías, otros antros de hombres que llevan las manos sucias y se hurgan con palillos. Son sus amigos, o conocidos de bar. Esa tribu que es idéntica de un lugar a otro, que habla de los mismos temas, que vocea nuevas cañas al camarero y que va y viene cambiando de cara.

En uno de aquellos paseos etílicos, mi padre me habló de las travestis, pero no dijo que lo eran ni lo que eran. Solo me anunció:

—Hoy vas a ver.

Me subí a su coche y me llevó a Valencia en dirección a la avenida del Oeste, allí donde habitaban seres que debía conocer.

No salimos del vehículo. Pasamos como esos que van a un zoo de África sin abrir las ventanillas por si las fieras entran. Pero el peligro tiene temperatura, así lo sentía. El niño pegado al cristal cuando mi padre dijo aquello de...

—¡Míralas!

Eran mujeres maquilladas, vestidas de colores y transparencias hasta el ombligo, tetas como ubres que nunca había visto, morros pintados y miradas oscuras que se pegaban a la ventanilla. Sentí que me iban a tragar, o peor, que había que salir del coche y respirar su aire, el que viciaba las aceras con tacones y bolsos, palabrotas e insinuaciones similares a las de los bares donde crecí. Fue en ese momento cuando una de ellas se levantó la falda y me enseñó su sexo, un pene grande y colgante que salía de las medias de rejilla. Bajó el telón y la función quedó grabada para siempre en la memoria.

—Anda, vamos para casa.

Tal vez ya estaba todo hecho, todo dicho, todo enseñado. El vicio era aquello, lo que le hacía reír y sentirse fascinado. Para mí fue una puerta del infierno que se abrió y me enseñó la inspiración de los deseos, perversiones y misterios que no habitaban en los libros de mi estantería. El niño, yo, se durmió de vuelta a casa y jamás apareció aquella escena en ninguna conversación. Quebró por dentro alguna inocencia, supongo.

Cuando las volví a ver, yo ya era de su altura, en la Gran Vía, por la calle Desengaño, sacadas de la magia y de las letras de Sabina.

Ellas no saben que ya las conozco desde niño y que fueron mi primer ser mitológico.

36

Quiero días de sol como el de hoy. Días con mi perra paseando por la calle hasta el paseo de San Luis, saludar al santo, tomar una caña y saludar a los vecinos.

Quiero el olor de los limones.

Quiero pincharme con las agujas de los pinos que se quedan prendidas en el jersey.

Quiero ver el agua del río así de limpia, ver los peces y las piedras *rodonas*.

Quiero este sol que adormece las manos y me hace cerrar los ojos hasta caer rendido en el sofá.

Quiero el beso del aire frío de la montaña.

Quiero saber que la vida no se alarma, ni se extraña, que se enreda en las conversaciones y en los silencios. Una vida normal, tranquila, serena como los pájaros que saltan de una rama a otra en el paseo.

Quiero el sonido de la fuente y ver cómo el estrecho paso al charco antes me parecía amplio. Encender la luz de la ermita, rezar un poco, pedir o dar gracias, fijarme en algo nuevo de los escalones de la feria, recordar lo que ya no existe, visualizarlo mientras camino, edulcorarlo. Ay, este sol cómo huele a primavera de invierno, a estufas y ventanas abiertas para ventilar las camas, a niños que juegan levantando el polvo de la calle y las ilusiones.

Quiero otra caña. Nada más.

Quiero días de frío llenos de calor.

... Y la tarde.

37

Mis compañeros de colegio eran también mis vecinos de calle: Carlos el Músico y Paco el Rasca.

En bicicleta íbamos hasta los confines del pueblo, allá por la fuente de la Violeta, que parecía transgredir todos los salvoconductos dictados por la familia. Una de aquellas tardes llovió mucho, pero nos pilló escalando por las cuestas del cementerio viejo, que, como dije, no era más que una tapia y un montón de arbustos secos y hiedras trepadoras. En medio de la lluvia alguien dijo que ese era el momento en el que salían los muertos y que anduviéramos con cuidado porque podríamos pisar tumbas y despertarlos. Ni lápidas, ni tumbas a la vista, nada, todo oculto en la maleza, pero podía verse claramente con la lluvia que amenazaba un gran bofetón al llegar a casa.

Empezaron a salir caracoles y esa fue la mejor idea: cogerlos.

—Mira, mamá.

—¿Dónde has estado?

—He traído caracoles. Estábamos buscando...

Plaf.

Al día siguiente nos sentamos los tres en la escalera y pusimos en común el enfado de nuestros padres. Habíamos llegado calados hasta los huesos, que ni el miedo había podido echarnos de allí. Los lazos infantiles se hicieron fuertes y los episodios fueron pasando de un portal a otro, gastando los días, buscándonos en el recreo o volviendo a buscar caracoles de muertos, que representaban el misterio y la pillería. Los mapas de Verne circulaban por mi cabeza y los árboles eran bosques; los caminillos, rutas secretas, recónditas, reservadas para tres amigos de la calle.

Bastaba con asomarse a la ventana para verse y hacerse un gesto: «¿Bajamos?».

Una tarde, justo cuando mi familia y yo nos habíamos mudado de calle a la avenida de la Música, se rompió todo.

A última hora de la tarde sonó el timbre. Eran los padres de Carlos, que venían a despedirse. Se sentaron en el salón. Mamá puso algo de picar. Ellos explicaron que cambiaban de pueblo. El trabajo los obligaba a un traslado y dejaban la casa de Salvador Domingo para ir a no sé dónde, que ya no pude oír. Me quedé tras la puerta, en el pasillo, lloriqueando la marcha de Carlos. Se fueron. Y la pandilla se quedó coja para siempre.

Atrás quedan las correrías por la terraza de su casa, que estaba sobre el tejado del cine Montecarlo, cuando abríamos los ventanucos y veíamos películas prohibidas, de mayores. El gran salón con todas las butacas granate bajo nuestras miradas, los escotes inmensos, las risas, los besos en fotogramas que iluminaban nuestras pupilas y las prisas por escondernos para que no vieran que dos chiquillos estaban colándose desde el cielo del cine, tras los bustos de los compositores que coronaban todo el interior. Merendábamos después en el poyete de aquel tejado, sentados, soñando con el cine y con las estrellas que, luego, en forma de cromo, nos comprábamos en el quiosco del tío Alton, junto con un sobre sorpresa, por pocas pesetas.

Los domingos íbamos al cine, a la sesión de las cuatro

de la tarde, recién comidos. Aquel domingo proyectaban *Furia de Titanes.* Impacto. La Medusa. El Olimpo de los dioses. Sombra y sol, noche y jeroglíficos. El cruel castigo de Zeus a su vástago Calibos. La criatura deforme. El búho dorado. Nubes y columnas griegas. Seres caprichosos, envidiosos, que manejan a los humanos como fichas de ajedrez. Aventuras y fantasía a raudales para dos niños. El vuelo de Perseo a lomos del imponente Pegaso, el ataque a la ciudad de Argos, los escorpiones gigantes. Y la Medusa con un perro de dos cabezas capaz de convertir en piedra a quien ose mirarla a los ojos.

En el pasillo, los padres se despiden. En la pared se proyectan las sombras de los adultos. Se oye la puerta.

Me parece que nos intercambiamos un juguete para decirnos adiós. Pero ya no lo sé.

38

He vuelto a oír al gallo que me despertaba por las mañanas.

39

La hermana Teresa era de Zaragoza y gracias a ella me pasearon por el Pilar. También gracias a ella empecé a tener mis primeros cuentos. No se los dejaba tocar a ninguno de mis amigos, ni a Paco ni a Carlos, ni a los hijos de Alberto, eran mi joya. Mi madre recuerda que me los pasaba por el pecho para sacarles brillo con el pijama y volvía a guardarlos en mi buró, donde estaban los secretos de la infancia. Aquellos libritos estaban ilustrados por José Ramón Sánchez y hablaban de una pandilla de niños en Puente Genil. Yo quería ir a Puente Genil para visitar la noria que salía en los dibujos. Pero me bastaba con leerlos y releerlos para entrar en los paisajes de colores.

Era una de las monjas que estaban en el colegio de Utiel donde estudió mi madre la que me traía esos libritos. Las recuerda mientras yo echo otro bolo de leña al fuego. «La hermana Evangelina daba dibujo, era alta y fea. La hermana Mercedes era más borde y más... —Se corta—. La hermana Consuelo. Otra Teresa, más brusca.»

—Hermana, ¿me perdona? —recuerda mi madre.

—Sí, pero sigue de rodillas.

—Pues entonces no me perdone.

Dice toda la conversación haciendo dos voces. Ahí

se detiene. Intuyo a una niña avispada y ligeramente rebelde, lo justo para sentirse viva. Fue formal y libre a la vez.

Me río mientras hace memoria de su niñez en el colegio, de espaldas a mí; abre la puerta de la estufa, las llamas se mueven y se queja de la pierna al acercarse al cesto. La quimio está ardiendo también en sus extremidades, actúa de forma discreta y dura sobre su cuerpo tal y como dijeron los médicos. El sabor de todo es «como el hierro». El pelo se cae, lo veo en el baño, lo recojo de su peine y lo tiro a la taza para que no vaya sintiendo otra pérdida. En la cama está bien, se duerme con la morfina, y por las tardes se queda en el sillón hundida en otro sueño. Busca a Leo con la mano, alargándola desde el sillón, «¿dónde estás, pequeña?». La perra hace «uh» en un ladrido que no es ladrido, que es susto. Eso nos saca una sonrisa.

«Las monjas —continúa— eran muy *magantonas*. Yo, que he vivido dentro del colegio, que las he vestido, que las he atendido, sé que tienen muchas envidias y muchas necesidades. No tenían dinero, y se metían a monjas para poder vivir. Y eso las hacía amargadas. La colonia era un lujo. Ellas no tenían ni eso, y no podían hablar con sus familias, no les enviaban nada, ni lo que necesitaban. Si les apañaba un hábito a una antes que a otra, se enfadaban.

»La hermana Dionisia estaba en la cocina, no se enfadaba nunca. Dios está en los pucheros. Se le apareció la Virgen en un pueblo cerca de Utiel. Estaba ya muriéndose y... fue un milagro.

»La hermana Teresa se venía mucho a casa de mi abuela, a pedir arreglos. Le enseñó contabilidad al tío Rafa. Así entró en el banco. Y, sí, nos ayudó mucho. Mucho. Si le regalaban algo, lo compartía.»

Escucho.

Me acuerdo de haber ido al colegio de las monjas. Por qué estar en casa pudiendo estar con el resto de los niños, recuerda mi madre.

Tendría cinco años. Es cuando todo cambió.

40

—Mamá, ¿cuándo fue el accidente de papá?

—No me acuerdo. Los papeles están arriba.

41

Cuando el silencio se instala en la casa, algo se aplasta en mi interior. Esa quietud incendia mis temores. Escribo aquí para mitigarlos, para justificarme ante la nada, como quien levanta acta en soledad, a título documental, sin más valor literario que el emocional. Y seguramente para liquidar de una vez por todas unos miedos que no me pertenecen. Quiero la calma de Leo, mi perra, aquí al lado, desperezándose, abriendo la boca como un león en la sabana, haciéndose un hueco en el sofá y lamiendo sus patitas. Escribo para dejar de tener miedo a la muerte. Sobre todo, para eliminar este olor a mortaja que se me pega a la ropa de manera inconsciente. Una eterna zarpa que pesa sobre los hombros, impidiendo correr, creando asma en lugares felices, arañando la voluntad y atrapándome en un punto del que cuesta salir.

El silencio lo rompe un «ay» que se oye al final de la escalera.

—¿Qué pasa?. ¿Qué pasa? —repito.

El silencio entonces es cruel.

—Mamááá.

Ahora es cuando veo las camas de niño, las dos literas de color miel en las que dormí sin hermano. El hermano ausente que me acompañó durante toda la vida en ese colchón de arriba que no se movía, que nadie ocupaba, la meseta yerma de grano y trigo. Dormí acompañado de un silencio que no lo debía ser, porque esa cama era el anuncio constante de una llegada. Un año, otro año, un año más. La cama hecha, las sábanas de siempre, la almohada nueva. «Hola», en voz baja alguna noche para ver si contestaba. «¿Hola?» Nada. Dormir en literas viudas marcó mi infancia. Un hermano invisible. De nombre desconocido. Una lamparita que yo solo encendía y que yo solo apagaba. La puerta semiabierta. La silla única. El pijama azul. El techo de estrellas.

La conversación interior fue creciendo ante la ausencia de respuesta, un universo de preguntas, planetas y terrores bajo la cama de nadie. La desconfianza, las sospechas, las audacias cortadas, los recelos, las inseguridades, la turbación por la noche, el desasosiego, las dudas, las inmensas dudas. Y un somier mudo.

—¿Te cierro la puerta? —dice mamá en el recuerdo.

—No, déjala así —respondo con la misma voz.

Las maderas de las habitaciones como respuesta al terror.

El niño se duerme y se despierta en la noche, pregunta de nuevo a su no hermano:

—Y tú, ¿duermes?

42

Los días no van bien.

El dolor se ha instalado en sus huesos, y mamá se desliza por la casa apoyándose en los marcos de las puertas, en las paredes, y, muchas veces, deja caer su peso sobre la mesa camilla, hundiéndose en el tapete de la abuela, su madre. Ya no lo disimula. Cierra los ojos, respira hondo y se traga los días a bocanadas, intentando llegar a la juventud que no recuerda. «Quisiera», dice a veces. Intuyo qué quisiera.

Intuyo también los días.

Miro su mano quemada en la estufa porque no acierta con los objetos, le pregunto y dice que no lo hará más. Es la niña la que habla. La madre busca ayudar y responde: «¿Te hago un zumo de naranja?».

La niña que corría por la calle Eduardo Dato, en Utiel, huyendo de los chicos que la perseguían, salvada por sus hermanos, Luis y Rafa, la que limpiaba en casa y ayudaba a las vecinas, levanta la mirada hacia el ventanal por el que las nubes, empujadas por el viento fuerte, cruzan veloces. Como los días. La niña que aparece en las fotos coqueta y distinguida, discreta y bella, junto a sus amigas, recorre con sus yemas el almohadón en el que apoya ahora su peso. Ahora la veo en la feria, en los toros, con sus mantones, en las fallas, en la fuente... Fotos en blanco y negro llenas de color porque sonríe con esa mirada que hoy se ha apagado como la leña.

—¿Echo otro bolo, mamá?

—Toma, tu zumo.

Hay un «quisiera» entre los huecos de los silencios que da dolor de cabeza, atascado en la sien y en la garganta. Un «quisiera» que enturbia todo como el humo.

—¿Cuántas pastillas me quedan?

«Tres», se responde mirando la caja.

Dicen los médicos que, si todo va bien, el tumor podrá disminuir ligeramente. Hablan de micras, de medidas muy pequeñas que son grandes al trasladarlas a la salud. Asentimos sin más, entendiendo que eso es bueno, que será bueno. Confiemos, dicen, y otras conjugaciones de verbos positivos que sirven para tamizar el grano que nadie digiere en esa consulta blanca. Mamá asiente. Yo también. Los médicos fuerzan una sonrisa cómplice, aprendida y calmante. Evitaremos así arrancarle la mirada. Es entonces cuando nos agarramos a la grieta de la posibilidad, sin alegrías, con las uñas. Y la perra parece saberlo porque se pone a ladrar ahora en el salón.

Me bebo el zumo de naranja y la llamita se apaga mientras yo me duermo en el sillón.

43

Soñaba de niño con ser maestro. El camino al colegio era un senderito hecho de pasos entre las huertas, comido de bichos y de florecillas blancas. A veces, amapolas, que llegaban a casa muertas, pero que emocionaban como claveles. Iba hasta la escuela con mi paraguas, pinchándolo en el barro, a modo de bastón. Calándome los tobillos en cada charco y pensando en el abrigo de la clase calentita que daba al patio. Llega ahora el olor a ceras, a cartulinas, a libretas nuevas, a estuches de plástico y sudor infantil. Era mi mesa un terrenito alegre en el que, con buena letra, hacía deberes y me quedaba colgado del techo pensando en las musarañas. Tan amigas siempre de aquella infancia.

La pared con las perchas llenas de abrigos al fondo y una cruz y los reyes sobre la pizarra.

Veo de nuevo la coleta trenzada de la Carmen Tamarit, que solía sentarse cerca de mí, los rizos de la Paqui, el pelito lacio de la Ana, el pelucón de la Begoña, la melenita alegre de la Aida y el flequillo tieso del Vicente. Veo los mismos pantalones, las mochilas idénticas y los jerséis de lana que pinchaban, las rodilleras en el vaquero, las panas y las chaquetas marrones, «sufridas», para jugar.

La fuente junto al conserje, el tío Paco, en la que hacíamos cola, y los bordillos para los que no queríamos jugar al fútbol con la pelota.

Soy yo desde la ventana, pegando recortables en las postales, sacando punta de manera infinita a los plastidecores, haciendo bolitas con las gomas de borrar. Universo eterno que dura poco. Pequeño paraíso carente de complicaciones. Algunas faltas, malas costumbres y vanidades varias frente a la pizarra. Colegio. Profesor. Alumnos.

Me acuerdo también de Aurelio, de Ferrer, de Eduardo, de Esmeralda, Sebastián y algunos otros. Me acuerdo de mi miedo a las tablas de multiplicar. Aparece el compás, los afluentes del Ebro, las raíces cuadradas y la revolución industrial. Salta algún dibujo, el columpio siempre ocupado y la puerta abierta a la hora de la salida. Tropel de muchachos hacia sus casas, otra vez las huertas, los bordillos de las acequias, las carreras y el timbre.

—Mamááá... Soy yo.

Soy yo.

44

A veces me siento en una piedra del camino hacia la Violeta, de donde partí.

Diríase que nada ha cambiado de manera considerable. Excepto yo, que entonces iba en carrito de paseo con mi madre para que nos diera el aire desde la casa hasta el jardincito de la fuente. Los árboles están grandes, las veredas frondosas, la balsa de peces carpa vallada y el suelo lleno de hojas. Es la manera que tienen de saludar los árboles, de que te puedas subir a ellos, alfombrándote la tierra.

La casa que preside el parque da paso a un caminito de piedras, estrecho e incómodo entre zarzas y matorrales. Al final, se levanta otra casa, más grande, sin acabar.

En el porche parece que sigue sentada la tía Pajarica, contando historias y sonriendo entre dientes mellados. No recuerdo su nombre, solo su apodo; era la quiosquera de Buñol, que marcó vida, calles y república. Andaba con faldas y faltriqueras, con enaguas y faldones, oliendo a pis desde su cama hasta la caseta que tenía en la misma plaza con toda la prensa. En ese paseo, si tenía ganas, paraba, se apoyaba en un coche y hacía pis. Recta. Sin inmutarse. Soltando su chorrito hasta los pies. Después seguía su camino, con una leve cojera, majestuosa y digna. Entre pensamientos y con las escrituras, contaban, siempre metidas en la cintura.

A mí me fascinaba escucharla.

Era libre, empoderada, como dicen ahora, segura, maternal, de intensa mirada azul y palabras justas.

Paraba muchas veces frente al taller donde trabajaba mi madre y en el que yo pasaba las tardes, tras el colegio, y desde la otra acera nos saludábamos, algún cumplido y otra sonrisa. Ella orinaba.

—Mírala. Ni se inmuta la Pajarica.

Y se secaba, a su manera, alguna gotilla y pa'lante, en ruta hacia su casa. Ese porche que ahora llora su ausencia frente a los pinos, los algarrobos y la murta. Allí íbamos a verla, a sentarnos un rato frente a sus vistas, todo monte, campo, huertos y silencio. Hablaba de la guerra, de cosas que no entendíamos, de lo que comían entonces, de sus polluelos. Tres hijos, creo recordar. Los que pidió grabar en su lápida mucho antes de morir. «Quiero una paloma y sus pajaricos, que me lo hagan ya, que no quiero que decidan por mí.» Fin.

Murió y se acabó aquel quiosquillo de la plaza. Lo arrancaron de su sitio, como las cabinas. Pero yo hoy sigo viéndolo en la esquinita, ella y él, su hijo, que no hablaba, calladitos y cargando periódicos para el domingo y algunos libros que colgaban del pequeño escaparate. Atendiendo a los vecinos lectores que se acercaban un poco al puesto y que se iban, estoy seguro, con alguna frase regalada como yo.

La tía Pajarica y su hijo, el periodista, porque vendía prensa. Sin más.

Heme aquí de vuelta a aquella piedra donde me sentaba, en el mismo parque de la Violeta, tras más de cuarenta años de paseos y recuerdos, tras no pocos cambios, transformaciones y episodios de esta vida que hace medio siglo. Veo al chiquillo arrimarse a la fuente para beber agua y mojarse la cara, mete después la mano en la balsa con miguitas de pan para que vengan los peces. De pronto, ¡una carpa grande! El niño saca la mano, casi se la come, dice su madre. Se mira en el agua, que se calma después de los coletazos del pez buscando las migas. Y en el reflejo soy yo, hoy. Más gordo, más viejo y menos inocente.

Oigo la voz de la Pajarica entre los árboles, se acerca con el carrito y las escrituras, no se sienta con nosotros, solo sonríe y sigue su camino de pisaditas cortas, agitando la mano, hablando con el sol y con las ramas que azotan su hombro.

—Ahí va la Pajarica. ¿Adónde irá, mamá?

—A por su hijo, a cerrar el quiosco y comprar la comida.

45

En el verano de 1981 fui de campamento a Llutxent, un pueblo de la Vall d'Albaida. Creo que era la primera vez que dejaba la casa, la cama de las literas y a mis padres. Volaba.

La mañana en la que me subí al autobús en alguna calle de Chiva, donde nos habían de recoger, sentí que me iba a la guerra de los Cien Años; supongo que si hubiera podido bajarme de mi asiento y volver a casa, lo habría hecho en ese mismo momento. Mis padres estaban tras la ventanilla, junto a otros padres, arrimados al muro de la acera del parque, que se despedían alegremente de los hijos con la mano. Tragué saliva y dije adiós como pude, simulando una sonrisa, algo que siempre me ha salido bien. Echó a andar aquello y el jaleo del autobús fue el preludio de lo que iban a ser aquellos días en un viejo convento abandonado.

La ruta fue larga porque íbamos parando a por más compañeros, que se iban sumando al viaje como un tren de mercancías.

Llevaba mi mochila con ropa comprada para la ocasión, mi cantimplora con fieltro verde, mi plato de aluminio y mis cubiertos, mis zapatillas nuevas verdes y mi saco de dormir. Todo recién comprado. Todo por estrenar. Yo también andaba por estrenar. Era un crío de piel fina y mirada impresionable.

Aquella primera noche en la tienda de campaña fue liberadora, se oían los pinos, ardillas trepando por los troncos, el ¡cri, cri! de los grillos o las chicharras, los monstruos imaginarios de la niñez y los pasos de monitores que controlaban el cierre de cremalleras.

El cielo, antes de encerrarse allí, me pareció maravilloso con todas sus estrellas en formación. Aquella noche me sentí ligero de equipaje por primera vez en mi vida.

Pusimos una piedra para que se quedara bien segura la tienda. Dormimos así más tranquilos, con esa protección improvisada. Cayó la noche profunda y llegó la mañana. El amanecer entró por el plástico, por los agujerillos de las costuras, dibujando ramas en el suelo que se movían. Al salir, atontado por el sueño y el hambre de desayuno, me golpeé con la piedra y me jodí el pie, fastidiando así los primeros días de campamento. Maldita cojera. Mi manía por andar descalzo y por no controlar las numerosas piedras del camino viene de lejos. Vulnerable a los imprevistos, como siempre.

Los días fueron amables: sol y calor de verano, desayunos en el patio del convento, alrededor de un pozo cuyo fondo nos empeñábamos en ver tirando piedras, la búsqueda a escondidas de habitaciones secretas con la pandilla recién creada, las puertas de los monitores, adultos, los talleres: elegí la clase de máscaras hechas con vendas de escayola, los bailes de salón y el macramé. Aún conservo algunas creaciones de entonces, y, tal vez, algún paso de baile de las horas en la capilla convertida en salón me habrá servido en alguna celebración. La piscina azul junto a los pinos, la hora de la siesta, la ropa tendida en las cuerdas, las excursiones cercanas, la cena y los ratos frente a la hoguera, como única luz en medio de la nada, con las historias de miedo que alguien contaba y el sueño que empezaba a tumbarnos uno a uno frente a los rescoldos.

Así pasó el tiempo, escabulléndome de los partidillos de fútbol, gracias a la cojera, y de las actividades físicas. Rompiendo un poquito las costuras y los hilos de la familia, olvidando mi cama y disfrazándome de niño como los demás. Algo se quedó allí, entre la pinada de Llutxent. Todo se mezcla ya en la cabeza y tengo la firme sensación de que de los buenos momentos no guardo fe notarial, que sucedieron y pasaron, que los viví, que fueron alimento y bebida de la savia adolescente. Noches largas, rutinas felices, fregaderos para lavar los platos con olor a sosa, buceos en la piscina, risas en la verbena del pueblo... La feria, la vida.

Volver a casa fue triste. Todos mirando por la ventanilla, despidiéndonos del viejo convento al que nunca regresamos, con la mochila cargada de recuerdos y de pequeñas manualidades, deseoso de enseñarlas. Los nombres fueron esfumándose, también el dolor del pie, como se fueron secando las hojas que guardé en los libros. Caducó la memoria de la primera huida y alguna foto anda por las carpetas, sentado en algún murete de piedras junto a Paqui y Sonia.

¿Y por qué digo todo esto? Porque mi madre, buscando las gafas en el bolso, acaba de sacar el llavero de macramé vainilla y verde que le hice en la capilla. Sigue ahí, en sus manos. Abre otra puerta.

46

Debía de ser muy niño cuando la abuela decidió coger uno de los conejos de la cámara para matarlo en la cocina. Asistí a toda la ceremonia pegado a la pared de la alacena. Lo cogió por las patas traseras, junto con la cola, para que se moviera poco, alcanzó una maza y le dio un estacazo seco y firme en la cabeza. El conejo quedó suspendido de su mano, colgando y sin vida. El hocico empezó a sangrar, y no tardó en hacerle un corte en el cuello para que chorreara la sangre en una loza. Cuando entendió que el bicho estaba inerte, le dio dos cortes y empezó a arrancarle la piel desde las patas, la carne viva al aire, roja y brillante, el cuerpecillo del conejo que minutos antes jugaba conmigo en el desván se mostraba desabrigado y desollado sobre la pila. El fuego andaba ya encendido, la cazuela lista, los cuchillos ordenados y el resto de los ingredientes preparados para la comida. Arroz sería. En ese momento, cuando el pavor se me había comido la delicadeza y en las manos de mi querida abuela solo veía muerte, todos dimos un respingo. El conejo, sin piel, empezó a moverse. La abuela gritó:

—¡El maldito está vivo!

Abrí los ojos y creí morir al ver al conejo despellejado y dando brincos.

El animal, colgado de la mano de la Irene, con la sangre goteando y las manitas intentando escapar, daba espasmos sin parar.

—¡Dame! ¡Dame eso! —gritaba la abuela.

Le di la maza.

—Esa no, la otra.

Entendí que la grande.

Del golpe, el conejo dejó de moverse y mi abuela se relajó.

—Ya está. Venga. Ayúdame ahora.

Sonrió victoriosa y le salieron los dos hoyuelos en las mejillas.

La miré y salí huyendo hacia la entrada de la casa, abrí la puerta y afloré en la calle. El aire me devolvió el color sentado en el bordillo, recuperé el resuello como si me hubieran arrancado la piel colgado de los pies. De hecho, mis piernas eran nervios que no dejaban de tiritar, como de frío o terror, los dientes castañeteaban y me tapaba la cara para sofocar el pánico y las lágrimas.

El conejito y yo habíamos estado jugando esa misma mañana, yo alargaba el brazo y les daba pienso a los animales como podía. Cambiaba el agua y les acariciaba la cabeza y las delicadas orejitas. Hola, venid aquí. Y venían a mi mano, inocentes de su futuro.

Ni que decir tiene que no comí, que aparté el conejo del guiso y que jamás he vuelto a probarlo.

—¿Qué te crees —me dijo la abuela mientras renegaba de la comida—, que se mueren solos?

—Pero podíamos esperar a que se hicieran viejos. Era pequeñito.

—Los viejos no valemos para comida. Es carne dura, rancia. Esto está bien tiernecito. Come.

No comí.

Hoy siento que tengo el deber de hablar de ella porque la conocí, la quise y su anillo brilla en mi anular mientras escribo. ¿Quién más la recuerda?

La abuela Irene era resolutiva y fuerte, coqueta y apañada para todo. Sabía cocinar, coser, rezar, hacer ganchillo, punto y mil y un remiendos. Le gustaba leer, leía y releía. Y escribía sus cosas, pequeños diarios, en libretillas y hasta en las páginas blancas de los libros. Llevaba las cuentas, anotaba cumpleaños y frases que le habían impactado, pensamientos y zozobras. Era todo lo que puede uno esperar de una abuela. Baste decir eso.

La Irene siempre quiso tener una droguería-perfumería —tal vez como la de Luis Agüe de la calle Santa María, en Utiel— porque, según ella, esos productos no caducaban y no había que estar pendiente de los pedidos. Compraba brillantina para el pelo, para marcar sus ondas, se ajustaba el moño con sus horquillas, se ponía colonia que compraba a granel y se empolvaba la cara con las Maderas de Oriente. También quiso ir a Santiago de Compostela, a ver al patrón. Tampoco fue. Se quedó en otro sueño incumplido. Pero ella tenía la fuerza y el afecto para disimular fracasos, era piadosa y enérgica, imponente y tenaz, una mujer nacida el 26 de octubre de 1913 en Minglanilla, hermana de Timoteo, Esperanza, Josefa, Luisa, Carmen y Flora. Hija de Timoteo Martínez Perea, carretero y agricultor, y de Teófila Gandía López. Era poderosa. Y callada. *Callar* era el verbo más conjugado del mundo. Sus gestos, la mirada perdida en el balcón, fija en las agujas, hermética en la cocina, silenciosa en misa, alegre frente a la pastelería, valiente en el trastero, estoica ante el frío, briosa con la palangana de jabones, alborozada en Navidad con los adornos, dinámica poniendo la mesa, invencible frente al espejo. La Irene no estaba quieta nunca. Hacía.

Pero aquel día no comí conejo. Ni siquiera para imitarla. Aunque, aquí lo digo, siempre quise ser como ella. Tener sus hoyuelos, su elegancia y su mirada profunda, terriblemente vital.

Cierro los ojos y la escucho cantar:

—Si a tu ventana llega una paaaloma, trá-ta-la con cariño que's mi persoooonaaa...

47

He vuelto a pasar por el horno de la Reme. La persiana está echada, los azulejos de círculos encarnados y marrones hasta media pared se están cayendo y el polvo cubre todas las grietas de la ventana plata. La persiana del balcón cuelga tapando el interior del primero y el ventanuco parece un agujero más de la pared desconchada.

Mi mundo era ese lugar. El número veinte de la calle Cesáreo Marco Yagüe. A veces entraba por la portezuela de la placetilla Jesús, que hasta de niño me obligaba a agacharme y bajar unos escalones convirtiendo el acceso en un mundo fantástico de sacos de harina y molinillos de picar almendra.

Entre los puntos de referencia de mi vida, todos los comercios tendrán siempre al horno de la Reme como cotejo. La gran mesa de madera gastada que protagonizaba la sala de techo bajo y la amasadora de pan de donde pellizcaba algo de masa para jugar eran mi universo. Tras otra puerta estaba el despacho para el público, separado por unas cortinillas que transparentaban el tráfico de clientes y bandejas recién sacadas del horno.

Con el pellizco de masa creaba figuras que iban cambiando de forma hasta que se me secaba entre los dedos como barro áspero. En ese momento empezaba a estorbar en el horno. Había pasado mucho rato. «Anda, chiquillo —me decía la Reme—, tira para casa.» Me subía con alguna bolsa de saladitos, hojaldres, torta de manteca —mi favorita—, plátanos de bizcocho tierno para mojar en la leche y magdalenas de caja. Mi madre doblaba los papelillos a toda velocidad y salían del fuego tostaditos con el bizcocho crecido y azucarado. Mordisqueo la costra de azúcar y hundo la magdalena en leche ya en el comedor de casa para merendar con la abuela mientras ella saca las cartas de su bolsillo y empieza a barajarlas con el mismo arte con el que minutos antes ha hecho una torta de tajadas y embutidos por si acaso tenemos hambre. Horas después levantaremos la sardina de su cuna, que así llamábamos al hueco que quedaba cuando la despegabas de la masa de la torta salada. Una longaniza en otra cuna. Una tajada. Un choricillo. Un horno como centro del mundo.

Ignoro dónde habrán quedado esos sabores más allá de estos papeles en los que escribo.

48

Me pregunto si esos años muertos que rememoro aquí vale la pena recordarlos. Como Ana María Matute, era yo en la niñez, y la infancia es el período más largo de la vida.

Mi madre consiguió un trabajo de secretaria en una pequeña agencia de transportes de unos vecinos. Se puso muy contenta porque eso le daba una libertad económica que antes no tenía. Hasta entonces mi padre le daba dinero para comprar las cosas de casa. Con el sueldo me dijo que nos compraríamos un par de zapatos y algún chaquetón que habíamos visto. Pero nuestro gozo en un pozo, mi padre redujo la asignación en vistas de que ahora ella sacaba algo de dinero extra. Las cosas se quedaron igual, pero al menos tenía un rincón al que ir a trabajar. Así que lo primero que hizo fue hacer una buena compra para todos en el economato.

El garaje era la oficina. Levantaban la persiana gigantesca y allí mismo estaba la mesita, que no era sino un aparador de salón convertido en despacho sin silla. Mi madre iba anotando en los papeles el debe y el haber, y gestionaba toda la distribución local, vigilada siempre por la tía Vicenta, la madre del dueño. Era muy ordinaria y muy simpática, se quedaba en su casa hasta que la telenovela terminaba y después se bajaba al garaje. Yo llegaba a esa hora del colegio y revisaba todos los paquetes imaginando qué podían contener en el interior. Alguno se quedaba durante meses perdido, sin reparto, y teníamos que abrirlo para saber algo más. Era un momento excitante, como las cajas de Pandora, que solo duraba unos minutos, lo que costaba cortar el cartón.

La tía Vicenta me dejaba coger la manguera y regarlo todo. Me descalzaba y salía y entraba con el agua mojándolo todo. Después cogía una escoba que debía de tener cinco metros o más de larga y limpiaba las telarañas del techo de aquel garaje. Mi madre acababa agotada con los números. Luego se los llevaba a casa y seguía con sumas y restas hasta que se acercaba la hora de la cena y cambiaba de función. Mi padre estaba en el sillón, viendo la tele. Yo me iba a la cocina y me sentaba en el banco a mirar y hablar.

—Mamá, tengo que aprenderme una poesía de Antonio Machado.

—¿Es difícil?

—Es muy larga. Yo quería la de «con cien cañones por banda, viento en popa a toda vela...».

—Espronceda.

—Pero se la han dado a otro. A mí me toca una de Machado que me cuesta... «La España de charanga y pandereta, cerrado y sacristía, devota de Frascuelo y de María...»

—¿Sigues?

—Hummm... «De espíritu burlón y de alma quieta..., ha de tener... y su día... infalible y su poeta.» No me sale.

—Vamos a leerla juntos. Va.

Y así se hacía la cena. Entre cacharros y letras.

—¡Claaara! —Mi padre desde el salón—. ¡El teléfono!

Era la tía Vicenta, que no entendía algo y que no sabía si tal encargo había llegado o si estaba entre las facturas.

Y mi madre se quitaba el delantal, decía que no tardaba, y se plantaba en el garaje para solucionar el capricho a deshoras de la mujer. La labor de mi madre la hacía antes la Enilde, su hija, pero debió de acabar harta de la falta de coordinación y los atropellos de la Vicenta, y mi madre sabía llevarla mejor.

Solía llorar y gritar desesperada por la muerte abrupta de una hija en un accidente; compraba claveles rosas y se los llevaba al cementerio. Regresaba deshecha y se tapaba la cara desesperada. Los alaridos se oían desde el garaje, eran chillidos que le secaban la garganta y el alma. La tía Vicenta, además, se quedó viuda joven. Por eso hablaba de los hombres siempre con deseo, agarrándose las piernas a dos manos, destacando el vacío de su sexo, alabando las armas y los cuerpos varoniles, no ocultaba la atracción ni la soledad en la cama. Todo eso armó su carácter de indecisiones y dolores que acababan en bellísimos aforismos rurales, carnales y rotundos. A mí me gustaba uno que siempre repetía cuando cambiaba de opinión:

«Como no soy río, puedo volver atrás».

49

Desde el parking, volvimos a atravesar el gran recibidor del hospital La Fe para dirigirnos a las ventanillas de análisis. Mamá se había puesto el abrigo que le regalé las Navidades pasadas, uno de muton calabaza que siempre había querido tener. Lo usó para ir al Congreso el Día de la Constitución, pero no lo lució porque no quería ni acercarse a «ellos», como dijo desde el lugar donde nos habíamos apostado. «Yo no me acerco, saluda tú y salimos de aquí.» Después de ver el hemiciclo, ajenos a las edulcoradas y artificiales cortesías entre enemigos, cogimos un taxi y nos sentamos en la terraza del café Comercial. Dos cañas y un pincho de tortilla, por favor.

Al entrar al box número dos, donde la enfermera Pilar vuelve a hacerse cargo de ella, se gira hacia mí y me confiesa que no puede más. La frase es: «Ya no me aguanto en pie». Me atraviesa la garganta. «Cógete del brazo», le digo fingiendo normalidad. Me mira llorosa y aparta la mirada para irse con la enfermera. Me quedo abandonado de pie, con sus papeles y su abrigo. Mastico su frase.

La enfermera sale y dice que la encuentra mejor. Yo vuelvo a sonreír. Escucho voces de mi madre que no entiendo.

—Está preocupada por ti —confiesa la enfermera, que sale a por mí.

—¿Por qué? —respondo sin pensar.

La madre. El hijo.

Es 25 de enero y mañana cumplo cincuenta años, tal día como hoy siempre me contaba la historia de mi nacimiento. Empezaba igual:

«A estas horas ya estaba de parto, hacía un frío terrible, había empezado a nevar».

La madre, enferma de cáncer, sufre por el hijo y se lo dice a las sanitarias, que, amables, le echan piropos y la invitan a animarse, «es esencial».

Se agarra a mi brazo, con el abrigo puesto, y nos dirigimos hacia la ventanilla de la farmacia del hospital, donde nos pueden dar los medicamentos racionados para la quimio. Ella se sienta, faltan algunos números y decide acomodarse en una butaquita. Yo espero de pie. Número 13.

—¡Número trece!

—Yo.

—Clara Hernández.

—Mi madre.

—Me da el SIP.

Hurgo en su bolso y, entre estampitas de la Virgen del Remedio, un billete de cinco euros y mi foto, aparece la tarjeta.

—Tome.

—Espere un minuto.

En ese momento miro a mi madre. Está pero no está. Se agarra las manos entre las rodillas, cabeza gacha y pies juntitos, parece en oración. Intuyo que piensa lo que yo no quiero pensar. Y la dejo sola, me echo atrás, hacia un pilar, para esperar los medicamentos y procurar un espacio, su habitación propia. Tardan en atenderme, en atendernos, observo la postura inerte, siento miedo, todo el miedo del mundo. Salgo de la sala y me doy ese minuto para volver a entrar. Recuerdo los paseos de domingo hasta la iglesia, nos arreglábamos y atendíamos de aquella manera a las oraciones, porque yo siempre estaba mirando las esculturas y las ventanas del techo, mirando peinados y contando velas encendidas. A veces nos entraba risa, cuando el cura se equivocaba o había algún tropezón entre los bancos, incómodos y tiesos como torturas de posguerra. Pero era nuestro ratito de evasión y peticiones, dábamos gracias y soñábamos con momentos felices. Al salir parábamos en la pastelería de Jorge Gol para comprar nata y ponerla sobre las fresas. Después del festín nos echábamos una siesta en el mismo salón, en los sillones, con el calorcillo de la estufa y los ronquidos de papá. Jugaba en soledad, ya no recuerdo a qué.

—Mamá, ya está.

—Pues vamos.

Por lo general, mi padre solía pasar la tarde en el bar Francisquito, y mamá y yo nos quedábamos viendo la tele, o teniéndola de fondo, porque ella cosía y yo montaba castillos en el aire con plastilina y muñequitos varios. Él echaba interesantes partidas al dominó, se aficionaba a las tragaperras, y se hinchaba de cervezas y café. A mí me gustaba pasar las tardes tranquilo, creando cuentos o contando canicas. El tacto frío del cristal y el futuro en los dibujos que albergaban en el interior como ficticias olas de colores me fascinaban.

A veces salíamos en busca de mi padre, con la excusa de ir a ver a la Pili la de las cabras o al horno, a por pan. Pero yo me asomaba al bar, cruzaba las cortinillas y entraba en la nube de humo de puro y cigarrillos. Olía a boquerones en vinagre, a grasa de camión, a cervezas y a sudor. Se trataba de un bar ordinario en el que se juntaban amigos y vecinos para pasar la tarde como lo harían los señores de los casinos, pero en versión rural. Sin adornos, sin expectativas. Y ni siquiera esperanzas. Siempre estaba en la mesa del fondo, junto a la puerta cegada, con otros cuatro y un quinto que se esperaba por si fallaba alguno de los jugadores. Era su centro del mundo. A veces decía «no tardo», y otras se levantaba y daba paso al que estaba esperando para jugar, se agarraba a mi hombro y salíamos en dirección a casa.

Al llegar encenderemos la estufa y recogeremos todos los cojines que habrá tirado Leo en nuestra ausencia. «¿Son los mismos miligramos?», me ha preguntado de camino a casa. Sí, mamá. Los mismos.

50

Los doctores han dicho que todo va bien. Que debemos seguir el tratamiento y... esperar. Esperar. Esperar.

Esperar.

El ascensor tarda lo suficiente para cambiar esa pequeña buena noticia por un abanico de nervios. ¿Será verdad? ¿Tendrán que hacer algo más? Los puntos seguían en el ojo, ¿has visto? Dice la doctora Pérez que está bien que no sienta calambres, pero a veces los siento. ¿Y no lo has dicho? Porque no sé si es artrosis o... eso. ¿Ha cambiado el sabor de los alimentos? Todo es metálico. Hasta mi vaso de leche.

Esperar.

Desde la sexta planta llegamos al parking. Hay otra cola, otra espera. Se desorienta y pregunta si es ahí donde cambiamos las ruedas del coche.

No, mamá. Fue en el pueblo. Aún no hemos salido.

El silencio lo nubla todo, tanto que abro la ventanilla para que el aire ventile los pensamientos y borre las preguntas. El frío es juventud, la carne se aprieta, contrae los músculos y todo cambia de olor. Purifica las ideas y todo eso que va dando vueltas entre cuello y cabeza, rebotando entre dudas y desconciertos. Seca. El aire seca. Curaba los jamones en casa, aquel frío era bueno, ventana abierta, cordones y nudos, muebles encerados, la cuna que fue abandonada, la cómoda de cajones rotos, las jeringuillas del vino, la paja seca, el lavamanos de la tía Gregoria y la jaula de pollos sin animales. El olor a pienso seco.

Esperamos a que se abra la puerta del garaje, pero golpea porque dejé la llave echada.

Vuelta a esperar.

La perra ladra como bienvenida y se pega cuando puede a las piernas de mi madre. La huele, le extraña ese aroma a hospital que no conoce, pero ya le resulta familiar. Pasa el hocico por los pies, manos y rodillas. Luego la besa. Da saltitos para que mamá acerque la cara que, aun a esfuerzos, lo consigue.

Veo cómo se besan y sonrío.

Esa otra espera, la más breve. La que nos tiene ya en casa, aguardando el pitido de la olla con el hervido para comer juntos, frente a frente. Ya sentados. Miramos los papeles del hospital y subrayamos las nuevas fechas, las horas y las consultas.

Suena el teléfono.

No lo coge. No quiere hablar.

Espera a que la olla se enfríe.

—¿Comemos?

Asiento.

—Pues pon la mesa.

51

El viento golpea en las paredes como si fueran bofetadas, bestia y ruidoso en espirales, hace bailar las persianas, aviva el fuego, mientras intento que la calma que parece reinar en el salón a las cuatro de la tarde sea real.

Mientras escribo, termina enero.

Dice Olivia al teléfono que se le han caído dos dientes y que se le mueve otro más, que si lo toca, se cae, pero que no quiere tocarlo para esperar unos días al ratoncito Pérez. No está muy segura ella de que, si se cae, vuelva a dejarle unos euros bajo la almohada. Prefiere esperar. La niñez de mis dientes anda en una cajita de una vieja joyería de Utiel entre las cosas de mi madre. Son todos mis dientecitos de leche, los que se fueron cayendo y los que arranqué, como Olivia, esperando algunas pesetas. Decir que son pequeñitos y que caben en un estuche de dos centímetros es ridiculizar la grandeza de aquellos días en los que andaba por la vida mellado, sonriendo como un insecto y mirándome en el espejo el baile del próximo en caer. Mamá guardó la infancia en esa cápsula, como si no quisiera perder al niño que, por aquel entonces, aprendía a juntar sílabas, la eme con la a, ma-má. Reconocer las palabras fue un descubrimiento fascinante que todavía me dura de manera inconsciente. Fue muy pronto, antes del colegio. Mis primeros cuentos de bordes recortados con forma del dibujo, de Ferrándiz, tenían troqueles y, en ocasiones, gafas y otros objetos. Perderse lo que ponía allí dentro, en esa bombonera de colores, era robar la hora del juego. Así que aprendí a leer de la mano de mamá, que desde su lado de la mesa camilla iba pronunciando las palabras al mismo tiempo que yo iba poniendo mi dedito en las letras para descubrir la piedra Rosetta de mi cuento. Descifrar el texto y unirlo a los dibujos fue un regalo de aquellas tardes, en las que, como ahora, en silencio, estábamos solos los dos.

Solos los dos ha sido un castigo y una bendición a lo largo de nuestras vidas. Porque ese apego me separó de otros mundos que tardaron mucho en llegar, otro tipo de descubrimientos, también cifrados, para los que no tenía lector.

Mamá fue mi prisionera y yo su preso.

Y serlo nos salvaba de papá.

Pero la herencia de esos apegos es hoy, trágicamente, una solitaria de dolor, peligrosa porque se acerca anunciando la muerte. El veneno de los años va entrando poco a poco, destrozando todo lo que encuentra a su paso, como el viento, golpeando la cara, los huesos y las paredes. Mamá duerme. Y evito mirarla con los ojos cerrados porque el miedo me acecha y el silencio de la tarde, junto al olor de los restos de flores de mi cumpleaños, ahogan cada palabra que escribo.

Este aroma a flores marchitas.

52

Cometo un profundo error no queriendo pensar en la muerte, pero escribo para amortiguarlo. Creo esta red de palabras que mientras crecen en horizontal y en vertical van trenzando una malla de arañas que cruza todo mi suelo. Me pego a las letras, creyendo en ellas, confiando en que el tejido que nace mientras muevo los dedos y agilizo el movimiento vaya forjando toda la trama. Redecilla elástica de consonantes y vocales, sistema de sujetos, verbos y adjetivos que, enrejados en el folio, forman la tela con la que me abrigo. Preso de mi miedo, escribo. Y, recluido en mi cercado, pienso en momentos felices.

—Háblame, mamá —le digo.

—¿Qué quieres que te cuente? —me responde.

—Cuéntame cosas, tus recuerdos.

—Bailábamos, no recuerdo en casa de quién, era una noche de fiesta. Sí, era la noche de San Juan. Unos amigos habían preparado la casa, el jardín, la entrada de los coches... Eran mayores que nosotras y la invitación había corrido como la pólvora entre los conocidos. Las amigas nos habíamos arreglado y todas sabíamos que a mí me gustaba Alejandro. Era un chico guapo al que también habían invitado. Al día siguiente me iba con otras amigas a Segovia, ya tenía las maletas hechas. Parece que lo estoy viendo. Así que era una buena idea aceptar la invitación. No éramos novios, pero había habido miradas y era encantador conmigo, siempre. Siempre. Fuimos a la fiesta, tan guapas y tan ilusionadas. Había zurra para beber, era una mezcla de frutas con vino. La tarde avanzaba y la noche de San Juan se coloreaba. Así que pedí mi canción para bailar con él. Empezó a sonar *Mi gran noche*, de Raphael. No te imaginas los nervios que tenía. Fui a por alguna bebida con mis amigas, algo iríamos comentando al acercarnos a la mesa de las copas. Y, al girarme, lo vi. Allí estaba, en medio de la pista..., bailando con otra, abrazados. Cogí tal disgusto que no acabó la canción, dejé la bebida, agarré mi chaqueta y salí disparada hacia casa. Y nunca más. Al día siguiente estaba con mi amiga Pili mirando por la ventanilla del autobús con destino a Segovia. Ese fue otro capítulo.

—¿Qué sabes de él?

—Está en una residencia. Lo habrá dejado ella.

Hay en sus palabras una pequeña victoria, pero sin satisfacción, porque me repite varias veces cómo se quedó cruzada de brazos en la puerta, al salir de aquella casa que estaba rodeada de campo y huertas por la zona del colegio. La veo.

—Parece que lo estoy viendo —insiste—. Bailando allí con ella, con MI canción.

Sonrío.

Ella coge su vaso de leche.

—No lleva azúcar —me dice—. O sí. No sé. Este medicamento me ha dejado sin sabor.

Yo intento imaginar qué vestido llevaba, cómo eran sus

zapatos, el tocadiscos que daba vueltas, la cara de enojo al ver la traición y cómo paró la música en su pecho.

El 22 de diciembre de 2017 cerró aquella herida. Aquella niña que se sorprendió con *El tamborilero* y a quien le robaron un baile, entraba de mi brazo en el Palacio de los Deportes de Madrid para asistir a su primer concierto de Raphael. Cuando salió a escena, mi madre se levantó de la silla, aplaudía como una adolescente y se le iluminó la cara. Todas aquellas tardes de tocadiscos, las ferias, los guateques de los sesenta, los paseos tarareando, todo tenía sentido de pronto. Esta me la sé. Y esta. Ay, esta me gusta mucho. Raphael, desde sus alturas, no era consciente de que mi madre estaba rebobinando toda su vida hacia los capítulos más felices. Bailaba, meneaba los brazos, sonreía, me daba codazos y aplaudía sin parar al final de cada canción. La emoción era eso. Y yo asistí a ella.

Al terminar, Manu y Amalia nos acompañaron al *backstage*. Cruzamos la cortina, atravesamos pasillos, subimos escaleras y aparecimos en su camerino.

—Es la madre de Max.

Se abrazaron.

Yo me separé unos metros para hacerles la foto y dejarle esos segundos de confidencias.

—Gracias.

La espera del taxi se alargó. Me contó la historia de Alejandro. La vida está en esos secretos que a veces compartimos. Fue llamando a sus amigas para contarles el concierto, el saludo y las canciones. No paraba de hablar, de transmitir la noticia. «Mañana te cuento», terminaba diciendo. Era tarde. Llovía en Madrid.

Ya en pijama, me dijo que lo había pasado muy bien.

Me lavé los dientes y al apagar la luz, en el reflejo fugaz, me pareció ver a Alejandro bailando con mi madre.

—Qué bonito ha sido —me dijo desde su habitación.

Y entonces entendí que el tiempo pone las cosas en su sitio. No siempre, solo a veces.

53

En 1955 mi madre fue Reina del Fuego, algo parecido a fallera mayor. Todavía guarda la banda que acredita aquel cargo, doblada en uno de los estantes de mi armario. Debió de ser de un color rojo potente, de un raso brillante que dejaba epatados a los jóvenes de aquellos años. Ahora la miro y todo se ha quedado pálido. También los recuerdos a los que es incapaz de llegar.

«Una mañana aparecieron en casa un grupo de festeros de la comisión de la Falla Puerta del Sol para pedirme que me sumara a las fallas», cuenta de carrerilla. De pronto todo se atropella y empieza a decir actos de toros, de pasacalles y de noches de verbena. «Me hizo tanta ilusión cuando llegaron...», me cuenta.

—El abuelo se ilusionaba de verme feliz... Y la abuela. Tenía yo diecisiete años.

Enseguida le dieron la tela para hacerse el vestido, y ella misma se bordó las mantillas con sus lentejuelas. Las puedo imaginar en la mesa camilla de la ventana cosiendo con la premura del tiempo. Trabajaron durante días, y una mañana las dos se subieron al tren y se plantaron en Valencia para comprar las peinetas y los aderezos, porque en Utiel no vendían. «Era por el ayuntamiento, una tienda muy típica... Era muy bonita, debió de perderse, era toda grabada y con calados.» Miro la foto y entiendo la belleza y la alegría de aquellos días de palco en la plaza de toros y cenas alrededor de la falla.

Me cuenta, con el ojo lloroso por la crema, que se montó una polémica porque a ella la eligieron reina y la que quería serlo era otra. «La Emilín», dice. «¡Pero si yo no lo he decidido! —les contestaba—, ¡me habéis votado vosotros!»

—En fin —resopla.

Siento mientras la escucho que abro grietas por las que no entraba luz desde hace mucho tiempo, se queda callada y con la mano se sostiene la cabeza, cargada de pensamientos. Miro en el reflejo de la ventana donde montaña y madre se funden en el mismo plano.

—Me sabía el poema de memoria.

> Si el fuego no existiera,
> Dios lo creara
> porque fuera posible
> que tú reinaras.

—Me corté el pelo en cuanto acabaron las fiestas.

Era ya 1956.

54

Pasear por los alrededores de mi casa, entre algarrobos y olivos, es una delicia. Respiro. Doña Leo va buscando nuevos caminos y corretea entre las hierbas —romero, tomillo, espliego—, escondiéndose, olfatea y salta, marca el terreno y me mira, orgullosa de lo que encuentra. «Mira esto», parece decirme.

Los caminos entre las huertas, más allá de la casa del tío Tripa, son nuestro mapa. Aquí un arbusto, allí una tapia, y... seguimos.

Mi perra hace caca tarde, porque sabe que así el paseo será más largo.

55

Las florecillas blancas del durillo, *ravenisses* o flor de la miel, alfombran mi paseo con Leo cada día. Intento no pisarlas y buscamos huecos ya caminados, huellas ajenas que sirven de ruta. La perra se tira sobre el nevado de petalillos. «¡Cuidado! —le digo—, que las chafas.» Pero su alegría es imparable y sale sacudiéndose las hierbas, aunque se le quedan prendadas en el pelo.

Le paso la mano sobre el lomo y me lame.

Recuerdo esas flores desde niño porque agarraba un ramillete en el camino del colegio a casa para sorprender a mi madre. Seleccionaba las mejores, como si hubiera diferencia entre unas y otras. Y tocaba el timbre, feliz. Ella las ponía en un vaso y nos contábamos cómo me había ido en la escuela y qué había para comer.

Olvidé hacer lo mismo hoy.

56

—Mira —me dice.

Despierta de la siesta y se aguanta un párpado con el dedo índice e intenta abrir el otro, el que se ha cegado, esforzándose como las chiquillas que han aprendido algo nuevo en el colegio.

Me invade la ternura y el dolor. El dolor.

—Mira —repite haciendo el gesto—. Te veo algo.

La observo mientras torpemente se estira la piel y enseña la pupila como una luna menguante.

—Un poquito de luz. Entra un poquito de luz. ¿Me ves?

Por su cabeza anda el runrún de todos los días, este miedo que se pega a la piel como un mal olor y no se desprende. Anda con la misma ropa: su jersey y la rebeca azul, los pantalones grises y las zapatillas negras.

—¿Me ves? Si fuerzo un poquito, entra la luz. Mírame. Mírame.

57

Qué difícil está siendo morirnos. Plural.

«¡Mamá, ten cuidado con esto, tendremos un disgusto!», le vocifero desde el salón al oír una torpeza. Ella está en la cocina y desde allí vuelve a romperse y a decirme no sé qué cosa de la edad. No quiero describirlo porque no puedo, hay pocas palabras y muchas emociones en cuatro gestos. Se bloquea todo. Las puertas abiertas parecen cerradas. No corre el aire. Se nota el bloqueo, el miedo y las palabras no dichas. Los dos titanes enfrentados sin decirse nada, como siempre. Otra vez el ahogo y las culpabilidades que cruzan como tormentas arrasándolo todo entre dos simples corazones. Cómo sería la conversación que nunca hemos tenido, me pregunto.

Cómo serían las palabras que nunca nos hemos dicho.

Cómo será por dentro la construcción de sus miedos.

Cómo seríamos si no fuéramos lo que somos.

Mamá.

No tendremos otra oportunidad. Escribo. Porque en este texto está todo lo que ya no podrás leer y aquí siento. Ahora. En este momento. La frase anterior ya no es mía, se queda entre las demás como cuando atraviesas un bosque. Voy entrando poco a poco en nuestro misterio, en el que nos une sin saber cómo ni cuándo. Vamos desde hace cincuenta años en paralelo, pegados, sin llegar a abrazarnos.

Cómo serían los besos, madre. La vejez ha ido convirtiéndolos solo en medicinas, en pastillitas de pena. Un cumplido, un aquí estoy, un hola, un hasta mañana, un no tardes.

El día que se crucen nuestras vías ya no habrá tren, el paisaje se comerá los vagones y tú te irás a un sitio y yo a otro. Y sentado en alguna estación esperaré a que pase tu ventanilla, mirando en otras madres la cara de la mía. Será entonces, lo sé, cuando el dolor que ahora albergas cambiará de cuerpo. Seré yo la catedral de todos tus miedos, los uniré a los míos y andaré mal, torpe y mudo. Porque las palabras que no nos decimos se van a quedar aquí.

¿Dónde es aquí?

¿En la casa? ¿En el folio? ¿Entre estas dos puertas abiertas que separan la cocina del salón?

Oigo los cuchillos, y las sartenes. El cajón ahora. La puerta de la nevera. Descorres la cortina, parece que sale Leo al balcón, un coche pasa, un ladridito, tú golpeas algún frasco, se te oye toser. Y un «ay». Un «ay» profundo que es la colección de todos los recuerdos que no compartes, de tus dudas, de tus *tequieros*, de tus misterios.

Toses.

Cómo sería la vida sin esta vida, mamá.

Y cómo sería la vida sin ti. Cómo será.

58

La tía Juliana estaba siempre sonriendo. No era mi tía, pero todos nos dirigíamos a esa mujer como «la tía Juliana». Salía al sol como los lagartos, frente al edificio donde vivíamos entonces. Desde mi primer piso distinguía sus ojitos chicos y su sonrisa grande.

Los geranios que plantaba florecían con su carácter. Los arreglaba y regaba con agua de su casa, recortaba hojas secas con la mano y andaba arreglándolo con el mimo de un jardinero real.

La tía Juliana plantaba sus flores en una tapia rota que había sido una casa. En esos restos de murete ponía su tierra, los esquejes y todo su mimo. Hay que ver qué buena mano tenía con sus geranios y qué bonita hacía la tapia de ladrillos rotos como un jardín improvisado.

A la hora en la que salíamos del colegio daba el sol en su muro de flores y ella esperaba a las nietas con todo regado y vigilado. Sentadita allí era la guardiana de esas cosas bonitas que nadie cree que lo son. ¿Quién presta atención a una vieja pared destruida que una anciana ha convertido en primavera?

Las mujeres esperaban junto a ella, al sol. Todas como lagartos. Con la comida hecha y los niños alborotados que salíamos del colegio atravesando huertas y plantaciones.

No daba tiempo a nada, a quitarnos la chaqueta, a pegar unos saltos y a jugar con alguna pelota que caía botando desde algún balcón. «¡Cógela!»

—¡Pero sube pronto, que está la comida!

Y la tía Juliana sonreía como ella sola. Satisfecha de sus niños y de sus flores que crecían entre coches y ladrillos. Los hombres aparcaban delante de su jardín, pero ni los malos humos pudieron con ella.

A su muerte todo se secó.

Y ya no hay tapia, ni flores.

A veces paso, de camino a la ferretería, y la veo de espaldas, arrancando algún esqueje que no tira y estrujando las hojas secas entre sus manos para luego olerlas.

59

Hay un olivo enfrente de casa que no sé si baila o se queja. Tiene las ramas abiertas y el tronco partido, pero florece y echa su fruto cuando corresponde. Es formal y serio, tiene su sitio. Me mira cuando me cuelo en el campo con Leo y nos sentamos a sus pies, en una rama grande y gruesa que sirve de banco. El olivo es bello como él solo, tiene su sombra y tiene sus invitados: unos pájaros, gorriones, que van y vienen picando. Doña Leo se espanta y salta, queriendo cogerlos. Los mira a veces sorprendida y cauta, esperando que paren y canten sin saber ella qué dicen. El olivo se ríe y me río. Pero sobre todo me abriga, porque ahí esperamos, en ocasiones tristes, a que mamá se desahogue con las vecinas.

Tiene el olivo aires de sacristán, prepara la misa y me deja quedarme sentado. Callados nos hacemos compañía los tres: Leo, el olivo y yo. Miramos el cielo, que suele estar ya azul imposible, brillante y limpio como el brillo de las aceitunas.

El olivo es bello. Mi olivo es lo más hermoso de todo este campo. Preside las vistas de la hoya y me cuida de los dolores. Esos que parece sentir en sus ramas, retorcidas o para iniciar el baile.

Es mi olivo.

Pongo el dedo en el camino de hormigas que sube lento hacia las ramas y todas se dispersan en varios abanicos sin destino. «No molestéis», les digo.

—Es mi olivo.

Ya ronca Leo a mis pies, cansada del paseo y con las patitas llenas de hojas secas, la dejo dormir feliz, y el viento improvisa de pronto una canción con las ramas. En mis manos, las hormigas buscan alguna salida, no son mis arrugas las del olivo, andan buscando su paz.

60

En Buñol, en mi infancia, a veces cogía renacuajos bajo el puente de la República para divertirme o para buscar secretos cuando estaba inquieto. Había que colarse por el caminillo de la biblioteca, girar en los bajos del horno, allí donde ya no olía a pan, y bajar por una senda estrecha hasta el río. El mundo cambiaba en ese arco de maleza. El mito inagotable de la fantasía, de la muerte y de los peligros que podían acechar al entrar en la espesura y hundir los pies entre la broza y matorrales que anunciaban el río antes que el ruido. Allí apestaba a hojas de morera, las que después cogía para dar de comer a los gusanos de seda que guardaba en una caja de zapatos de mamá. Los seres más pestilentes de mi infancia.

Hundiendo los pies en el barro de los lindes y con mi bote de cristal a mano, introducía mi cebo en las aguas sucias del río. En sus entrañas, las ranas madres croaban escondidas entre las ramas, donde las arañas también urdían sus redes. Metía el frasco y miraba. Esperaba a ver si se colaban dentro. Volvía a meterlo y volvía a mirar al trasluz. Una y otra vez. Agua sucia, agua turbia, agua de fábricas y casas por aquel entonces.

—Por fin. Sois míos. ¡Antoniooo, mira!

Los renacuajos estaban ya allí, navegando en las mismas aguas, pero de finito río. En mi mano, en mi bote de conserva.

Era Antonio el Agüelo quien me acompañaba por esas rutas de Huckelberry rural. Teníamos la misma edad, vivíamos cerca y teníamos esas inquietudes fantasiosas hacia lo desconocido y difícil de atrapar. Y lo extraño, lo inexplorado, era todo ese pueblo que nadie pisaba, las anónimas rutas bajo el puente y la búsqueda de ranas, peces y barro para hacer cacharros que pensábamos vender.

La factoría de fango se levantaba en los bajos de su casa, donde vivía su abuela, en una cuevecilla de trastos en la que todo eran tesoros, como siempre han sido para los niños esos lugares lóbregos y polvorientos donde de todo hay. La cuadra de Antonio era un castillo de joyas: maderas, cazuelas, herramientas, viejas revistas, cartones, cuchillos, sombreros de campo, caudales de infancia y dinero para la imaginación. Nunca fuimos tan ricos, ni tan felices.

Los renacuajos morían en el bote apestando a río y se iban por el desagüe con las ilusiones de verlos algún día crecer en casa como químicos de laboratorio. Con las inyecciones usadas de mi alergia, las que yo mismo me pinchaba en el brazo, cada vez con más dificultad porque la carne se hacía callo, inyectaba agua de colores a los caracoles que se le escapaban a mi madre de la bolsa de rejilla. Los ponía sobre la mesa y como su vida no tenía prisa, mientras los miraba preparaba agua con témperas de colores en diferentes frasquitos, hundía la aguja y los pinchaba para teñirlos de fucsia, turquesa o verde limón. Los bichos se me resistían, se metían dentro de su caparazón y no había manera. No hice solo un intento. Fueron muchos. Hasta que oí un plof a mi espalda. Se habían estampado dos huevos de golondrina y los cuerpecillos todavía tenían algo de vida. Se acabaron los experimentos crueles, y el médico que habita en todos los niños empezó a crecer en mi interior, soñando con cuidar de esos dos pajarillos pelones y de pico blanco. Monté en mi terraza un hospital de campaña y consiguió sobrevivirme un pajarillo. De las golondrinas nunca se supo. Y de los caracoles, nunca más. Tampoco de las salamanquesas que se emparraban por la pared y que mataba a balinazos con la escopeta de mi padre. Estallaban en la tapia ante mi placer y tras un golpe de sangre caían entre las macetas.

Tiré las jeringuillas y vacié el cargador.

Criaturas de mi espíritu —como en *Seis personajes en busca de autor*—, aquellos bichos vivían ya una vida que era suya y no mía; una vida que ya no estaba en mi poder negarles.

No recuerdo a Antonio, tal vez en su cabeza no existen esos días de juegos. Muy de tarde en tarde vienen los recuerdos y se esfuman con otros recuerdos, van amontonándose, muy propio de los inviernos, y vuelven de pronto a humedecer el barro, como si los dos chiquillos siguieran amasando tierra de río bajo los arcos de aquella casa de barrio.

La inmortalidad solo reside en la infancia. Y ahora navega de aquella manera en sus recuerdos. En los restos.

61

Qué minúscula, qué inverosímilmente pequeña se ve mamá en su sillón cuando la vida parece haberse ido entera. De su mano, iba feliz hasta las tiendas y me probaba las camisas que elegía y ante las que yo asentía diciendo: «Está bien». ¿Te gusta?

Cómprate tú algo, respondía yo.

Yo tengo de todo, decía. No me hace falta nada más.

Así hasta ayer, o hasta hace un rato.

Vuelve a dormirse en el sillón, cansada, con las manos pegajosas de tarta que no se ha terminado y que, torpemente, recogía del regazo con el tenedor. Sigue el plato, restos de migajas y de su desgana. Despierta y retorcida en el brazo, vuelve a pinchar un trocito, se lo lleva a la boca y mastica. Mastica con los ojos cerrados. Hace ascos.

—¿No te gusta?

Respira.

—Como tengo tan mal sabor de boca, malo, malo, malo. No me sabe a nada.

Acaba febrero y el día se alarga algunas horas, ha ido anunciándose la próxima primavera tras el tiempo de lluvias y nieblas. Brilla el sol fuerte sobre la sierra, será bonito marzo, se presiente.

—¿Qué haces? ¿Escribir? ¿Novela?

—Cosas sueltas. No lo sé.

—Pero luego lo juntas y algo saldrá. Haces una.

—Voy uniendo recuerdos.

Son las cinco y veinte. Silencio. La perra me mira desde el otro sillón y clava sus pupilas negras en mi mirada, que, ausente, se cruza con ella. Baja de un salto y viene a mi lado. Se entierra entre los cojines, satisfecha del sol y de la pausa que nos calla a todos frente a la ventana. Una llamita roja saluda desde la chimenea como un cuadro japonés vacío de gente.

Mamá abre los grifos en la cocina, se oyen los platos chocando, las cucharillas y el agua en su potencia. Un «ay». Una de las puertas del balcón que se abre. Otro «ay» y un suspiro. Arrastra los pies hasta el baño. La luz. Clic. La luz encendida.

Hay una miniatura en todo lo que me rodea, un jueguito de piezas que nadie utiliza, figuritas que solo tienen recuerdos, pero que nadie recuerda. Me levanto a retirar un trocito de tarta que se ha quedado manchando el sillón y siento el calor de mi madre todavía en el cojín verde. Ese calor presente que se hará imperceptible en otra ocasión será solo tela. Tela yerma. Ahora paso la mano por la cremallera, el tacto de la tela y de la temperatura que va bajando mientras mi respiración se agita. Me ahogo.

La presencia de mamá será larga como la sombra de los cipreses.

Regresa hablando de la escalera de la vecina, de los escalones que se ha hecho en la nueva reforma, asiente.

—Tengo frío. Mira mis manos. Todas las tardes tengo un calor que pa qué. Y mira.

Muestra las manos. Veo las de la abuela.

Y de pronto, mientras el fuego se levanta, vuelve a dormirse. Con los ojos cerrados regresan las miniaturas, se hace pequeña y desaparece en su sillón. Una mano gigante nos da la vuelta, somos una bola de nieve, y todo se difumina en blanco. La casa nos oculta y todo se borra, no queda nada. El sol se eclipsa en un pico de la montaña, la nieve lo cubre todo en ese sueño que ahora la evapora. En esta miniatura que habitamos no somos nada.

Qué minúscula, qué inverosímilmente pequeña se ve mamá en su sillón cuando la vida parece haberse ido entera.

62

Han vuelto las lluvias.

Leo y yo hemos regresado a casa empapados y ahora nos secamos con toallas en el garaje, me mira con pena, caladita como está hasta los huesos, y le digo que ahora encendemos la chimenea y nos ponemos pegaditos en el suelo, para que las primeras llamas nos abriguen. Leo se restriega en mis piernas, tal vez para compartir el olor a lluvia que nos ha empapado. Me reconoce en el gesto. «Quita, que voy a cambiarme», le digo.

En el garaje vibra la puerta de metal, golpea en la pared y parece que papá grita desde el fondo que la cerremos bien, que pongamos los seguros. Me giro inconscientemente hacia la leña, donde antes estaba su sillón para fumar y apurar caliqueños; unas cajas ocupan su sitio. La cortina vuela como una capa, como si hubiera acabado de salir volando hacia las montañas. Sin avisar, de la misma manera que llegaba tras la partida de dominó.

Oigo ahora su cojera, el ruido de llaves, la cerradura girando, la luz encendida y... papá. Esa forma de llegar, amenazante como las tormentas, era su hola.

—¿Está la cena?

—Voy a la cocina a ver.

—Pon la tele.

Leo husmea en el rincón, sabiendo la claridad de mis pensamientos, y se cuela tras las cajas que antes fueron lugar reservado para el sillón y los puros. El hocico, fresa negra, tiene memoria. Tiene la niña un poder que ignora la nostalgia, repasa la mesa de las herramientas y tira de un saquito del que caen unos clavos. Alcanzo la bolsa y la vacío sobre el estante: un martillo nuevo, unas cajitas de tuercas y una cinta para persiana. Está el ticket. Todo parece recién comprado. Papá se fue y se dejó algo por hacer, como todos los muertos.

La vida se corta. No avisa al llegar y disimula al irse, si quiere. Si le apetece. La vida no toca el timbre porque tiene llaves para entrar y salir, y un día, cuando a ella le da la gana, le hace copias a la muerte. Toma, le dice. Para que vayas.

Y va.

Claro que va. Y viene.

Bofetón de dolor.

Anda cojeando sin ser perfecta, con el maquillaje tibio de domingo y la música de un viejo que tararea a tu oído.

Leo, ven, no te vayas de mi lado, quédate, pequeña, aquí, que cierro las puertas, que llevo cerillas, que ahora mismito nos abrigamos.

Y en ese momento la puerta del balcón se cierra, las cortinas se pellizcan, dejan de parecer alas y se convierten en sayas, faldas de vieja que pide entrar en la casa. Ay, qué miedo, pequeña. El cristal cruje, se parte. Zas. El agua entra. Y alguien sin mi permiso le dio las llaves.

Es la tormenta.

63

La resonancia es un silencio que lleva días sin hablar. Mamá se metió en la máquina y yo me esperé fuera con su abrigo, su dentadura en una cajita y una bolsa con zapatos y ropa. Mientras ella está tumbada, yo callo en la sala de espera con un nudo que va trenzándose de miedos. Otra vez. Alguien que también espera en la misma sala dice en voz baja: «Mira, es él». Yo asiento de espaldas, con la bolsa apretada en mi mano y el bolso azul de mamá colgado de mi hombro. Son sus cosas.

¿Qué haré con ellas?

Me gustaría preguntarle qué debo hacer con todo eso que es ella. Me punza la espalda por la postura y cambio de pierna. Duele. No debería dolerte, dice mamá en mi cabeza, tíralo todo y viaja. Vete. Coge alguna cosa para el abrigo de los días fríos y lárgate. Has hecho bastante, tienes todavía años para viajar mucho y perderte con quien quieras. No me cuentes. Si yo no quiero saber. Si ya sabes que yo no te pregunto. Si yo solo soy tu madre y... anda, va, no me llores, que no pasa nada, que esto es ley de vida. Pero yo no quiero morirme. Eso lo sabes. Eso lo sabes bien, que yo no quiero morirme. Pero, hijo, no te hundas ahora, deja de llorar. ¿No me ves a mí? Se me secaron las lágrimas y dejé de lamentarme. Ahora que te rompes, que te estoy viendo, pequeño, déjame que te diga que lo has hecho bien. Que dejes de lamentarte como de costumbre, que comas mucho, que salgas, que tengas cuidado, que no mires el móvil, que pídeme un pincho de tortilla de El Comercial cuando yo no esté. Pero si te duele, no lo pidas. Ya nos comimos bastantes sentados en la terraza. Qué ricos, ¿eh? Te está quemando la boca, lo sé. Ay, si no te conociera... Hijo, calla, agarra la bolsa que ahora salgo, no me compres nada, que no necesito nada nuevo, con eso me vale, me basta con el pijama, si, total, nadie lo ve, si estamos en casa, si no vamos a ningún sitio. ¿Te acuerdas de cuando nos fuimos a París? ¿Te acuerdas de cuando me llevaste? La torre me impresionó mucho, no me extraña que te guste tanto. Lárgate. Vete. Y espérame ahora, que ya salgo. Que aquí tengo frío.

García Lorca decía en su balada interior: «Frío, frío. Como el agua del río». Lo recupero ahora con *mi corazón roído de culebras*, en esta espera gélida de personas sin nombre y murmullos. ¿Está en ti, noche negra?

—¿Familia de Clara Hernández?

Me levanto sin soltar la bolsa de ropa.

—Yo.

—Puede pasar a ayudarla. Ya está.

Te encuentro helada, te ayudo a quitarte la bata de papel azul y te abrocho el sujetador. Te doy la camiseta y te ayudo a ponértela. Me pides los dientes y te abro la caja como un joyero. «Toma.» Me pides agua. Tienes la boca seca. Me arrodillo para ponerte los pantalones, los calcetines y atarte las zapatillas cómodas.

—Le daremos los resultados en breve.

Le miramos y salimos del brazo a la calle con ganas de

aire y de tomar algo, pero los bares están cerrados y me acerco al coche para que no camines. El viento de la esquina del hospital nos golpea en la cara y algo se me mete en el ojo. Me das tu pañuelo para que me seque las lágrimas saladas, que me retiro de camino al coche. «Algo se me ha metido en el ojo», te digo.

64

No podré retomar este texto en varios días.

65

Doña Leo ha venido sangrando de entre las hierbas, se ha pegado a mis piernas y al mismo tiempo que pedía mimos se negaba a que hurgara entre el pelaje, que parecía barro seco, pero era sangre. La pequeña se me ha perdido un rato entre los tomillares y los olivos, y la intuía feliz, saltando como otro bicho de los que ahora llenan los árboles de primavera.

Leo trata de excusarse, como si hubiera hecho algo malo entre los hierbajos. Le duele cuando tiro de la herida y aparece la garrapata salvaje que ha ido comiendo terreno para hacerse con ella. El tirón le hace daño. A mí también. Sigo apretando para liberarla del mal, y ella me mira achicando los ojos como una japonesa, no quiere quejarse, «eso te pasa por colarte en los barrancos, Leo». Y me dice que sí con una lagrimita que limpia la sangre entre mis yemas. «Vamos, anda, pequeña, que en casa te curo bien y te limpio esa cara.» Se deja atar con la correa y acelera el paso, con lo feliz que era ella manchada y libre entre los tomillares.

Acepta el alcohol y la gasa, y la paciencia y mis palabras. Expone con un chillidito su mal. Vulnerable a las órdenes y a los bichos que la quieren por guapa. Eso le digo. Se calla y eso no hace invisible su dolor de perra pequeña y salvaje.

Mamá pregunta y se duerme.

Leo también.

Y yo miro por la gran ventana, por la que silba el viento de primavera, ese que remueve fuera los árboles y, aquí dentro, las últimas llamas de la chimenea.

66

Aparco el coche en uno de los caminos que llevan al monte de la Cabrera. Frente a mí se ve el Alto Jorge, pero ya no presume, nos miramos cara a cara desde las dos montañas. Un tren se cuela en la roca como un gusano de los pinos, lentamente, cogiendo aire para el trago oscuro que le espera. Y lo escupe al otro lado de la roca.

El pueblo al fondo, Buñol, donde se juntan recuerdos y amigos. Y aquella fábrica de cemento en la que trabajaba mi padre y que, por las noches, me recordaba a Metrópolis. Todo es igual y todo es diferente. *Saudade*, dirían los portugueses.

Doña Leo va de arbusto en arbusto, del tomillo a los romeros donde cuela el hocico buscando qué, de las flores silvestres a las piñas que, ahora, son pelotas para jugar. Es bonito Buñol.

67

Mamá ha vivido con el miedo desde niña. Cuenta que paseaban por el centro de Utiel a los que iban a asesinar en la tapia del cementerio. «Los llevaban en un camión sin techo, atados», me dice. Que no sabe si eran republicanos o nacionales, que solo sentía el miedo. Y que se lo contaba la abuela, que atravesó otros terrores en la guerra. «Un hermano de la Julieta fue fusilado. Lo paseaban por el pueblo. Los Garzaranes eran republicanos y los mataron. Eran trece. Los pusieron en la tapia. Las manchas de sangre estuvieron mucho tiempo allí, las veíamos con el agujero de los tiros. Luego las familias recogieron los cuerpos y los enterraron. Al abuelo Vitoriano también lo encerraron, vete a saber por qué. Apareció por Galicia. El tío Garijo, el marido de la tía Gregoria, estaba muy bien mirado, debía de tener contactos o no sé, y se fue hasta allí con un salvoconducto. La abuela sufrió todo ese tiempo. Miedo. Tuvimos miedo. Pero el abuelo cuando lo contaba se reía, lo exageraba y se burlaba de aquel viaje.»

El miedo se hereda.

Ahora mismo está sentado en el sofá.

«En todas las casas había cuevas. Allí se estaba fresquito. La tía Carmen tenía una tienda de comestibles y nos hacía bajar cuatro escaleras, cinco escaleras y... ¡ya! La cueva tenía estantes de obra —hace gestos con las manos— y guardaban alubias, garbanzos...

»Te he contado muchas veces el día del santo en Minglanilla. Matábamos el conejo, yo aguantaba las patas... Abuela, para, abuela, que ya está muerto. Y luego nos arreglábamos y nos íbamos a misa con el conejo frito para echar el arroz nada más llegar.

»La sandía la comprábamos unos días antes y con un cubo la bajábamos al pozo. Allí se quedaba, hundida, en el fresco del agua sumergida. Esa era la nevera. Y cuando llegaba la hora del postre tirábamos de la cuerda con cuidado para no perderla.

»Luego, después de comer, nos echábamos la siesta. Eran siestas de cama. Se oían ronquidos. Y en ese sonido estaba la paz.

»En Utiel, en la casa, en el comedor, tras el sillón, junto al teléfono, ¿te acuerdas?, había un armariete empotrado que estaba oculto con el papel de la pared. Fíjate, había uno en mi habitación y guardaba tazas y vasos. ¡Allí arriba! ¿Por qué? Luego acabaron ya en la despensa de la cocina. Normal.»

Un silencio.

«La vida era distinta. Era todo así.»

—Cuéntame cosas, mamá.

Transcribo aquí todo lo que me dice, sin orden, con el impulso de un notario que quiere guardar los recuerdos para nada. Ella salta de un lugar a otro, evitando lo que se guarda para ella, porque no quiere verbalizarlo o porque no puede. Ese cuarto, en el que nunca entraré, tiene cascabeles en el pomo y apenas se oye un tintineo, cierra la boca, apaga los ojos y mastica algo invisible.

—¿Qué te voy a contar?

Es en ese silencio, en el que el sol aprovecha para esconderse tras las montañas por las que ayer paseábamos Leo y yo huyendo de los apegos feroces. Mamá se levanta y apoya la cara en el cristal, olvidada ahí durante minutos. El miércoles nos dirán qué hacer con el ojo y se aceleran otras emociones, las que han convertido los últimos meses en fango, donde nos hundimos y manchamos, palabras que no salen y nudos, palabras que molestan y látigos. Es el dolor el que dirige todo lo que andamos pisando. Cruje. Y se enreda en la ropa. Y huele a pino seco.

—¿Enciendo la luz?

68

En el paseo rutinario de cada mañana, yo me despierto y doña Leo hace sus necesidades de manera libre, sin correa, entre saltos y golosas hierbas que mastica como si fuera un desayuno pantagruélico. Se tira y se reboza entre el verde, más verde que nunca, o que mi memoria recuerde. Y de pronto, cuando estiro los brazos al sol, cuando se me inunda la cara de luz, abro los ojos y no la veo: «Leo, ¿Leo?, ¡Leooo!».

Y sin un mínimo guau como respuesta, la veo a cincuenta metros, sonriendo y diciéndome:

—Mira, la primavera.

A su lado, una amapola roja estalla sobre la hierba, saluda y da los buenos días. No la toco porque sé que morirá si la rozo, como tantas cosas, y mi perra hace lo mismo. La mira, la observa y orina cerca para decir: «Es mía, la encontré yo primero y por eso marco el terreno».

El paisaje empieza cambiar. Todo es como siempre y nada lo es. La vida empieza a ordenarse o a mostrarse. No sé. Sigue su ritmo ajena a nosotros. Y la efímera flor se queda tras nuestro paseo mientras pienso en las magdalenas recién hechas y en el buen gusto de Leo eligiendo nuevos caminos. Es primavera, pequeña. Llegó.

69

—

La doctora ha dicho que son buenas noticias. El tumor se ha reducido un cuarenta por ciento. Mamá se ha bloqueado en el sillón de la consulta, ahora mismo duerme con la lupa en una mano y una caja de la medicación en la otra. De momento no extirparán el ojo ni todo lo demás —carne de madre— y seguiremos con la quimio. La doctora cerró la puerta y explicó paso a paso los detalles de esa intervención, «agresiva y definitiva», dijo. Sé cómo se siente por las conversaciones que tiene al teléfono, por esas cosas que cuenta a alguna amiga y vecinas. Yo le pregunto, pero se enfada, salta irritada y contesta mal. Tal vez siempre fue así y yo no lo veía, porque, en esa necesidad de madre que se tiene en las familias de hijo único y padre ausente, todo es turbio y los afectos están llenos de niebla. Ese encierro ha ido cambiando de sentido. Entonces, cuando volvía de la escuela se traducía en seguridad, en protección, en un campamento de salvación. Ahora, medio siglo después, es una prisión que nos hemos construido con silencios y juramentos mudos. Es tarde para todo. Incluso para arrepentirse.

70

De niño perdí un peluche.

Mamá siempre cuenta que le gustaba llevarme en el carrito mirando cara a cara, «no como los de ahora, que van al frente», dice. A ella le gustaba pasearme sabiendo qué caras ponía, qué arrumacos pedía con las manitas y cómo respiraba. Aquel día se perdió el peluche.

Era un muñeco azul, pequeñito —«así», dice con las manos—, y lo había comprado la abuela pocos días antes. Se cayó por la calle Santa María, de Utiel, donde me estaba esperando la retratista tras el mostrador de la pastelería. Me iban a hacer unas fotos: bebé con peluche azul. Pero, al entrar, mis manos estaban huérfanas de juguete. Mamá no lo recuerda bien, «ha pasado mucho tiempo», lamenta. Ni siquiera puede acertar dónde lo compró la abuela, ni qué pasó en la sesión de fotos de la pastelera. En mi cabeza se organiza una procesión de complejos y de filias: la pasión por los dulces, las veces que me habrán disparado frente al objetivo y los muñecos que a partir de entonces empecé a buscar lejos de aquel primer polichinela. Es como si se proyectase una película. Desfilan flashes y peluches, nata y chocolate, poses, estrenos, promociones, un dedo untado de sirope, el clic de la cámara, el tacto de la felpa, como piel de animal. Acaricio a Leo ahora. La película acaba pronto porque mi perra pone los pies sobre el teclado y reclama atención, quiere salir a pasear, me enseña la tripa y el sonrosado de la lengua.

Pasaron muchos años hasta que volví a tener un peluche. Ya no era un niño, pero para las madres siempre lo somos, y compró uno, un oso con gafas y jersey granate de lana. Me escribió una carta, posiblemente la única. Y treinta años después volví a recuperar el muñeco que aquel día de invierno desapareció antes de entrar a la pastelería. Los cuentos tardan mucho en reescribirse. Y el final de la carta, que anda entre las páginas de un libro de París, se convirtió en un tatuaje que ahora anda desgastado en mi brazo izquierdo.

71

En casa del tío Paco el Manco cantaba Joselito. El niño, que venía de la posada, donde estaba albergada su pequeña familia, se paraba, entraba invitado por la curiosidad y el hambre y cantaba.

—Vente, que te va a invitar mi mujer... Cántanos algo, Joselito.

Le sacaba su mujer, la tía Julia, una hogaza y una morcilla o dos. Así el muchacho se iba comido. Todavía no era el Pequeño Ruiseñor, pero en Utiel todos sabían que había un niño que cantaba muy bien y que la vida los había bañado de pobreza. Era el último hijo de Baldomero y Petra. Y la pensión frente al Teatro Rambal era la casa donde vivía la familia Jiménez, de Jaén. Tal vez no todos, los que se vinieron a la construcción del pantano de Contreras. El tiempo convierte en leyendas los recuerdos verdaderos, por eso dicen que el pequeño José vino sentado en la bici de su hermano desde Jaén. El pequeño recorría Utiel, cantando por unos reales en la pensión y en las tabernas, y la fama no tardó en llegar. La voz llegó a las radios, a aquellos concursos que todo el mundo escuchaba y que venían cargados de ofertas con más beneficio para el productor que para el niño cantante. En este caso, Joselito llevaba todo en la mochila: parecía más niño de lo que era, el brillo de los ojos era tan potente como su voz y cualquier oferta económica la aceptarían sus padres de buen grado.

Mamá era otra joven que jugaba a cantar, que vio la llegada de los coches, los productores, los carteles, los estrenos, las canciones, el eco de las calles y las noticias en las portadas de los periódicos que hablaban de su vida y los aplausos. El éxito tenía nombre de pájaro: *El pequeño ruiseñor* (1956), *Saeta del ruiseñor* (1957), *El ruiseñor de las cumbres* (1958). Y Francia, Italia, América o Japón caían rendidos ante la voz y la simpatía del niño que tenía «todo el salero español». Era la estrella.

Utiel se convirtió en un plató. Y, con otro nombre, pasó a ser el escenario de una de las películas.

Mamá era guapa. Una chica delgada y, como aquel muchacho de las gaseosas decía, se parecía a «la Lauren Bacall». Así que también se coló en el rodaje en plena Puerta del Sol, en Utiel. Fue salir de casa y los del cine, así me lo cuenta, le dijeron: «Tú también, para la peli».

Le pagaron cincuenta pesetas.

«La Limorte y yo estábamos haciendo cola delante de un cartel que ponía UTIEL, VIÑA DE ESPAÑA. El rodaje fue tremendo, lo estoy viendo ahora mismo: delante de la casa de la Merceditas, allí instalaron unos caballitos. Bajaban con altavoces gritando: ¡Quítense los delantales, señoras, que empieza el rodaje! El productor era Cesáreo González, famosísimo. Y nos tocaba ponernos la misma ropa todos los días. Era dinero, cincuenta pesetas... Cincuenta pesetas por actuar con Joselito. Y cantábamos:

»Qué bien se va.
Cuánta ilusión.
Ir a caballo así
como Napoleón.»

«Qué bonita que eres», le digo a Leo, sentada a mi lado en el sofá, con las patitas colgando y las orejas gachas, relajada. *Qué bien se va, cuánta ilusión, ir a caballo así como Napoleón...* Respira profundamente y, a veces, cambia de posición en la misma duermevela, con sus ojos achinaditos y las patas con el barro seco de los caminos del tío Tripa. Observo su respiración, visible de costado, piel brillante y mechones rubios entre el pelo negro, oigo su aliento, inhalaciones y espiraciones de chucho feliz. Ronquiditos en paz, con el hocico agrietado por los años y los huertos, y las heridas cicatrizadas de los tumores pasados.

En la casa no se oye nada más. El crepitar de las llamas, algún tronco que cae y golpea a otro al consumirse, y nada. Nada más.

Espero hasta que un «ay» de mamá rompe la calma. Sale del baño oliendo a colonia fresca y se derrumba en el sillón con todo su peso. Otro «ay». Esta vez profundo y de raíz, que agita la respiración y mi ánimo. «Mamá, ¿qué pasa?»

—Nada, no me pasa nada. —Un silencio en el que no sé qué decir—. Es que no tengo ganas de nada.

El malestar, los nervios, el temblor en la mano, las palpitaciones, los ojos cerrados, los olvidos, la desgana, el reloj y el calendario. El tiempo no pasa bien. Tiene otro ritmo, desacompasado y agrio. Lanzando avisos de final de fiesta, anunciándose momento a momento, apagando el fuego y destemplando la casa. Aprieta las manos con los ojos cerrados, ahoga un lamento y se tapa la cara. En esa afonía vivimos. Haciendo elipsis de los ratos malos y evitando cualquier conversación porque todas acaban igual.

Hoy me ofrecí, teléfono en mano, para solicitar la dependencia, pero se arrugó con un dolor infinito. El vaso de leche, las galletas, el mantel en su puño, como un pañuelo que vas a utilizar.

—Ay, no.

Por qué no, le pregunté. Así tendrás otra ayuda, mamá. Alguien que vendrá y paseará a Leo cuando no estoy, te hará compañía.

—No, por favor.

El día había amanecido hermoso, el sol entraba en la cocina y, tamizado por las cortinas viejas, creaba sombras y juegos de hojas y florecillas sobre la mesa. Se movían como pájaros porque, con las puertas abiertas, entraba el aire y lo ventilaba todo. O casi.

Mamá se hundió al cabo de unos segundos, tragada por una grieta de la tierra, arañó la mesa y suplicó que no llamara, «hoy no, por favor».

—Me estoy muriendo, ¿verdad?

Mamá tenía una figura fina, la cintura de avispa con aquellas faldas con vuelo que movía hasta en las fotos, en las que tenía un aire de cine. La Lauren Bacall —no puedo evitar recordar al chico de las gaseosas— vino a vestirse de fiesta y, con sus amigas, se iban a la Rambla, y de allí, a los toros con los mantones para ponerlos en la barandilla, sin gustarle, «pero era fiesta y, en fiesta, fiesta es». Luego se iban a la Alameda, paseo arriba, paseo abajo, con otro vestido que estrenaba. Uno, «maravilloso», se le enganchó en los caballitos y corrió llorando a casa, con el faldón roto y engrasado de las barras que agarraban a los equinos de colores. Bajaba de la sierra del Remedio para la feria, con la pandilla, con sus viandas y sus sombreros, la coleta alta, el ánimo más alto, y la vida por delante. Tenía mamá en esa finura un no sé qué elegante, de mujer sutil a la que le espera algo diferente. Clarita, vente, Clarita, vamos, Clarita, ponte el abrigo, que refresca. En esos años de fotos en blanco y negro veo la felicidad de los guateques, de la moda, del sonido de los Beatles y de Joselito, de las fiestas en chalets de la feria y las excursiones a Valencia. El abuelo te quería mucho, lo dices siempre. Lo veo en esa chica que posa con gesto diferente de las demás, algo de timidez y mucha inocencia. Inocencia salvaje. No querías entrar a donde cubre en los ríos, ni tirarte a lo hondo de la piscina, el agua te daba miedo y a ti no te iba a pasar nada. Solo la vida. Y la vida, por qué no, qué daño podía hacerle a la hija de la Irene. Una chica formal que cosía hábitos a las monjas, que copiaba modelos de las revistas, que zurcía para sus hermanos, que escribía cartas y enviaba conservas para que las milis fueran más amables en Sidi Ifni. Una chiquilla de pueblo que rezaba, que lucía unos ojos verdes a cada mirada, que pedía permiso, perdón y dinero para alguna tela con la que hacerse otra falda para la feria. Clarita se hizo reina para las fallas, y salió del brazo del hombre con chaqueta y corbata, bailó en la verbena y corrió pronto a casa, para dormirse, soñando, en su cama de niña. Apaga la luz, pequeña, que es tarde. Y encendías los sueños. ¿Qué serás de mayor?

Ay, qué rápida pasa la vida. Que ayer es hoy y hoy no responde a aquel ayer.

Tiene la espesura del recuerdo unos vaivenes que son frenazos. No lo sabíamos. Nadie avisa.

Ese vestido roto es lo que hoy te duele, lo sé. Tras ese silencio está el mutis de los caballitos. La feria callada de jaleos y de amigas, todo aquello enmudecido y sin algarabía. El dolor que te aflige es que dejaste de ponerte sombreros, pañuelos de colores y gafas de sol. Y que Lauren Bacall dejó de llamarte cada mediodía.

72

El halo de tristeza de mi madre empieza a espesar el aire que respiramos. Nos estamos ahogando en nuestra propia miseria, en esos temores que, cuanto más silenciamos, más nos pesan. Las noticias buenas empiezan a ser pequeñas, las malas cogen sitio en el sofá. Se quedan. Por aquí andan, viviendo con nosotros, enhebrándose entre nuestras ropas, estrechándolas. Estrechándonos. Una madre y un hijo sumergidos en este aire turbio y haciéndose daño involuntariamente, con el polvo que flota en los rayos de sol de la primavera.

—¿Salimos? ¿Te apetece ir al paseo de San Luis, vemos al santo y tomamos algo?

—Pero...

—Hace un día bonito. Es domingo.

—Vale, voy a arreglarme.

Y en el coche abro las ventanas y dejo que el viento nos atraviese, pero pide que las cierre. Ahora arrastra los pies después de una siesta larga y descorre las cortinas porque la tarde empieza a despedirse, esa hora en la que el sol ya no molesta y baña todo de naranja, como las fotos antiguas. La siento a la espalda doblando ropa, haciendo montones sobre la mesa y pasando la mano sobre las sábanas para alisarlas. En la cama seré yo quien haga lo mismo antes de acostarme, para saber que esas arrugas de la vida y de la enfermedad no pueden con nosotros. Y deseo buenos sueños, y aprieto los ojos, y grito desde mi habitación hacia la suya:

—¿Hace frío, mamá?

—Se está bien.

Y esas palabras me anestesian en la cama, donde aspiro el aire, ese tan viciado que cubre todo, de cama a cama, y me duermo sabiendo que no es sueño, es entumecimiento.

La vida se ha ido quedando en el jaleo de las mesas ajenas, allí donde nos tomamos la caña y el poleo, donde compartimos unos cacahuetes y jugamos tímidamente con la perra. Ahí donde los vecinos nos preguntan qué tal va todo y respondemos con palabras vacías mientras Leo, sabia, se sube a las piernas y los despista centrando la conversación en ella. «Ay, qué mayor está, pero qué bonita y cariñosa.» Cuando se van, regresa a los pies y se tira sobre las hojas. Los árboles dejan entrar el sol de mediodía, unos niños juegan en la tierra polvorienta, los camareros golpean los platos en la barra y la cafetera pita, los ciclistas que se sientan silban y avisan de que hay sitio, que se unan con ellos a almorzar. Y las fuentes llaman a los pájaros al charco, donde beben y se duplican en el espejo.

En la cama somos como esos pájaros del mediodía: necesitados de agua, idénticos movimientos, imposibles de tocar porque se evaporan. Y vuelan en direcciones opuestas y se buscan con la misma ansiedad. El dolor une y separa, con la misma fuerza, con la misma sed.

73

Miguel Delibes decía que ir al campo era como lavar la mente. Ando vaciándome entre los caminos que van a la fuente de la Violeta, unas veces desde las huertas abandonadas de la Pachicha, allí donde el cementerio viejo, colándome por el senderito de la tapia que sigue en pie como los fantasmas y mis miedos, y otras, por la carreterita de las casas que baja dulce hacia los pinos. En ocasiones me voy más lejos, subo hasta donde el valle se muestra con sus algarrobos, olivos y pinos, allí donde todo es nada y el viento borra pensamientos. Desde ese lugar, faro, miro la gran charca del Planell, la torre, el Alto Jorge, se intuye un tren, veo las huertas peinando la tierra y las acequias secas. Mira, Leo. Todo eso es Buñol. Los bancales, los riscos, las piedras apiladas, las lindes, piñas para jugar, para la estufa, para estrujarlas entre los dedos. Sentados en esta roca memorizo las flores para buscarlas en los libros, pero acabo deshojándolas sin esperar respuesta.

¿Cuánto tiempo hace que no espero nada? Tenía razón Delibes. Este campo —también el suyo— limpia la cabeza. He borrado recuerdos y me invento nuevos. Podría construir todo otra vez, para hacer de este tiempo raro un tiempo nuevo. La ficción de estos caminos es también la de estas letras que huelen a romero y a tomillo estrujadito entre los dedos. Mira esta letra, esta-que-estás-leyendo-ahora, tiene restos de flores, de tierra, de hojas de pino y tronco de olivo, esto-que-estás-leyendo sabe a diente de león, amarillo infinito, tiene masticado algo de verde, de ese que no sé su nombre, de almendra pelada, de humo y de tierra mojada, de pis de perra y de amapolas, las que llenan-ahora-que-estás-mirando todo el camino por el que regreso a casa más limpio, más vacío, más pequeño.

Este pequeño placer de pasear sin rumbo, sin alejarme mucho de casa, equilibra el miedo que tengo cuando me acerco.

Pongo la mano en el bolsillo y siento las llaves, sé que todo está ahí, esperando junto al silencio, tan diferente a este que cruza los pinos.

Nada es más difícil que alejarse.

74

Doña Leo —le dije—, vamos a colarnos por este nuevo sendero que baja a la Violeta. Se oyen los pajarillos. Traen rumor de primavera, la música del buen tiempo, el juego alegre de las ramas de árboles a las que llegan, cantan y escapan cuando nos acercamos. Iba Leo guapa y recién peinada, el baño que tanto le gusta y que la deja brillante como los amaneceres, la iba piropeando para que levantara la cabeza y moviera la cola, con ese genio tan suyo de mujer coqueta y pizpireta.

Íbamos primero por el risco, después bajamos por el caminito de la Violeta, ahí la solté, que se sintiera libre y marcara las anegadas como si fueran todas suyas. Este tronco, ese también, ahora el siguiente. Vente, Leo. No te alejes. Y así, entre pises y rutas, nos fuimos adentrando en los huertos y en el monte salvaje del valle que da a la laguna artificial. En ese lugar donde las acequias corren con otras músicas y, a veces, se salen de madre creando charcos.

Al fin, cansado, me senté en una piedra. No hay pensamientos en ese momento, mientras Leo juega y el sol de primavera calienta las manos. Hay paz, soledades buenas y ningún quebradero, tal vez un bicho que sube por las piernas y que aparto con la mano. Quita.

Y de pronto un viejo, uno que arregla sus campos con una azada, saluda y levanta la cabeza señalando a mi perra: «¡Mira qué alegre el chucho! ¡Mira cómo se lo pasa!».

Anda la perra entre el barro, chapoteando y rebozándose entera, libre y gorrina. Y cuando voy a levantar la mano para reñirla, ¡Leo!, ¡Leeeo!, me da la risa. Levanta las orejas como un carnaval y me mira como diciéndome: ¿no te vienes?

75

El frío ha vuelto como si lo estuviéramos llamando para seguir en casa, para mirarnos en este silencio de Semana Santa. Es domingo y nos hemos venido a la playa para cambiar de escenario y probar otros aires. Sin embargo, mamá está más débil y anda con angustia de la cama al sillón, agarrándose la garganta y evitando mi mirada. Yo aprovecho para llorar cuando sale hacia la cocina y me paralizo cuando regresa, toalla en mano para sentarse frente a mí. Silencio.

El cuerpo se ha consumido como los frutos que se arrugan con el tiempo, y ese genio alegre ha desaparecido de la vida, queda la presencia chiquita de aquella verdad. Hoy siento que la vida me miente, que no tengo lo que me dio y que se evapora la madre.

—Mira el viento, mamá.

—Hace frío. ¿Has salido así, con una camisa?

Asiento.

—Pues hace frío.

En esas palabras regresa, y respiro en la superficie para volver a bucear cuando aparta la mirada de la ventana y apaga los ojos.

Silencio.

Donde esté tu madre está tu casa.

—¿Has dormido bien?

Miento.

—Sí. Poquito, pero bien.

Y regresa ella, la madre. Despierta en esos trazos.

Y regresan sus recuerdos.

«Hoy era Pascua, nos íbamos con la comida a la casa de don Ángel, hoy es el día que se iba la gente al Remedio. Antes de llegar a San Antonio, íbamos caminando por la vía. La hija del encargado, la Isabel, era amiga nuestra. Tenía una casa preciosa, el paraje era enorme. Era jugar a pillar y a esconder. Y luego a cenar a casa de alguno de los que habíamos ido, ya en Utiel. La gente se juntaba en la Puerta del Sol, hacían corros. Madre mía, qué bonito era. La Isabel era muy guapa, iba al colegio con nosotras.

»Los días de Semana Santa se formaba la pandilla, ya decíamos quién iba y quién no.

»La gente sacaba sus carros y se iban a los Mancebones, a lo de Marifé, por el Remedio. Otros, si tenían, se iban en coche. Esos eran los sitios. Hacían comida, paellas... Y las volteretas que dabas en los caballitos, patinabas y te caías de la montaña cuesta abajo. Yo no bajé nunca, tenía miedo. Pero el resto sí, se tiraba por allí.

»Cuánto ha cambiado todo.

»Entonces la mona eran tajadas del pernil y longanizas, la torta..., qué rica. Uuuh.»

—Mamá...

—¿Qué?

Siento que sabe que escribo todo lo que dice y por eso me lo cuenta. Sin embargo, cuando calla es cuando el recuerdo se hace más vivo en ella. El relato se intensifica en ese silencio lleno de nombres, de conversaciones y de lugares. Son las palabras que se quedan las que quisiera saber, colarme en ese camino de vías y escucharlas a todas ellas tras los chicos que aparecen en las fotos, esos que iban del brazo y que bailaban en blanco y negro con mil colores. Me quedo ahí, sintiendo la música de aquel tocadiscos con tapa que se llevaban a la casa de don Ángel. ¿Qué sonaba en 1957?

76

Hay un botecito de esencia de azahar que traje de Tánger, lo compré en uno de aquellos callejones en los que grabé el programa de viajes. Bibiana me habló de la ciudad en la que vivió su niñez y recuerdo perfectamente cómo la describió: «Tánger es una madre vieja, está mayor, pero es tu madre, la ves en cada color y en cada esquina. Es ella, la madre vieja que reconoces y sabes lo bella que era». La veo así. Y aspiro ese aroma de azahar, el mismo que se me coló en la ropa ayer al pasar por esa casa en la que rompe el naranjo junto a la valla. Quise cortarte una ramita, pero me quedé con las ganas, como tantas veces, como tantas cosas.

Mi madre se duerme en este momento del día en el que solo noto el azahar aceitoso en mi mano y veo cómo era de chiquilla, cómo posaba en las fotos y cómo bailaba en la piscina las noches de San Juan. La veo en esos callejones que tiene la vejez, ahí aparece su color verdadero, el de entonces, que es el que se fue decapando de su fachada. Es Tánger o la Roma del Trastevere, que ha ido envejeciendo con los naranjas oxidados de las ventanas abiertas, con la cuerda de la ropa tendida, con la escalera anunciando salones y el olor a comida. En la quemadura de tu mano, mamá, andan esos rincones, mostrando también los días felices.

«Ay.»

—¿Te duele?

—No. Molesta.

—¿Has olido el azahar?

—Eso era esencia pura.

77

Esta es la casa donde están las heridas. Y la reforma no ha podido con ellas.

Abro los cajones de mi habitación y aparecen las gomas, los rotuladores, ya secos, algunos recortables y figuritas que fueron llaveros. Reconozco el nombre de Pumuki. Lo toco sin desordenarlo, pasando la mano como si fuera ciego. No entiendo el porqué de muchos objetos y, sin embargo, al verlos descubro al pequeño que se escondía en su cuarto.

Cuántos fantasmas recorren la casa.

Hoy dijo mamá que siente que papá está por aquí, que lo nota y que, con miedo, a veces se equivoca y lo nombra. Yo le pregunto qué tipo de miedo y me dice que eso, que le da miedo y que busca razones para esa presencia. Pero nada, dejamos la conversación ahí porque cierra los ojos.

Yo lo veo en las herramientas del garaje y en los innumerables cajones con clavos, tuercas y otros objetos de su obsesión, está en el charco que hace mi coche, en el ruidito que hace el motor sin revisión, está en los enchufes y en los cajones del armario, donde siguen sus pañuelos doblados y bordados con las iniciales. Lo veo sacarlo del bolsillo, sonarse y devolverlo a los pantalones. Mamá lo ve en la comida.

«Con el hervido tengo para los tres.»

Y se calla. Ha vuelto a verlo.

Y la despisto poniendo el agua y hablando de lo bonitos que están los geranios que compré en la plaza. «¿Has visto, rojo, rosa y naranja?», digo arrastrando la cortina para la función de la mentira.

El día está luminoso, lleva así unas semanas, sin nublarse, el sol rompe en el suelo y hace sombras largas y doradas. Por la tarde ya se alarga el día y parece que debemos estar de buen humor. Pero la primavera no coincide jamás con los inviernos.

Sin embargo, el campo está rojo de amapolas, llenan las piedras y los sembrados por donde se cuela Leo a hundir el hocico. Yo hago fotos para parar el tiempo, pero la felicidad es solo ese segundo en el que creo que he captado su cara entre las amapolas. Ella salta y, de pronto, se cuela en la hierba, desaparece.

¡Leo! ¡Leeo!

Y sale con las orejas mojadas porque se ha colado en la acequia que ocultaban las hierbas del camino.

Ay, pobre. Pequeña. Ven conmigo.

Pero no quiere caricias y sale pitando hacia los olivos, que tienen tierra seca y firme.

Eres lista, pienso mientras cojo un ramo de florecillas silvestres.

Las traigo a casa.

Mamá las recibe como entonces.

No dice nada.

Al ir a la cocina están en un vaso, con agua.

Como entonces.

78

Doña Leo viene con su trotecillo alegre, con las orejas volando como dos mariposas.

Y se sienta.

Y me mira.

Y me reta a seguir.

Levanta el polvo y mi sonrisa cuando arranca a correr entre las margaritas bordes. Se para y las huele.

Y me mira.

Y sabe que me gusta.

Ella. Sí.

79

Los olores de la infancia marcan la edad adulta. Y a aquel niño de Utiel se le llenaban los pulmones de lavanda el día del Recibimiento de la Virgen del Remedio. La abuela Irene, tú y yo, vestidos de fiesta, caminando entre la gente, con los hoyuelos de la abuela marcados de felicidad. De su brazo, del tuyo, con nuestras colonias y nuestro andar ligero para llegar a la mesilla donde estaba todo el berenjenal de gente y de vecinos. Cruzábamos un poco más allá del túnel de las vías para la Calera, donde empezaba a verse la serpiente de los peregrinos que bajaban de la montaña.

—¡Mira, a lo lejos, ya se ve cómo llega!

Y levantaba mi cuerpo sobre las puntas para, agarrado de tu brazo, comprobar esas luces de las antorchas.

—¡Las campanas!

—Van por las oliveras de Monares.

Allí empezaban a picar. Estaba cerca la serranilla.

—¿Y la abuela?

—Aquí estoy.

Andaba saludando a todos, alegre, satisfecha y orgullosa del nieto porque siempre le pillaba diciendo algo de mí.

—Ven a saludar a la parienta, que están también con nosotros. Dale un beso. Y a la Isabelín, que te quiere mucho. ¿Has visto lo grande que está? Va a ser altísimo, como mi padre y como mi Luis.

La genética es como el olor de aquella lavanda, de aquel espliego que alfombraba las calles desde la cooperativa, pasando por la plaza de toros hasta girar a la calle donde estaban todas las banderitas. Y las luces. Y la gente arreglada en sus portales estirando el cuello para ver si la música era anuncio de las andas. Los que habían hecho el recorrido desde la montaña venían con ramas de romero, y cuando conocíamos a alguno, nos daban un trocito, y así yo me creía que era uno como ellos, uno de los que bajaban desde el pico de la sierra.

—Ya nos acercamos a casa de tu tía.

Era después del callejón de las Doncellas.

—Míralas.

La casa de la Concha era un palomar estrecho adonde los domingos mi padre me llevaba a saludarla. Siempre fue la más simpática. La Lola era una señora estirada que siempre se quejaba de algo, la pobre nunca estuvo bien, aunque tampoco fue agradable; la Amparo era un puro despiste, me cayó bien con los años; la Luci, una dominanta en tacones. Subida en sus agujas pinchaba el suelo y hablaba con mi padre en voz baja. «Son nuestras cosas, anda a jugar.» La Concha era la más simpática. Y todos los primos. No puedo hablar mucho de ninguno, mi relación con ellos estuvo marcada por sus madres. Mis tías.

—Saluda a tus tías.

Bajo los banderines y las luces, cuatro besos con prisa y algunos parabienes acelerados porque la fila procesionaria seguía y no queríamos perder el sitio. Yo arrastraba los pies haciendo montones de lavanda que levantaban el aroma hasta mi imaginación. Me quitaban los malos pensamientos y me llenaban de nubes donde poder espantar y empadronar mis miedos.

El callejón del candil, la pastelería, la farmacia Ipiens, confecciones Solá, Mayordomo, el horno de la Fani, la joyería de la Patro, la droguería de Luis Agüe, la zapatería Monsalve, la mercería Verdejo, el cine Pérez y... la iglesia. Cuatro troncos adornados con ramas que hacían arcos sobre los escalones. El vendaval de sentidos.

Cera, lavanda, romero.

Colonias, ropa nueva, santos.

Piedra, sayas almidonadas, madera.

Talco, laca y flores.

La fiesta y la emoción que brotaba en mis ojos de crío cuando sonaba la salve al romper la Virgen en la puerta de la iglesia.

—Qué buen sitio tenemos, ¿eh?

Mi abuela y sus hoyuelos felices.

Mi madre callada. Otras nubes.

Duele no poder escribir todo lo que pasaba en ese instante cuando entraba la patrona en volandas hasta el altar, porque ese crío que ahora escribe se ha tragado muchas palabras para poder articular otras. Y las que faltan, las que se han ido quemando con las velas encendidas, ya no están. Pero aparecen en cada ramita de lavanda, en cada romero.

—¡Viva la Virgen del Remedio!

—¡Viva la Madre de Dios!

—¡Viva nuestra serranilla!

—¡Viva! ¡Viva! ¡Viva!

Nudo en el pecho y hambre en el estómago.

80

Siento el pudor del que escribe sabiendo que puede ser leído. Mamá duerme y así se pasa el día, en un anuncio de la soledad que viene a esta casa. La muerte ya no es una especulación, es una presencia.

El temor y las respiraciones profundas para no llorar, compuerta de la presa que se avecina.

En la calle, soleada por la primavera de finales de abril, suena el llanto de un bebé que va en carrito, el buah de su hambre o de su primer lamento. Se funde con el sonido de un coche que baja por la calle y el piar de los pájaros que vienen a descansar en la barandilla. Los geranios estallaron en flores tras las últimas lluvias, y mamá, a veces, dice: «Qué bonitos están». «Sí —respondo—. ¿Has visto? Todo florece.»

Y la saliva se convierte en sangre bajando por la garganta porque estoy mintiendo.

Se apagarán los pétalos.

Se secarán las flores.

No hay nada inmarcesible, sino la tristeza.

En aquellas primaveras, la terraza de aquel piso estrecho, largo y azul, se llenaba de verde con la esparraguera.

Anuncio de los días de calle y de lectura al sol y a la sombra de la cocina. El canario se ponía las botas y la tía Juliana llenaba de flores su bancal.

Mírala cómo arregla el huertito, mírala cómo sonríe mientras llena de tierra los adoquines. Parece feliz.

Era feliz.

Y nosotros de verla.

En el recuerdo, presente como este silencio roto solo por la respiración de Leo, hay una mujer rápida, de pelo atardecer y manos resolutivas para no estarse quieta. Una madre que recita como un eco los poemas que debe memorizar el niño para el colegio. Y que arregla con tres pinceladas el primer cuadrito al óleo. Mira, le dice al niño. Y el pequeño asiente orgulloso. Le lee un cuento. Y el niño escribe por imitación uno que se inventa medio copiado de algún otro. ¿Te gusta?, le pregunta. Y la madre responde con un beso. En la habitación, mientras ella pone las cazuelas y enciende los fuegos, el chiquillo escribe ajeno a los miedos, indiferente a ser leído. Pero el olor a comida llega hasta las libretas de muelle y las cierra, las guarda en el cajón y corre a la cocina. Se sube al poyo y hablan, o solo la mira. ¿Quieres uno?, le dice ella. Y el niño se quema por las prisas. Te lo he dicho. Espera.

Espera.

Si no hay prisa.

La vida en ese tiempo no la tiene. No existe. La vida solo es vida, nada se despide, solo las noches y los finales de cuentos.

Y se apaga la luz.

81

Es gracioso cómo la memoria va y viene. El viaje al pasado tiene mucho de mágico, y en sus parajes habitan los personajes que me inspiraron otras novelas.

Hay un sofá de escay verde. Es el de los abuelos, Irene y Victoriano, del número 10 de la calle Eduardo Dato, en Utiel, que se abre como un abanico para las siestas de niño. Hace frío y la conversación de las mujeres se hace nana, tengo los ojos cerrados, la persiana la bajaron después de comer, la calle está muda, pero el sol revienta los agujeritos con la fuerza de la tarde, mi madre me tapa con una mantita porque me acurruco para forzar el sueño. Sin embargo, como otras veces, no me duermo. Finjo la respiración y sus voces se hacen más claras.

Aquí no quiero reproducirlas porque andarían llenas de ficción y, sobre todo, sería infiel a aquella intimidad de madre e hija.

Otra madre y otra hija.

En ese momento, el recuerdo beige dibuja un elemento externo, un niño dormido sobre un sofá verde de escay, frío al tacto, que es nieto y que es un hijo en ese lugar.

Se oyen palabras que distancian a dos mujeres, no hay intimidad, sino encargos y preguntas. Se dicen y se mastican, se huyen en la lejanía de una mesa camilla. Es ahí donde aparece la respuesta que años después confirmará una vecina. El niño que llegó un enero para cambiar las vidas de otros, el que vino a unir a dos extraños, un hombre y una mujer de planetas y calles divergentes. El niño respira para seguir dormido. Una caja metálica se abre y se escapa una bobina por el salón; la respiración se acelera por el temor a ser descubierto, y el aliento de la madre queda cerca del niño, en su carita dormida, y ella hurga con la mano bajo el sofá hasta que consigue cogerla. «Aquí está», dice en voz mansa a su madre, a mi abuela.

El hilo de qué color será, piensa en sus sueños. Fino para zurcir medias, blanco de algodón para hilvanar o negro como los miedos de sus mortajas.

El hilo es el niño. El mal hilo.

Ese que cose a dos extraños para siempre.

El hilo bueno. El que no se rompe.

Bajo el sofá verde de escay duermen también mil cachivaches, desde peladillas de bautizos pegadas a la bolsita, postales de la familia en sus viajes por España, cajitas de cerillas de folclores nacionales, agujas de gancho, ovillos enredados, hasta no sé qué cosas abandonadas al refugio de un arcón que es cobijo de un niño que finge siestas con temor a saber. Por temor a despertar.

La abuela sube la persiana y el sol alumbra todo el salón, hasta la puerta de la cocina.

—Venga, pequeño, que ya está bien de siesta, que esta noche no dormirás y hay que merendar.

Me acerco a la mesa, me subo a la silla. Elijo una caja de membrillo que ahora es de botones, los remuevo como si probara suerte. Este es de nácar, aquel de un abrigo que estrené en la feria, estos son de las tías, los pequeños para camisas y ese viudo vete a saber. Lo dice mi madre.

Elijo el botón viudo, siento pena por su falta de compañía, y escojo uno parecido para empezar a construir una fila india sobre el tapete.

—Quita eso. Toma la leche.

Y sin querer miro el hilo con el que cose mamá, ese que rodó por el suelo.

Y es del color que escuché en sueños.

Rompe el hilo con la boca, dobla la tela de la costura y clava la aguja en el acerico.

El hilo es el niño. El mal hilo.

Ese que cose a dos extraños para siempre.

El hilo bueno. El que si quiere se rompe.

82

A menudo me asaltan episodios de la infancia, personajes que fueron compañeros, aromas de casa y sabores de la despensa, frases sueltas que me hicieron daño, pensamientos de aquí y de allá, el ruido del motor del coche de mi padre al llegar, el zumbido de las moscas del patio en días de bochorno, los partos de las gatas, el garaje, cachivaches de toda índole, y a veces no sé si los he vivido, o soñado o imaginado, o los escribí yo mismo poquito a poco en algún lugar de la memoria.

Las marcas o manchitas que aparecían en las libretas de la escuela siempre me provocaron cierta impresión.

En aquellos años, sucede hace tanto que no sé centrarlo, Buñol era un pueblo rico en industrias papeleras, todo el curso del río estaba jalonado de fábricas y molinos de papel. Era divertido ver salir los camiones con las grandes bobinas que imaginábamos para culos gigantes. Y era más divertido aún colarse a escondidas entre las sacas de papel destinado a ser triturado para escudriñar en busca de tebeos, cromos en otros idiomas que brillaban mucho o, sorpresa, revistas porno.

—Aquí hay una.

—¡Corred!

Tras las tapias de la finca, zona de huertas y acequias, sucedía el reparto.

Y el silencio.

Ninguno comentaba nada al ver los pechos y las penetraciones, los desnudos y el sexo robado. Del mismo modo que aquello no tenía texto, nosotros tampoco lo teníamos. Tal vez era el miedo a Dios, a ser descubiertos o a verbalizar las preguntas que esos hombres y mujeres nos generaban. ¿Eran así nuestros padres? ¿Las vecinas? ¿Las del instituto?

El sexo era de papel. Y en esas hojas mudas se desvelaba el secreto de la madurez.

El primer deseo venía grapado y llegaba en camiones hasta la papelera de Turche, adonde íbamos a robar con más frecuencia. Nadie las guardaba, las tirábamos por las acequias y echábamos a correr a nuestras casas, sin comentarlo, con alguna erección incipiente y el recuerdo grabado en la memoria. Hombres desnudos. Mujeres sin ropa. Penetraciones. Besos. Lenguas. Miradas. Silencio en casa. Tal vez en ese momento descubrí que algunas páginas robadas me gustaban más que otras.

La vida está marcada por todo aquello que un día aparece para decirnos qué somos.

Nada de eso estaba escrito en mis libretas de niño, pero sí el terror.

—Otra vez, malditas papeleras.

—¿Ha vuelto a pasar?

—Sí.

—El hijo de la...

La conversación sucedía en la cola de la carnicería, y las mujeres empezaron a narrar cómo otro hombre había caído a la trituradora de papel y había sido imposible rescatarlo hasta que alguien pudo parar los motores. Los detalles, el dolor, la tragedia y la costumbre frente a los hechos.

—... Nada. Ni rastro.

—Otra vez, hija. Otra vez...

Vomité en la calle.

En el transcurso de la vida, la realidad me sorprendió muchas veces porque, en el momento de escribirla, mi imaginación, que era mi único salvavidas para salvarme de la tristeza, me paralizaba frente a las manchas que me encontraba en las páginas blancas. «Ahí están los muertos que se trituran», dijo alguno de mis amigos de clase. Ya no en la tapia, sino en el aula. Y ahí se firma una ley inevitable, inesperada, que dispone que solo se puede tener miedo a lo que está ausente.

Al menos para mí, ahí concluyó lo que quedaba de mi inocencia y comenzó ya para siempre el dolor de su pérdida. De que el día se convierte en noche. Las huertas se secan. Las campanas tocan un día a fiesta y otro a muerto. Que las flores se marchitan, también las de boda. Y que los hombres y mujeres lloran y se acostumbran a las pérdidas.

Y, sí, quedan manchitas en los lugares más inesperados. Tal vez aquí, en esta página.

> Todo lo que se mira con intensidad se hace interesante.
>
> GUSTAVE FLAUBERT

El lugar que amamos, ese es nuestro hogar; un hogar que nuestros pies pueden abandonar, pero no nuestros corazones.

Oliver Wendell Holmes

No soy nada, lo sé; pero completo mi nada con un poco de todo.

Victor Hugo

Para cuando una persona ha cumplido los años adecuados para elegir un rumbo, la suerte está echada y hace mucho que pasó el momento que determinó su futuro.

Zelda Fitzgerald

El único verdadero viaje de descubrimiento consiste en no buscar nuevos paisajes, sino en mirar con nuevos ojos.

Marcel Proust

83

He olvidado muchas frases profundas, deslumbrantes, ingeniosas y agudas de la abuela, los refranillos —«El que quiera saber, mentiras con él» o «Mucho vestido blanco y mucha farola, pero luego el puchero con agua sola»—, pero aquella de mi madre ha quedado intacta en la memoria, y supongo que me acompañará hasta el fin de mis días. «Hazte la vida fácil.»

Hazte la vida fácil.

Quién sabe si no he de morir con ella entre los labios o en algún papel en el bolsillo de la chaqueta como esos días azules y ese sol de la infancia de Machado.

Hazte la vida fácil.

Algún personaje se quedó con ella, como suele pasar en la literatura. Me basta un poquito de realidad para encender el motor de la ficción. Unos pasos en la escalera abren un capítulo, un reloj cambia la escena, el agua de la fuente donde bebe Leo sacia a unos personajes, los primeros rayos de sol iluminan una cocina de cortinas suaves y olor a melocotones. Todo es susceptible de ser ficción, o, tal vez, toda la ficción es capaz de cambiar una realidad apagada.

Pero volviendo a aquellas tardes en las que mamá me hablaba de su juventud, aparece la calle del Cebo. Cuenta que salían a pasear con el mejor vestido y andaban como muñecos de feria calle arriba, calle abajo. Los chicos en grupo por una acera, y ellas, por la contraria. Ese era, pues, el panorama de las tardes del fin de semana: caminar del brazo y mirar disimuladamente hacia la otra orilla. El mar que los separaba sin más barcas que un guiño, una risa tímida y un coqueteo de reojo.

—Todas tus amigas son más feas que tú y, sin embargo, parecen las guapas.

La abuela Irene era entonces la madre de Clara, y a esta no le gustaba pintarse, ni subirse a tacones, ni llenarse de laca.

—Déjame, mamá.

Le diría.

Y era el abuelo Victoriano, entonces padre de su niña, el que le decía lo guapa que iba y que bailara hasta cansarse. Salía Clarita con la alegría como maquillaje y el beso del padre, orgulloso y feliz.

—Yo creo que me duelen las piernas —dice ahora, mientras remueve una manzanilla con alguna pastilla— de tanto como bailé.

Iban los mozos por una acera, las mozas por la otra. Trajín de direcciones que se fundía en el baile.

—¿Te acuerdas de aquel Alejandro que no me sacó a bailar? Si te lo habré contado ya.

Me dice.

Y niego con la cabeza para escucharla elevar a capítulo un momento infeliz.

Se ríe.

Y esa risa le quita dolor a una noche sin baile.

Se calla. Como tantas veces, solo afloran los recuerdos

que están curados; los otros, esos que escuché a oscuras, van para adentro. Y allí se quedarán.

Hay un lugar en el cuerpo donde habitan controlados los fantasmas, los muertos y los dolores que siguen escociendo; un espacio estrecho entre el pecho y el estómago que a veces se hunde porque algo se ha movido. Ay.

Mamá se pone muchas veces la mano ahí, y es entonces cuando no pregunto.

Silencio.

84

Lo que hago es correr la cortina de la elipsis. Evito episodios de la infancia que me hacen daño y que no quiero que se queden en este Fahrenheit de recuerdos que, mientras escribo, ignoro si se van borrando o marcando a fuego en este artefacto de pequeñas cosas.

Mamá tiene la costumbre —tal vez es sana— de romper las fotografías que encuentra, no sé si ya lo he contado porque, al glosar la elipsis, manifiesto también mi desmemoria.

En el pasado está todo cuanto necesitamos. Pero, como en aquellas conservas de la abuela que llenaban los estantes, mejor no destaparlas. Caducadas o no, podrían oxidar este aire que respiro y en el que habito.

Haya paz, me digo.

Pasea, sal con Leo, acostúmbrate a mirar de forma diferente. Calla. Susúrrate. Guarda. Deja que pase. Observa.

Las cosas que me rodean están por descubrir. Vamos por la vida con demasiada prisa —todos—, y aquellos paisajes que cuando era niño cruzaba deprisa gastando suela y aliento, sin fijar la mirada en las cosas, ahora me paro a descubrirlos y pensarlos.

No es que aquellos que pasaban a mi lado fueran menos hermosos que los de ahora, sino que ahora los cruzo más despacio que entonces.

Oigo el agua de la acequia, arrastra un palito que parece

un barco, el campo sigue rojo de amapolas, amarillo de dientes de león, violeta de las campanillas, alelí blanco, manzanilla a borbotones, dragoncillos, tomillo, romero, hinojo, lavanda, zarzas a punto de estallar en moras, y se levantan los olivos centenarios, las higueras que avisan ya de su dulzor, del verano.

¿Lo ves? Elipsis.

El tronco aquel en el que apoyé por el asma la bicicleta es hoy un señor que retuerce su cansancio. La pandilla siguió hacia la sierra, yo me senté.

El olivo lo recuerda y, bello, ha hecho un asiento destapando sus raíces al sol de esta primavera.

Leo se tumba en las hierbas.

«No comas —le advierto—, que luego vomitas.»

Y me mira con benevolencia. Ella ignora que me senté aquí hace cuarenta años y deslumbra con la belleza de la sorpresa ante cada arbusto, de la tranquilidad del lugar y de la ausencia de problemas.

De expectativas.

Como una bandada de aves migratorias se han ido también para mí. Son días en los que el alma, al ver a mamá, se apaga. Sin pelo, sin voz, sin tiempo.

Lejos quedaron los días de colores en los que no miraba las flores más que para coger algún ramo silvestre que llevar a casa.

Lejos quedaron las alegrías, el asombro, nada nos calma y todo nos enoja.

Regresan ahora las incertidumbres de aquellas noches en las que papá llegaba borracho y se dejaba caer en el sillón.

Gloso ahora la elipsis.

¿Qué perdimos entonces, mamá?

85

—No.

—Pero ¿no lo recuerdas, mamá?

Horas después, cuando el sol amenazaba con cambiar las formas del horizonte, mi madre agarró una cruz que fue de su madre y suspiró profundamente.

—Que las penas no matan, pero acaban.

—¿Qué quieres decir?

Enseguida se acercó la pequeña Leo y pagó su plaza para abrigarse a los pies. Tras la caricia, ambas cerraron los ojos.

—¿Cuándo?

—Era verano. Y nos fuimos a bailar a Requena... Él estaba allí. Tu padre. Iba arreglado, le gustaba ponerse de punta en blanco, y andaba con amigos. Verano... —repite para ella—. Era verano.

El silencio es en ese momento profundo y largo. Me niego a romperlo porque nunca supe cuándo. Si hubo foto, está rota, como tantas otras antiguas que cuando encuentra deshace en pedazos. Está paralizada en el sillón y con la mano se cubre la cara. O se apoya en ella. Mantengo el mismo silencio para adivinar en ese vacío la escena que se queda anclada en la frase que no ha terminado.

No sé cuánto rato pasamos así. Ella en un viaje al verano; yo, mirándola.

Me he pasado la vida queriendo saber cuándo fue la epifanía de mis padres y me voy a morir con la elipsis de algunos días felices.

—¿No me dices más?

Mamá niega. Deja la mirada en la puerta y recuerda aquel baile en Requena. En todas las cartas que nunca escribió siguió preguntándose por qué, como si pudiera regresar y apagar el disco. Las luces. Cerrar la puerta. Volver a casa.

—Sería un vestido de verano, fresco, de las tías... Es que no me acuerdo bien.

—Y... ¿bailasteis?

—Hombre, claro. —La dignidad de aquella jovencita le levanta el ánimo.

Ante esa afirmación, que da pie al recuerdo de sus primeros días de amor, mamá piensa en mi padre, muerto, y con quien nunca hubo más bailes que el de aquel verano.

—Pero ya lo conocías...

—Sí. Y le tenía una manía tremenda. Era altanero, era más que nadie, era... —mamá se acelera por primera vez— un hombre creído, orgulloso, guapo y arrogante, no entiendo de qué. Presuntuoso.

Lo dice con todas las letras. Marcando el desprecio, como si se le indigestase de nuevo. Es cierto que lo era, era peor si cabe. Tenía facilidad para la antipatía, para la enemistad y la ira. Se aceleraba compulsivamente de rabia y al rato ya estaba queriendo irse. «Me debéis respeto», decía cada tarde. Y era miedo. Aquel hombre alardeaba como un fanfarrón creyendo que lo era, que era el mejor. Pasaba un tiempo de calma, de admiración incluso. Querías ser como él. Pero tras unas semanas de paz volvía a las andadas, a una noche de juerga y a tropezar con la piedra del humo.

—Pero... bailasteis.

El pensamiento vaga por el comedor, la imagen de la pareja vuelve a ella.

—Sí... A lo mejor fue eso. Cuando bailas no miras más que al resto, a los que te rodean. Y las amigas sonreían. Desde fuera todo es bueno. Un verano, un vestido nuevo y un baile.

El silencio de mamá estaba lleno de gritos, agitadísima, dominada por el silencio buscado que le impedía cualquier atisbo para encontrar la belleza. Abrió en ese momento los ojos, sabiendo dónde, y se quedaron fijos en la foto de la pared. Un hombre tira de una mula en el campo de Utiel. Es mi padre.

—... Ahora me toca a mí bailar, ahora a ti... Él quería bailar conmigo todo el rato. No sé. Y yo, supongo, cuando bailaba aceptaba... Y será porque también me apetecía. Y fuimos saliendo. Saliendo, decíamos. La Angelita, la de la peluquería, se juntó con un amigo de él. Y así se empieza la tarde. Nunca sabes cómo acaba. Dar una vuelta. No tengo ganas. De dónde vienes. El ruido de unas llaves. Tengo hambre. Qué quieres de cenar. Comía como un toro. Se puso a bailar. Me agarró. El bochorno entraba por todas las puertas. Mi vestido nuevo. La música. Al abuelo Victoriano le caía bien porque era trabajador y se plantaba en la oficina donde tenían la empresa de transportes y le invitaba a un café. Se quedaban hablando. «Me ha invitado Maxi», venía diciendo al llegar a casa. A mi madre..., a la abuela Irene no le gustaban los Huerta, ninguno. Ninguna. Torcía el morro y se iba para la cocina. Yo... No lo sé... Era verano... Acertó ella. El abuelo era bueno y no tenía maldad. Cosas de la vida. Y los hombres. No sé...

—Y tú...

—Durante un tiempo fui feliz. Luego empecé a ver cosas que no me gustaban. Las iba tapando. Pero...

—¿Pero?

Nunca esperé tanto para escuchar el final de una frase frenada por los recuerdos porque tampoco la había oído verbalizar que durante un tiempo fue feliz. ¿Cuánto tiempo? Ralentiza entonces sus palabras. Mucho. No quiere decir más de lo que dice. No hay lamentos. Como el que sabe que hay que callar a tiempo, mamá lo hace. Es la cara B de su disco la que permanece girando solo para ella. Veo la mesa de la Puerta del Sol, las puertas de la empresa del abuelo abiertas de par en par, un buen día, dos hombres, futura familia, dos cafés. Las mujeres dentro, en casa.

—... pero las cosas tienen que ser —zanja mamá.

Levanta los hombros ignorando todo, borrándolo mientras lo suelta a escupitajos para siempre.

—Era alto, tenía buen cuerpo, atlético. Les gustaba a todas: a la Maruja, de la pandilla, sobre todo. A ella la atraía. Pero fui yo la que empezó a salir con él. Ese tiempo era completamente distinto al de ahora, las pandillas salían de otra manera, quedaban en un sitio, la calle del Cebo, de Utiel, ibas al cine, paseabas, te gustaba uno más que otro... Pero nada. Llegaban las fiestas. Las verbenas. Nosotras por esta acera, ellos, por la otra. Yo creo que fui feliz. No mucho.

—...

—No te pongas esto, ni esto otro. Yo le hacía caso. Se enfadaba. Cerraba la puerta. Daba un golpe. Me obligaba a cambiarme de ropa. Yo... Ay... Pero... me gustaba porque a todas les gustaba. Y yo seguía la corriente. Seguía... ¿Qué podía hacer? Yo ya estaba...

Me ahogo en la complicidad de los puntos suspensivos de su voz.

—Su carácter fue...

—... apagándote a ti.

No sé si la ayudo terminando su frase.

—¿Qué hora es? —dice de pronto.

Me equivoco cerrando su discurso.

La tristeza de la mujer se vuelve a tapar con la madre que aparece para decir que hay que hacer la comida. Ah, qué ingenuo soy pensando que debo tener información que no me pertenece. Así avanza la vida, llenándose de preguntas y con un solo apunte: la ilusión del comienzo en un baile en Requena. El chico alto, fuerte y atractivo. La chica elegante, guapa y educada que no ha tenido relación hasta entonces. Suena una canción. El valiente va a por ella, presa de los comentarios.

El primer baile es el último. Jamás volvieron a bailar. El verano, un vestido y la música.

La belleza es belleza porque vuela.

SEGUNDA PARTE

EL PESO DEL PADRE

1

Y ahora que es domingo por la tarde y estoy arreglando las flores que han llegado a esta casa, en la que llevamos más de un año viviendo, vuelvo al texto. No recuerdo el tiempo que pasó desde que escribí todo lo anterior; tal vez una semana, un mes o cientos de años. He andado narrando como quien pasea por el camino de lagartijas, que pronto aparecerán al calor de este nuevo sol que alumbra todo, donde se fue quedando la niñez camino de la escuela y esta madurez que entra a cuchillo en la carne aturdida.

Se fueron los meses, las horas, los ratos en los que esperaba algo —algo—, aguardaba a que los dolores calmasen el aire que respirábamos y que mamá rompiera ese silencio que la atraganta desde hace siglos.

La mano cruje al escribir y el corazón se encoge a pálpitos que no coinciden con los latidos. Todo anda desacompasado, a pesar de los ensayos, del tiempo en el tiempo.

Quién pudiera no caer en el recuerdo.

—Había una despensa en la cocina de la abuela, y sobre el arca, que todos íbamos a escudriñar, se abría ciego un ventanuco que siempre estuvo cerrado.

Arranca así mi madre su relato de media tarde, frente al café con leche y las magdalenas. La escucho sin hacer gestos, ni asentir, ni respiro. Evito así que se rompa su hilo, y favorezco que abra la puerta a su memoria, aquella que va en blanco y negro.

—La despensa era un cuartucho al fondo con derecho a luz que compraron los abuelos, pero nunca tuvieron esa luz.

»Era de esas pequeñitas ventanas hondas en la que podías sentarte como un poyete. Era ancha, así.

Hace con las manos el gesto.

—Me subía y fantaseaba con que daba al corral del Vegano, el restaurante, donde había un patio. Yo lo sabía. Pero el patio no lo vimos. Habría entrado la luz... y el aire a aquella despensa que compró el abuelo a los vecinos.

Cierra los ojos.

Silencio.

Bebe de su vaso de leche y aparta la magdalena para que me la coma yo. «No tengo hambre», añade. Se recuesta hacia la lámpara, apagada, y se abraza a la perra, que lame sus manos viejas y manchadas. La miro. Hay una niña que acaba de volar hacia muy lejos, hacia aquella ventana que no tuvo patio, sin luz, donde podía imaginarlo. Es ágil, sube de puntillas al arcón de la abuela y pega la cara a la portezuela sin final ni principio, ciega. La niña cierra también los ojos. Entonces lo representa, lo idealiza, conjetura que las plantas cuelgan de los balcones y de las paredes encaladas. Hay gatos. La vecina invisible tiende la ropa en cuerdas y sus hijos se mojan los pies en palanganas de porcelana. Chapotean. La mamá niña mira despertando sus sueños de tener un patio con luz y sillas donde sentarse a leer, a probarse vestidos al sol de la primavera, esos que estrenará en las fiestas y en los domingos de la calle del Cebo.

Y —pienso— escribo aquí que la ventana fue solo un trampantojo para la fantasía.

—¿No te vas a acabar la leche, mamá?

—No.

—Está fría.

—Por eso. Ya está fría.

En este tiempo de pausa, los cuerpos se han roto un poco más, como va pasando con las casas pintadas de cal, que, a fuerza de capas, crujen y se desmontan. Mamá ingresó deshidratada, con anemia y una grave insuficiencia renal. Los días y las noches iban anunciando poco a poco la caída en un precipicio de dolores y silencios. Silencios largos y pesados en los que el cuerpecito delgado y frágil iba quedándose dormido al abrigo del sofá. La decadencia avisa como las campanas que tañen a muerto desde el campanario.

Esas campanas que detestas, mamá, como siempre dices cada vez que suenan.

—Imagina que tocan a fiesta —le digo.

Niega con la cabeza.

—No me gustan. No suenan a fiesta. Eso era de niña, en Utiel, con las amigas hacia la feria. Ahora no me gustan.

Cierra los ojos.

Y las palabras, ¿dónde están? He abierto las ventanas de este junio que arranca y se han volado todas de repente. Mi pequeño va muriéndose poco a poco porque los verbos que aparecen, que ya no vienen del juego y las jaranas, arrancan del dolor y de la pena. Una tristeza que va pegada a la ropa, como el chaparrón de anoche que me caló hasta los huesos. Aunque ese, tendido, se seca; este, en cambio, va humedeciendo las articulaciones y atrofiando la agilidad de la hermosura.

Miro a mamá y callo, miro y callo, recorro sus venas gruesas de la mano, las manchas de los dedos y el pellejo donde la llenaba de besos y me acurrucaba. Yo me alzaba, ¿recuerdas?, recién llegado del colegio, y siempre te olían las manos a comida y el cabello a colonia. Ahora me inclino yo. Cedo al tiempo y tú a su paso. ¿Cuándo ha sucedido? ¿Quién se ha rendido? Pequeña, estiras la cabeza para darme un beso, tímida como siempre, sin aderezos ni cumplidos, con el lejano eco de otras veces en las que, sofocada por tu pudor, has dicho: «Pero si ya sabes que solo te tengo a ti». Consiento que la vida nos haya dado la vuelta porque no tengo remedio: tú te rendías antes al niño, te inclinabas; soy yo ahora quien cede a los últimos abrazos.

Escribo y miro. Miro y escribo. Callo y observo tus pensamientos porque respiras y vete a saber qué pasa por tu cabeza. Lo mismo solo es la nevera. Hace poco decías que había queso fresco, que qué quería para cenar. Te dije que bien, que queso.

Doña Leo ronca.

La ventana enmarca la despedida del día. El dorado ilumina las casitas del monte, esas que aparecen entre el verde como piececillas de juego infantil. El azul es ya gris y las nubes se hacen humo. Los pinos ya no se mueven, ni silban los pájaros de este domingo, 6 de junio. Se va.

Cumplo la penitencia del recuerdo.

Hoy, a estas horas, anunciaban en las teles que era ministro de Cultura y Deporte. También estábamos tú y yo sentados en otros sillones, juntos para escuchar las noticias que solo sabíamos nosotros.

Hoy, a estas horas, todo cambió.

Televisiones y otros medios de comunicación empezaron a hacer mofas junto a mi nombre. La alegría se esfumó como las nubes de esta tarde, como el sol que ya se oculta tras el Alto Jorge. Sentí que las cosas se iban a poner complicadas.

Y lo vimos sentados, tú y yo, mamá, en otro sofá. Las bromas, la homofobia, el vulgar chascarrillo y el desprecio, brutal hasta el paroxismo.

La elección de los adjetivos, las fotos con las que acompañaban a mi elección, las imágenes de los vídeos... Todo era y estaba dirigido hacia la burla.

Y así transcurrieron los días.

Pasó.

Pero ahora lo pensaba. Mientras tenías los ojos cerrados. Y me apetecía escribirlo.

Fue hace tres años. A esta hora.

Y yo, infeliz, estaba ilusionado.

A veces ese dolor se encierra en el baño y se va por las cañerías, aparece en los espejos, inesperado, en un verbo, en una mirada. El profesor te señala y debes salir a la pizarra con la memoria fresca; sin embargo, qué más quisieras, no estás hábil. La tiza chirría, el grupo chilla, se queja. Y ahí estás tú, con el daño a la vista, de espaldas, sintiendo que hablan de ti.

Y parece que nunca llegaré a pagar esa pena de mi pecado, ni con el obligado olvido. No, el tiempo no lo cura todo, se equivocan. Lo curan otros y otras miradas. Lo mitiga ese camino de flores por el que ando con mi perra, lo apaga la leña encendida de este frío inesperado, las piñas chisporroteando, se atenúa con los brindis de los amigos, va debilitándolo el amor, y lo atempera una frase de un libro, la sorpresa ante un descubrimiento y la venganza inesperada.

Basta con sentir. «Las lágrimas de angustia irritan y excitan; pero las de arrepentimiento son las que limpian.»[3]

El alma se apaga cada 6 de junio. Y no lo tacho, porque a esa comunión con otros dioses acudí feliz. Con zapatos nuevos, con la carpeta nueva, con la mirada limpia y —ahora entiendo equivocada— tranquila.

Regresan las incertidumbres, los miedos y las inseguridades, los qué haces aquí, el vete y los no pintas nada, qué te has creído. Lo digo así, lo escribo así, porque no quiero perder algo que amo: la oralidad. El golpe de abanico en el pecho de la abuela, su jaculatoria, su rezo en voz baja, las palabras de los abuelos en el bar Horizontes, su lenguaje a escondidas en la puerta de misa antes de pasar por la pastelería, la comidilla en la mesa camilla. No permitas, Virgen del Remedio, que se me escape ese lenguaje oral que me acompaña desde que llegaban los tractores con la vendimia a las puertas de casa. Ni los secretos que escuchaba en la panadería y que son hoy mi escuela literaria, mucho mejor que Jiménez o la biblioteca entera del colegio. Las mujeres en corro en la parada de frutas, los hombres en las sillas de anea, con sus pausas, sus infinitos ritmos, las variadas onomatopeyas y las miradas que acompañaban cada verbo nuevo.

3. Miguel de Unamuno.

6 de junio. Vuelve.

Tú no sirves. Adónde vas con esas cosas. Qué intruso. El pelele. La risa ha llegado. Debe de ser la casualidad, el exotismo. O quizá para el entretenimiento. Y miradas, verbos, adjetivos, sátiras y censuras.

Las murmuraciones son polvorientas, ensucian todos los caminos, la ropa, y ahogan la respiración. Solo cabe alejarse, huir, escapar a donde haya aire puro. Esconderse de los días. Solo agarrar, débil como estás, la palabra bonita. La que cuesta escuchar desde esa distancia impuesta. Y abrazarla.

El dolor es un páramo, solo aletean los miedos.

Sin embargo, mamá, que ya solo es una sombra entre la luz de la lámpara de su derecha y el último rayo de sol, vuelve a abrir los ojos.

—¿Qué haces, escribes?

Y así, con su espléndida voz, lo único que el tiempo ha dejado en pie con la misma fortaleza de entonces, me dice:

—¿Sabes qué día es hoy? Hoy hice la comunión. Me acuerdo perfectamente. Un seis de junio. Iba con un vestido que me hicieron las tías, llena de lorzas en las mangas y en la falda, de blanco... ¿Dónde estarán las fotos, madre mía? La tomé con toda la clase, las del curso en la parroquia. Íbamos en fila, nos pusimos en los bancos, de una en una, a comulgar... Y luego mi madre... —cierra los ojos—, la abuela hizo chocolate en casa. La abuela, el abuelo y mis hermanos. Hoy. Fue hoy. Un seis de junio.

Giro la cabeza hacia mi izquierda, el ventanal me ofrece el principio de una noche de domingo maravillosa. Adivino las estrellas. Y la luna se intuye coqueta a punto de estallar de felicidad, sabe que la están mirando. Como cada día. Seguramente como aquel día. Y no la vi.

2

Hay cárceles que elegimos. Y esta es una. Al evocar la infancia no hago más que excavar túneles en búsqueda de una salida, embarrándome, sin atisbos de luz, hurgando hacia un interior que no existe y que persiste en la memoria en forma de fotos que no tienen movimiento. Esa sonrisa congelada con pantalones blancos y polito azul sobre un arco de hierro de ¿colores? es una ficción de aquellos días de verano en Vinaroz. En la foto, aquí al lado, no se oyen las voces, ni las exigencias de mi padre, ni el temblor disimulado de mi madre cubierto tras el bolso de paja. En el túnel que me rompe las uñas, tierra desmemoriada adentro hay ruido de olas y sabor a polos de leche. Hay cromos y siestas en las camitas de flores, hay caracolas gastadas por el mar, está su tacto y está el frasco lleno de cristalitos de colores gastados por las olas. La alegría está paralizada en esa foto en blanco y negro. Y en esa otra con los brazos abiertos sobre las rocas, con el mar de fondo, y en la mirada, tal y como vas pasando retratos empieza a verse el cansancio, sale la náusea, una cierta desgana, y los ojos del niño preadolescente, consciente del dolor, refleja —hablo de otro para poder escribirlo— una tristeza petrificada. La misma de hoy.

Acabado el párrafo siento la pena y la angustia de una

niñez a escondidas de todo. Hubo un profundo silencio. De los días que leía a Astrid Lindgren, libros de la biblioteca, prestados por Francis, queda esa búsqueda por imitar en soledad la ficción de las novelas. Excavo en la prisión en busca de momentos felices y presiento que la mitad me los he inventado, y el resto son alargamientos simulados del segundo en el que un niño sonríe en la foto. Ese artificio ha construido muchas infancias, también la mía. Obligados a relatarlas como si fueran felices. Engañosa es la memoria, pero lo es más la mentira. Aparentes, inventados, irreales, ilusorios. Tal vez no anduviera equivocada Ana María Matute cuando dijo que la infancia es el período más largo de la vida. Entre la realidad y la ficción, nunca se acaba.

Bienaventurados los niños felices.

Esta cárcel que elegimos se parece a las diapositivas, que solo son plásticos oscuros y que necesitan de una luz para que vuelvan a la vida. Me asomo así a algunas de ellas y a las de mi madre, las que quiere contar, para despedirme del niño, si acaso se puede, y dar fe de notario de que nada vuelve. De que escudriñar en aquel baúl de la abuela era divertido entonces, pero, ahora, hacerlo con la memoria es doloroso e inútil. Un itinerario sentimental y literario por el barrio de la melancolía —si lo fuera—, que a excepción de las pequeñas sonrisas no es más que una tumba de arena. Como tantas otras cosas ya no me pertenecen, porque no existen, porque no se puede volver a ellas y porque el billete de vuelta es, como el lector puede apreciar, caro de pagar.

En cuanto a la cueva que sigo perforando, solo depende de mí parar. Y, de momento, no lo haré.

Y el dolor aprieta y la mirada se apaga y los engaños aumentan y las penas se cubren de telas y se abren las sonrisas para ventilar ahogos y enciendo los motores con la pereza de las plantas que no crecen en tierra yerma. Y mamá me mira calva. Y le digo guapa. Pero aparta la mirada porque no me cree, porque no es coqueta, pero sabe que las mentiras de aquel niño que excava en la montaña no se disimulan fácilmente. La cortina se mueve como mariposas y parece que el día de San Juan quiere decirnos algo que no entendemos, las cerezas escogidas sobre la mesa, y la belleza no es más que un silencio en la casa. La aparente tranquilidad que apaga las velas y enciende un poquito la esperanza.

Mamá, sin pelo, es mamá.

Y la mente, que es un remolino de recuerdos, me devuelve su imagen a estas horas de la noche, cuando habíamos cenado, visto un poquito la tele y me acostaba en mi litera cueva, y ella, al darme un beso y abrigarme, se enganchaba el pelo en el somier de la cama de arriba. Y, sin quejarse, decía un «ay» chiquito, «otra vez», y yo enredaba mi dedo de niño en sus cabellos que colgaban como farolillos de verbena. Eso es lo que recuerdo al verla ahora.

Mamá es pequeñita, camina lento y apenas ve. Fuerza la felicidad y no le sale. Arrastra los pies y se acerca el teléfono para mirar los nombres. Dice que está cansada de quejarse, que no se lo merece, que ella esperaba otra cosa de la vida. Y yo miro cómo la cortina mueve sus faldas con el viento del anochecer, suave y fresquito. Parece que va a llover. No habrá hogueras.

«¿Sabes? —me dice—. En la noche de San Juan, cuando éramos unas crías, escribíamos las cosas malas y las quemábamos. Y en un papel ponías los nombres de los chicos que te gustaban y el que se abría... Eso. Y dormíamos juntas, en casa de la Maribel. Y nos reíamos de los nombres que se habían abierto. La noche tenía mucha magia. Tenía mucha magia.»

Intento sonreír al imaginar a la niña de pelo largo.

«Y antes, en la calle de San Juan, montaban puestos de turrones y dulce de alajú, desde la peluquería de mi amiga Angelita hasta la zona del baile. Y abajo en la Rambla había más puestos de turrones La Utielana. Y la hoguera lista, muy grande, al lado de donde está el busto de Isabel la Católica o la que sea. Yo no me quedaba hasta el final de la verbena, seguro que me entraba sueño. Siempre me entraba sueño, como en Nochevieja en el salón Horizontes, y le decía a mi hermano Rafa: "Llévame a casa, que me duermo". Ya ves, si estaba pegado a nuestra calle. Pero el sueño me vencía y él me acompañaba.»

La luz encendida ilumina su cara, se tapa el ojo, que debe de dolerle. La perra ronca a mis pies. Cierro la ventana. La cortina deja de bailar. Esta es la noche de San Juan.

3

Ir hasta el arco iris, en Oz, donde Dorothy buscaba la manera de volver a casa, me resultaba tan difícil como planear una revancha contra la infancia que no se ha vivido. Llevaba varios días pensando en la llegada del 28 de junio, el Orgullo de todas esas letras que engloban la diversidad afectiva y sexual, intentando encontrar unas palabras para un tiempo robado. No habitado.

Colegio, pasillos, patio, excursiones, elegir compañero de autobús, de mesa, de gimnasia, viajes, hueco en el recreo, trabajos en la biblioteca, confidencias, meriendas, cumpleaños, la llegada del viernes y con el fin de semana por delante.

¿Me acordaba de todo? No. Lo intentaba, pero no. Con evidente mal humor fui consciente, en el repaso de unos años de esa infancia en blanco y negro, literal y metafóricamente, de que el barniz ha ido cubriendo miedos y recuerdos para fingir fortalezas, para tapar rasguños, para hacer impermeable la vida de niño infeliz.

Hay infancias robadas. Me entenderán.

Localicé el texto del escritor Nando López, amigo, mientras desayunaba, y busqué una foto de ese tiempo. Una en la que estoy posando frente a la cámara casi desafiante, como si ese día —seis años debo de tener— supiera que llegaría el momento para usarla y mirarla de otra manera. Es una playa de piedras, a la que uno se acostumbra como a tantas cosas; se ve la piel salada, mate por el sol, y una media sonrisa.

Pasé la mayor parte de la mañana con la mirada perdida en esa otra mirada, mía también. Explicándonos que no ha merecido la pena nada, pero que no tiene remedio. Que aquí estamos, despidiéndonos.

Orgullo frente a ese rincón del patio donde alguna vez buscamos refugio. Frente a ese lugar que fue escudo en la biblioteca del colegio. Frente a cada mirada, cada gesto, cada burla que ni siquiera entendimos. Frente a las palabras que nos dijeron antes de que supiéramos ser. Orgullo frente a la duda, y el silencio, y el no saber qué ni cuándo ni a quién contar.

Orgullo en nombre de las generaciones anteriores. De las identidades que no se pudieron decir. De los amores secretos. De las existencias fragmentadas en tiempos donde se condenaba la disidencia. Años, tantos años, en los que solo cabía el riesgo de la sordidez.

Orgullo frente a esas noches en que el odio de quienes juzgaban hizo que llegásemos a odiarnos. A temer el dolor de ser. A convertir nuestra verdad en una pregunta dolorosa antes de respondernos con un adelante. Con un ahora. Con la certeza de este sí.

Orgullo ante cada «normal», cada «correcto», cada «discreto», cada opinión que no pedimos. Cada «no se te nota», cada «no lo pareces», cada vez que pretendieron decirnos que había un modelo único de ser, de sentir y de expresarnos.

Orgullo de esa infancia que hoy se merece un final feliz. De esa adolescencia atormentada que nos recuerda la deuda del tiempo robado. Del ayer que atravesamos hasta llegar a este presente. A este ahora donde nos adueñamos, por fin, del patio que alguna vez temimos.

Hoy no se trata de «ames a quien ames» y esas mandangas de amor romántico. Es el día de conjugar el verbo SER. Porque antes del amor llegó el insulto, cuando ni siquiera sabíamos qué significaba. Y hemos crecido con capas de miedos y otros barnices que no solo los borraba el tiempo, sino la tranquilidad y el orgullo frente a aquellos primeros gritos.

Que los patios de hoy y del futuro sean de colores frente a tantos años en blanco y negro.

¿Qué sabía ese niño de piel fina, mellado, cangrejeras blancas, bañador rojo, sal, olas y orilla? Si era feliz, ¿por qué esconde una ligera tristeza?

De esa foto ya no saldré nunca.

El paraíso inhabitado de una niñez coja.

Sobre si he salido bien librado de esa larguísima etapa que es la infancia, yo qué sé. De esta primera indagación que hago y que aquí acaba, solo sé que faltan fotografías. ¿Oíste hablar del primer beso? ¿Del enamoramiento? ¿Del elegido para jugar? ¿De los susurros solo para confidencias? A veces, como hoy, me veo en aquel lugar del patio, de la fuente donde hacíamos cola para beber agua fresquita, donde el tío Paco tocaba la campana y subíamos corriendo a las aulas. Y fue entonces cuando empezó a petrificarse una tristeza, un silencio y un oído que comenzaba a acostumbrarse al rumor.

En cualquier caso, el miedo estaba ya ahí, y no había más que habituarse y adiestrar a los fantasmas. Encallecer la piel tan bonita de la foto, ejercitar la soledad y buscar otras habilidades.

Y abro aquí un breve paréntesis. Hablando de paraísos inhabitados, fue ese título de Ana María Matute, firmado por ella, el que me acompañó en los días que fui ministro. Una foto de mis padres, una vela y el ejemplar que anunciaba que aquello también sería un paraíso inhabitado. Cuando me despedí lo eché a la bolsa que me habían regalado los amigos del Teatro de la Zarzuela junto al resto de las cosas. La mudanza más difícil de mi vida. Al día siguiente le regalé un nuevo ejemplar al siguiente ministro. No recuerdo su nombre.

Los paraísos, como el de Dorothy, son muchísimo más bellos en la imaginación. Eso nos salva. «El poeta es un fingidor», decía Pessoa. Y fingiendo que algo no nos ha hecho daño, podemos saltar precipicios. La niñez es, tal vez, en algunos casos, el más grande. No sin heridas. Nunca sin heridas.

4

Los campos de mi Castilla, huertas, huertos y bancales de viejos agricultores, están ya secos. El dorado de lo que hace cuatro días eran verdes imposibles y bellos ha dado paso a las cañas, las hojas secas y los amarillos. Los sembrados ya no esperan nada más que una hoz y que los hombres lo limpien.

Por ahí nos colamos Leo y yo, hurgando entre los lindes de las parcelas, equilibristas entre acequias secas, de escalón en escalón y buscando la sombra de los olivos. Quédate aquí, pequeña. Y me hace caso, porque anda sofocada, respirando agitada. Es un viejo algarrobo el que nos hace sitio con sus raíces levantadas para pasar la tarde, allí ella se tumba, retira moscas con el rabo, siempre vivo, ajeno a su cansancio, y yo abro un libro de bolsillo: *La tía Tula*.

Leo en voz alta.

Leo en voz baja, en tierra, sobre las hojas secas.

No hay duda, contamos con las condiciones ideales para sentir la vida, la vida tranquila, la que cabe entre la sombra y los dibujos chinescos que el sol crea en la parcela.

—¿Te gusta? —le digo a Leo.

Ella se lo piensa.

—«¡Vivir en la historia y vivir la historia! Y un modo de vivir la historia es contarla, crearla en los libros...»

Levanta la pata y se ofrece entera.

—... «El relojero, que es un mecánico, puede levantar la tapa del reló para que el cliente vea la maquinaria, pero el novelista no tiene que levantar nada para que el lector sienta la palpitación de las entrañas del organismo vivo de la novela, que son las entrañas mismas del novelista, del autor. Y las del lector identificado con él por la lectura...»

»¿Prefieres que paseemos?

No contesta. Ni se mueve. Su ronquidito me calma con su sosiego sonoro y aparto las moscas para que no la despierten.

Ahí puedo confesarme como Vila-Matas.

En casi todo lo que he escrito yo acabo adoptando temporalmente la personalidad de alguno de mis personajes; tanto es así que he sido vieja emigrante, florista y pintor, por ejemplo. Infinitamente exigente, como dice el maestro Matas —parafraseo—, porque el tema requería, como ningún otro, pisar el acelerador y crecer, hacerme mayor sin paliativos. Pero de eso, Leo, me di cuenta tarde. Cuando el personaje me había tragado en sus diálogos. «Los niños despanzurran un muñeco, y más si es de mecanismos, para verle las tripas, para ver lo que lleva dentro. Pero ¿un hombre?» Los verdaderos libros tienen la tapa de cristal.

—Leo, Leeo. —La despierto en voz bajita—. ¿Duermes? ¿Tienes sed?

Mueve el rabo como contestación, y las sombras, que van tornándose en anaranjadas, paran el tiempo. O lo fotografío yo con la mirada, porque quiero que sea eterno, pequeña. Que la niñez se va, como los días. Y no vuelve. Y no vuelven. La peino con los dedos para quitarle las hojas secas de tomillo que se le han ido pegando en su paseo, como hacía mi madre cuando venía de la escuela. «¿Por dónde te has metido?», me decía. No sé.

Y no sabía.

No sabía que la fuente donde hacíamos cola se haría pequeña, que tirarían las aulas donde estudié, que de las ventanas no cuelgan nuestros nombres, que el tío Paco, conserje, se murió, que el camino hacia el colegio no existe, que son tiendas y calles asfaltadas, que allí donde hubo un talud para escalar hay ahora una avenida hacia un lago que era charca de ranas y carpas. Que don Melchor es ahora más don que entonces. Que el quiosco de tío Alton está cerrado y oxidado, que no existe la cabina de teléfonos, ni la papelería La Estrella, en cuyo buzón echaba la carta de Reyes, que hay menos gorriones, que no paran en mi ventana, ni llegan las golondrinas a anidar bajo los tejados. Que la ropa, alguna, está escondida, por azar en algún cajón de la casa. Y que ya no veo saltamontes, ni lagartijas, ni mariposas de colores. Que el campo es menos campo, que el adulto ve mal y que la madre, mamá, espera..., hace tiempo al tiempo, como Leo en su sombra.

Indagar en uno mismo no es fácil, aunque evite capítulos y ficción, la palabra aparece porque ya estaba escrita, está aquí, dentro de otras sombras, con el recuerdo dormido. Leo, ¿oíste hablar de cuando conseguí mi primer trabajo? También tenía que escribir y necesitaba lectores, como ahora. Y antes, mucho antes, ¿sabes que escribía cuentos en el buró de mi habitación y que los ilustraba y los grapaba para venderlos? Debo de tener alguno por algún cajón. Pero te confieso que hay un cierto miedo a escudriñar en los objetos, mayor que en la memoria, porque todo lo que se escribe ya es ficción, puede ser o no ser; sin embargo, todo lo que aparece tiene las huellas del niño muerto. Y es doloroso resucitarlo en las páginas de otros libros, con su letra, su fecha y su nombre fingiendo ser una firma.

Leo se acerca a mí, se pega a mis piernas, quieta, suave como Platero, y me obliga a dejar de leer. Cierro el libro y acaricio su pelo negro y fuego, agarro su patita, levantada, y pega más su espalda a mi cuerpo, se acopla en simpatía con mis recuerdos. Tiene Leo las orejitas suaves y la panza rosa como los chicles, los pies anaranjados como el final de las montañas a esta hora de la tarde, y su cuerpo, negro, brilla limpio con estrellas de tomillo.

—¡Vamos, Leo!

Y el respingo anuncia que nos queda el camino de vuelta a casa y alguna canción para el sendero.

5

Mamá se pone pañuelos de colores para cubrir su calvicie. «Colócamelo ya —me dice antes del desayuno—, que la casa está llena de espejos.»

Está delgada. No toma ya medicación para la quimioterapia. Come mejor. Habla mucho por teléfono. Ha empezado a beber agua. No ve apenas y confunde a los que salen por la tele. Se sienta en la terraza y no quiere visitas. De las tres operaciones que han propuesto se ha negado a dos de ellas, por agresivas. La tercera, una posible reconstrucción del párpado, la acepta. «Quiero vivir», repite constantemente. «Que sepas que quiero vivir», remata con esa voz bella y serena que no coincide con el cuerpo.

Memorizo sus gestos y soy consciente del tiempo. Ambos vivimos dentro de un asfixiante reloj de arena: incómodos, juntos y frágiles ante la posibilidad de que una palabra nos dé la vuelta y toda la tierra caiga sobre los dos. Es el mismo aire ya, las mismas rutinas, las manías, los días, las comidas y los pañuelos.

No hay abrazos. Ni más besos que el de buenos días y el de buenas noches. Hay un hasta luego de camino al trabajo y un aquí estoy cuando regreso. Hay palabras cortantes, multiplicadas en el interior, coreando el dolor que ambos coleccionamos para que no se note, nada se note.

Suele tratarme como un niño y la dejo, porque es el adiós pequeño.

—Hace un sol y un calor que ahoga —dice desde la cocina—. Hago ensalada de pasta, ¿vale?

—Lo que quieras.

Repaso las veces que sonó la misma frase en otros años, otros tiempos, otros escenarios, otras cocinas.

Desde el cristal hermético de este reloj de arena en el que vivimos hay otro mundo que conozco, pero es aquí donde debo estar, intentando poner el pie sobre el agujero que traga el tiempo y prepara otra vida.

—Mamá... —le digo.

—¿Qué?

—¿Hay cerezas?

Sé que hay. Pero es el placer de decir «madre» en voz alta lo que multiplica la vida.

Las palabras que nos gustan debemos decirlas antes de que dejen de tener sentido.

Por eso, ella no lo nota, empiezo todas mis oraciones desde hace meses con un «mamá...».

6

En la cámara[4] de la casa de la abuela Irene, calle Eduardo Dato, 10, había conejos, perniles colgados de las vigas y muchos trastos. Creo que ya lo conté. Una jaula para gallinas sin gallinas y una cuna amontonada en la leña que había acunado a mi madre. Entre aquellos enredos podía pasar la mañana hasta que la abuela gritaba mi nombre. Nada más subir la escalera, con las paredes encaladas hace demasiado tiempo mostrándose como hojas de papel, aparecía una vieja consola, todo era viejo, así que podría repetir el adjetivo una y otra vez a lo largo del texto. Costaba abrir los cajones: me sentaba en el suelo y tiraba con las dos manos haciendo presión con los pies en los bajos del mueble. Dentro todo eran tesoros, entre avíos de la abuela, menesteres de labor, utensilios como termómetros para el vino —eso lo supe después, cuando rompí uno y miles de bolitas cayeron en el suelo de vigas haciendo sonar toda la casa—, revistas viejas del *Teleprograma*, cartas, cromos, chirimbolos extraños, bártulos de costura oxidados y materiales de oficina, recibos del abuelo Victoriano

4. Cámara es como llamamos en Utiel a la parte alta de la casa, a la buhardilla, al bajotecho que otros denominan «desván», «tabuco», «altillo». El sobrado era un tugurio de enseres y zascandiles viejos que tenían toda la magia del mundo.

con plumas secas con el óxido... Podría seguir. En cada trasto había una nueva posibilidad. Todo me gustaba. Todo se podía tocar en la intimidad del desván. Sobre dicha cómoda había un espejo sin reflejo, de tan sucio, y con el dedito buscaba mi cara, limpiando la mierda y el polvo. Un ojo. Otro. No era el único espejo. Al lado del ventanuco que tenía una polea para subir la leña a la cámara había un lavamanos de cántaro y palangana. Me gustaba fingir que todo de pronto era un palacio y que los jamones eran lámparas de palacio, en la cuna se dormía un heredero y yo dominaba mi torre desde lo alto de la casa. Desaparecía la suciedad, todo era noble, aristocrático. Ese resto de mobiliario que dormía sin uso en las alturas del olvido era la puerta a la imaginación. La jaula de gallinas, una prisión; los cántaros escondían ladrones; las cuerdas eran cortinas; las plumas roídas eran para escrituras a las Américas... Me lavaba las manos en la jofaina y me acicalaba frente al espejo. El niño era un príncipe.

Me apoyaba frente a la ventana y me comía algún caramelín de menta o el paloduz que llevaba siempre en el bolsillo.

Desde allí escuchaba los rumores de la calle y veía a los gatos de tejado en tejado. No era tan valiente como para soltarme de una cuerda y bajar como los piratas hacia la calle, ni siquiera para imaginarlo. Los candiles chocaban en mi cabeza con el viento que se colaba y secaba los jamones, también levantaba el polvo y las plumas de lo que fueron gallinas en el corralito.

Desde allí veía cómo la abuela fregaba la acera, charlaba con las vecinas que se asomaban a las ventanas o tiraba con todo el arte el agua sucia calle abajo, hacia la Puerta del Sol. «Venga, luego nos vemos, voy a aviar la casa, que tengo a mi hija y a mi nieto por aquí.» Mi madre aparecía con la compra de los ultramarinos de la Julieta, sí, allí donde yo era mi propia Amélie sin saberlo, hundiendo la mano en los sacos y oliendo los piensos de los animales.

Desde allí, la vida era perfecta. Sospecho que el aire movía mi flequillo si me asomaba mucho, y más aún cuando trepaba por una escalera que daba a otro ventanuco, menor que el de la fachada, que asomaba al tejado. Justito para que los hombres arreglaran los desperfectos. Debí de sacar mucho cuerpo porque no tardé en oír los pasos de la abuela subir por la escalera.

—Ten *cuidao*, a ver qué va a pasar. No tengamos un disgusto.

El palacio volvía a ser una cámara de polvo, un desván.

En uno de esos movimientos para apartarme de la ventana tiré el tocador y rodó la palangana por el suelo hasta parar en la leña, también el cántaro de porcelana. Y, al darse el espejo contra el suelo, se rompió.

Los «ay» no duraron mucho porque la sorpresa cambió el disgusto por asombro.

Entre el cristal, roto, y los cartones de detrás del aguamanil aparecieron billetes.

—¡Dinero! —dije.

La abuela, desconcertada, fue apartando los trozos de espejo roto para ir sacando los billetes que escondidos habían permanecido allí años, muchos años.

—Ni sirven —murmuró.

—Pero es dinero.

¿Quién guardaría en la guerra aquel secreto? Los billetes del aguamanil no eran ya más que cromos como los de la cómoda de los cajones pesados. ¿Quién tuvo miedo de que se los arrebataran? ¿Quién se miraba en el espejo sabiendo que allí tenía su secreto? ¿Y quién no? ¿Quién no supo nunca que tras su rostro estaban los ahorros?

Mamá me dice que ese lavabo era de la tía Gregoria. Era tan bonito que no servía para arreglarse, de tan elegante que era. «Era el complemento —me dice ahora desde el baño—. Lo tenía de adorno, con jabón de Heno de Pravia y colonia de la misma marca.»

—El tío Garijo o la tía Gregoria debieron de guardar el dinero. No sabemos más.

Esto me recuerda a una anécdota que me contaba la abuela, enfurecida, de un invierno que acabó y que se convirtió en una primavera bonita. Aquel Utiel de nieves había sido frío, la leña ardía sin parar en la estufa, y, con las brasas, montaba los braserillos de la mesa camilla para poder jugar abrigados a los cinquillos[5] junto a la ventana. Apartaba la labor, después de pinchar las agujas en los ovillos, y montaba el casino sobre un mantelito que ella también había hecho. El abuelo no sé si se quedaba o caminaba a Horizontes a tomarse algo, con su abrigo, tan alto y tan delgado, tan actor, tan enjuto con su porte de caballero. «Nosotras nos quedamos aquí.» Mi abuela siempre usó el femenino mucho antes de que vinieran con los lenguajes inclusivos. La Irene hablaba en femenino si había más mujeres, era cosa suya. Yo la corregía, pero a ella le daba igual. Mujer de buen comer, de misa, de rezar el rosario, de su Virgen del Remedio y de su santa Rita de Casia, de abanicos en la faltriquera, de moño italiano, de collarcito siempre, de colonia a mano y polvos de Maderas de Oriente, de taconcitos, de dulce y de salado, y de mujer de fuerza y agilidad para mover lo que hiciera falta cuando hiciera falta. Y, sí, de nosotras.

5. Cinquillos es un juego de cartas.

Así que decía:

—Nosotras nos quedamos a jugar.

A veces nosotras éramos ella y yo.

Si hablaba ella era en femenino. Los demás que hicieran lo que quisieran.

En fin, que nos quedábamos quemando suela en la mesa del brasero y bebiendo alguna gaseosa de sobre o de botella. Fresquita siempre. Y yo, que era niño de casa, al que las calles le daban miedo por los rumores, prefería preguntarle y dejarme embobar.

—Cuéntame cosas, abuela.

Y aquel suceso del dinero me parecía una fábula. A la abuela, un chiste sin gracia. Normal.

Veréis.

Como yo era niño, lo hizo con desenfado, sin el menor rencor. De hecho, yo creo que la Irene no tenía rencor ni malas palabras para nadie, nunca, jamás de los jamases, y para ella la vida era pasarla porque —afortunada— confiaba en otro lugar. Parece que estoy viendo su sonrisa, sus dos hoyuelos, su olor... Ay, la memoria, qué caprichosa es cuando le parece. Viene ahora el aroma a brillantina y a perfume fresco de casa Agüe, el que comprábamos a granel. «Ya verás», anunciaba. Ha habido mil anécdotas, unas y otras han ido borrándose, pero esta se ha quedado en mi baúl como quien retiene voluntariamente a un gato callejero. Lo contó como misterio y como misterio se quedó.

Resulta que tras el frío invierno, a ella, mujer afanosa y hacendosa como ninguna, le dio por limpiar la estufa. Siempre sacaba a fondo las cenizas, rascaba los hierros y volvía a pintarla para dejarla lista para otro tiempo de frío utielano.

Y en esas, mientras con la escobilla quitaba restos de cenizas de cada rincón..., ¡bum! El corazón se le paró. No daba crédito, como se suele decir cuando no sabe reaccionar y el cuerpo se paraliza agarrotado sin verbos en la boca. Creo, según me dijo, que no maldijo a nadie porque la culpa era suya. Tampoco nombró a Dios. Ni al demonio. Pero debió de arderle la sangre hasta el punto de salir a la calle a buscar aliento, a recomponerse y ser capaz de asumir lo que acababa de encontrar dentro de la estufa.

Alguna vecina —la Tonica debió de ser— le preguntó si le pasaba algo. Pero muda se metió para la casa y se agarró a las faldas para llorar.

Volvió al epicentro de la tragedia.

Ella no le puso mucho más melodrama a lo que no tenía solución. Así era. Lo que pasó ya pasó y no tiene arreglo. Pero la fortuna se había dado la vuelta.

Entre las cenizas, al barrer, apareció la boca metálica del monedero. Esas que se unían con dos bolitas que hacían clic.

—No te entiendo, abuela.

Como era una mujer optimista y el tiempo había pasado, restó todo adorno de fatalidad.

«Eran todos los ahorros, los guardé en primavera y lo olvidé. Escondí mis dineros la primavera pasada aquí, en el cajoncillo de la estufa. Y ha pasado el verano, el otoño..., y el invierno se los ha comido.»

Que cómo se le ocurrió guardarlos allí, yo qué sé. Que debió de volverse loca. Sí. Mucho. Y que en esta casa hemos guardado mal siempre los dineros también es cierto.

La abuela, pienso hoy, habría ahorrado para alguna cosa —vete a saber—, algún regalo, algún capricho, algo que le gustó una primavera y que el invierno mató. No me lo dijo. Pero hoy, siempre que veo alguno de esos monederos que hacen clic con sus bolitas, me acuerdo de su desventura. Y del grito ahogado que amagó en la calle. Y del desamparo ante la realidad, que borra hasta los sueños más deseados.

La originalidad y la inspiración no es solo potestad de los autores, sino de la vida.

7

Son días en los que el alma se apaga y las fuerzas para disimular resquebrajan la máscara del *todo irá bien.* Días en los que digo no puedo y días en los que no puedo; y otros en los que lamento las palabras dichas.

Esto que tenéis entre las manos es voluntario, a veces siento pudor por escribir y vergüenza por desnudar con osadía los minutos de esta vida común con mi madre; hablo y hablo, porque escribir es hablar solo. Pero los escritores no elegimos las novelas, los textos nos escogen para ser relatados.

Escribir sobre la decadencia de una madre, de la convivencia con el dolor y la pérdida, es parte de la historia de la literatura. Más allá de la necesidad de escribir, la verdad es que intento acercarme a ella y deshacer este nudo en la garganta. Por eso, cuando por la calle me preguntan «¿Cómo está tu madre?», sonrío y digo: «Bueno, con sus cosas».

Me aterra la idea. Me aterran todas la ideas.

Por eso se nos ha cortado la conversación. No hay charlas ingeniosas, ni evocadoras —se niega—, divertidas. Es más, cada foto que se encuentra la rompe en mil pedazos. Y así siente que lo olvida.

Mi único propósito es que esto que tenéis entre las manos no parezca una colección de dolores, sino de recuerdos, porque si no los cuento yo se perderán. Intento escarbar en la memoria y en la de mamá, pero ella hace silencios como si amasara pan. Son sus elipsis. Uno los trozos de la foto como puedo.

—Mamá..., y entonces, ¿qué pasó?

La cortina levanta su vuelo y ella, sus palabras.

—¿Qué hago de comer?

Ahí es cuando entiendo que nunca sabré verdaderamente de la niña, de la joven que iba con sus amigas, de la que jugaba o la que amó. Solo puedo fantasear mirando el álbum de fotos en blanco y negro y hundir mi nariz en sus caras, oler los perfumes e intentar averiguar la música que suena en esa en la que van las cuatro amigas del brazo camino de la feria.

No es una pausa dramática, es un silencio. Y en esa carencia de relato hay más palabras.

—Qué peste. ¿A qué huele aquí? —digo al entrar en la cocina.

—A nada.

—¿A nada? Hay algo malo. Corrompido.

—¡He dicho que no!

Me callo y olfateo como mi perra buscando algo que infecta la cocina de manera brutal.

—¿Y qué estás haciendo de comer? —pregunto abriendo la cazuela.

—Puré.

Veo los calabacines, las carlotas y las patatas.

—Pues no sé.

Salta y me riñe como a un niño. Reacciona con rabia, contagiada por el mal humor que arrastra desde hace meses. Todo lo que digo la incomoda, por todo salta, a cada palabra contesta con enojo. Vive disgustada y da igual lo que proponga. Primero la perturba, luego se contraría y después me ladra irritada. Tanto que olvido qué le dije para enfadarla.

—Te pareces a mí —arranca de pronto—. Era una patata podrida. A mí las tías me decían que podría haber trabajado de perro pachón.

La miro estupefacto.

Entre su enojo y la broma no hay tránsito, solo el mío, el que me lleva a preguntarme qué hago mal.

Así cada día.

Así en el espacio de una casa para dos.

Una casa en la que dice que se aparece él, mi padre muerto.

Así cada tarde.

Así en el salón en el que el campo está ya dorado y seco, como cada julio.

Mi padre no está más que en un bastón apoyado tras la puerta y en ese hueco que ella deja en la cama, sin tocarlo, sin deshacer la sábana. Por miedo o respeto, por costumbre o desagrado. No lo sé.

He ido borrando todo, quitando fotos, apartando muebles, despintando su presencia para que desaparezca de los rincones. Pero ella lo ve.

Y calla.

Y yo escribo. Hablando solo.

Lo que hace daño, permitidme, no quiero que se quede escrito. Y me cuesta hacer elipsis de los días decadentes, en los que la vejez anuncia y la enfermedad guioniza las horas y las conversaciones.

«¿No convendría salir a la calle, Leo?», le digo a mi perra, que mueve la cola en el sofá y se lanza al suelo con todo listo para el paseo improvisado.

Yo sigo en mi lado izquierdo, donde la luz me ilumina, y veo la montaña, y ella, inquieta, me avisa de que la promesa es una promesa, de que deje las palabras y elija el silencio que ella me ofrece. Escribo y tacho, escribo y borro, y me mira, cansada de la espera desde los pies. Es astuta y tozuda, sabe poner mirada de corderito degollado para que me enternezca y agita la cola entre la mesa y mis pies. Va, vamos, dice.

Levanto la vista y no se me ocurre nada mejor que salir con ella. Mamá mira con una lupa las fechas del médico, pronto nos darán los resultados de la última resonancia.

El día de verano se ha apagado con una finísima lluvia y las nubes refrescan el ambiente, de modo que el paseo será largo hasta donde nos dé la gana, pequeña. No hay que elegir adjetivos para continuar, sino el instinto, en cuanto cerramos la puerta. ¿A la derecha, hacia la balsa de los patos que tanto te gusta, o a la Violeta, donde la fuente salpica los pies con su potencia? ¿Qué prefieres, Leo?

Hacia la fuente.

8

Cuando mamá entra en el salón aparece con la cabeza calva, y el sol que queda, miseria del día, resalta la pelusilla que empieza a salirle con timidez. Se lo digo. Levanta los hombros y suspira ostensiblemente.

Se enfada.

Nada más humano.

Una vida sin culpables no puede soportarse. Ni tolerarse. La acompaño mentalmente en esa búsqueda de criminales.

Después se pone otro de los pañuelos, más cómodo para estar por casa, y, sin darme opción a recalcar que le ha crecido el pelo, que está creciendo, que va mejor..., me pregunta qué quiero cenar. Por pudor, supongo. Y por miedo al tiempo que pueda quedar.

Mamá se ha vuelto tan frágil...

Hemos comprado colonia, un pijama y un sujetador de otra talla. Se lo ha pedido a la dependienta en voz baja mientras yo salía con Leo a la calle a tirones de arrastre. Luego nos hemos sentado a tomar algo en la plaza. No sé los días, las semanas, los meses que llevaba sin salir a la calle a darse un aire. Todos preguntan por ella, pero ella no quiere visitas, ni quedar, ni ver. Lo sabe.

—Se nos ha olvidado comprar vinagre. Y las tiendas ya están cerradas. Las pocas que quedan. El pueblo se está muriendo, no hay nada... ni gente. Con lo que ha sido... En un abrir y cerrar de ojos todo se va, de ayer a hoy, todo se duerme. No conozco a los que quedan, mira —dice señalando—, ¿quiénes son? ¿Y esas? ¿Son de mi edad? ¿Estoy así? Ay.

La tienda del Luis el Sacristán está cerrada, duerme sin el barullo de niños que entrábamos a elegir sobres sorpresa, cromos de colección y gominolas; cerrada está también la relojería, la de la esquina, con un SE VENDE O SE ALQUILA; los viejos del primero saludan a no sé quién de su quinta desde la mecedora; el otro bajo también echó el cierre, y el de al lado; y la horchatería está seca junto a la fuente de la iglesia. Se quedó dormida una vida. Y las paredes cuentan capas de cal que van despertando como libros viejos.

—Ay.

Se quedó hablando de ella o del pueblo, no lo sé. Basta cambiar el sujeto para entender algunas historias. Todas sus palabras iban bajando de volumen, con las interferencias del dolor más profundo, el de la niña que ya anda bajo sus capas de cal, las que pintó su abuelo, su padre, su madre y sus hermanos. Y el mío, mi pequeño, mirándola, por algún territorio escondido de mis ojos del que ya no puede salir. Otro niño que también cabecea encerrado drenando despedidas.

Los niños que fuimos no están, pero son los que hablan sin decirnos nada en el bar de la plaza, mientras la señora de la mecedora busca en sus bolsillos del delantal, el camarero descansa en el poyo de la ventana con un helado de vasito y las viejas del corrillo murmuran en su puerta a la fresca.

No hay mayor dolor que saber que no volverá la niña.

Lo sabe. Y no hay peor tormento que no poder ofrecerle un segundo de alegría para salvar este beige que colorea todo.

—Mamá... —arranco a decir para empezar alguna conversación insustancial que nos una más allá del silencio.

»¿Quieres que vayamos a algún sitio? A San Luis, a la sombra de la Acacia se estará bien —le digo—, podemos acercarnos al parque, a ver al santo, paseando hasta el charco, hace días que no vamos. A comprar... ¿Necesitas algo?

—Ya está todo cerrado.

Ya está todo cerrado.

La conversación no crece. Volvemos al silencio. Mira sus manos, las entrelaza como hacía la abuela Irene y se rasca las rodillas hasta marcar caminos.

Sé qué quiere.

Adivino tu hermetismo aunque lo cerques.

Pero lo que quieres, mamá, no lo puedes tener y yo no te lo puedo dar. «Destruido ya el pasado, no cesamos de intentar reconstruirlo, igual que un caserón. Pero hoy allí no vive nadie.»[6]

Estamos aquí. Y una sonrisa bastaría para salvarnos y para calmar a aquellos dos niños que escaparon o murieron o desaparecieron o se secaron como las fuentes que agotaron su caudal.

—Mamá...

—¿Vamos a casa? Estoy cansada.

6. Versos de Joan Margarit.

En esa fragilidad hay una mujer enojada, disgustada, irritada con la vida. Me pide que demuestre que el pelo crecerá rápido. No se me ocurre cómo, y me quedo mirando los pinos que han poblado la montaña que hace años ardió.

9

Hoy jueves saltan los recuerdos de carrerilla. Me pide ver a su tía, a la Josefa. Habla con ella por teléfono muchas veces, tiene noventa y cinco o noventa y seis.

—No lo sabía.

—No me has preguntado.

—Pero... ¿está bien?

—Está.

—¿Quieres que vayamos?

—...

La Josefa es una de las hermanas pequeñas de su madre, siempre fue atolondrada e infantil, una mujer rural y feliz que escondía sus pensamientos en el ganchillo y otras mil labores de aguja y tela. La tía Josefa siempre nos recibía con besos apretados y no tardaba en poner un vaso de horchata, si era verano, o un café con leche, si apretaba el frío de esas tierras de Cuenca. A mí me fascinaba su nacimiento hecho con alambre e hilos de colores, cosido con la minuciosidad de una orfebre. Cada diciembre una figurita nueva. «Mira, ven, mira lo que he hecho, mira qué cabritilla, es la pequeña de la otra, como si hubiera nacido este año.» En eso me parecía a ella: nos gustaba la Navidad. Luego no paraba de fijarme en todas las cosas de la casa: un museo por las paredes. Lo más llamativo era el calendario típico de garaje con mujeres desnudas que ella cubría con vestiditos de tela que ella misma cosía. A una le llegó a poner un biquini de puntillas de sábana. Monjil y fiel a su misa. De siesta y sillón. De rosario y ronquido. De dar de comer a sus gatos y de regar sus plantas en el patio interior. La tía Josefa vivía con la tía Luisa, una señora alta y elegante, también soltera, que guardaba las apariencias y hablaba con delicadeza palaciega, cariñosa y pintona. La casa de al lado era para la Esperanza y su marido, Ernesto, un hombre que no paraba de sonreír. Era labrador, como toda la familia. Tenía tractor y un coche ¿rojo? No tuvieron hijos, pero tenían familia en las Canarias y eso servía de conversación para juntar a las hermanas y paliquear de los viajes en avión, de las ventanillas y de las playas grandes por las que paseaban. También vivía al lado la Carmen, en la tercera casa, la que era idéntica a mi abuela Irene. Impresionaba el parecido, el cuerpo con las mismas hechuras, el mismo moño italiano, la misma forma de marcar los hoyuelos. Olía a agua de colonia.

Era bonito verlas aparecer a todas en sus puertas cuando llegábamos de visita. De puerta en puerta y de casa en casa. Y salíamos luego en dirección a ver al Timoteo y a la Sagrario con el maletero lleno de aceite, labores de ganchillo, nuevas bolsas de pan bordadas o delantales con bolsillos.

Era un paréntesis en mi mundo infantil.

La Josefa siempre olía regular, por eso siempre le regalábamos jabones y gel para ver si caía en la cuenta de la indirecta. Pero no, ella lo guardaba para no gastarlo. «Esto lo guardo», decía con simpatía. «Gástalo, tía, que te lo hemos traído», remarcaba mi madre dándome un codazo a ver si pillaba la insinuación. Nada. Ella era de bajar bailando la escalera y de hacer aspavientos con las manos, de alegrías improvisadas y de regalar mil piropos. Pero poco amiga del agua.

Es. Sigue. Pero ahora «ha perdido la cabeza». La expresión es de mi madre. Se acuerda de lo que se acuerda.

Pero cuando me ofrezco a ir a Minglanilla niega con la cabeza. «No, mejor no», me dice.

Y cambia de canal de recuerdos.

«La Juanita» eran los autobuses que paraban donde ahora hay un Mercadona, junto al Teatro Rambal. «¡No era nadie la Juanita! —incide mi madre—, eran blancos y rojos, los veías venir desde lejos.» Era la parada de la posada de San José.

—¿Y adónde te llevaban?

—A Sinarcas, al pantano de Benagéber... Antes se llamaba del Generalísimo, bueno, esas cosas. Y llegaba a las Casillas de Ranera, a Talayuelas... A todos los sitios para los que yo cosía. Enfrente paraban los de Alsina. Esos te llevaban a Valencia.

Cuando mamá se pone así, cuando arranca a contarme recuerdos, aprovecho y pregunto y memorizo para luego, aquí, escribirlo. Pero si lo nota, calla.

Y ahora calla.

Se ha puesto a tender la ropa en el balcón.

Doña Leo duerme abierta de patas.

—Un día se morirá la tía Josefa —espeta de pronto mamá con los brazos cargados de ropa seca.

10

La fragilidad tiene mucho de flor seca. Ya no le sirve el agua, no la puedes tocar. Y, sin embargo, presume todavía de su belleza.

Mamá baja lentamente de las habitaciones, suena su teléfono y contesta un «hola» débil. Los pasitos cortos, la respiración agitada, la pausa y el silencio que inquietan más que los ayes. La elegía de una madre es propia, su ojo lloroso, la mano torpe agarrándose a las jambas de las puertas, el disimulo al sentir un pinchazo, la inestabilidad que poco a poco se hace más y más grande.

Miro.

Los coches bajan y suben por la cuesta Roya, las ventanas abiertas refrescan este verano espeso, no hay más sonidos. Lo que parece el viento son ruidos lejanos, de algún otro lugar.

—Las doce —dice de repente.

Las doce y suenan las campanas.

Es la Virgen del Carmen.

—Hoy es cuando salen los barcos. En Vinaroz lo hacían. ¿Te acuerdas? —me pregunta—. Tú eras muy pequeño, ¡cómo te vas a acordar! La imagen venía en una barca hasta la orilla. Por la noche asaban sardinas en el paseo, al final, cerca de la lonja. Tendrías seis años, mira tus fotos, por la ropilla poco más... No me gusta que toquen las campanas.

—Ayer murió la madre de Carmina, la Topeta.

—... Carmen también, qué casualidad. Se va en su santo. —Para de hablar y me mira para preguntarme a bocajarro—: ¿Estás escribiendo?

Me siento mal por tomar notas y querer ser notario de este tiempo de preguntas y extrañas esperas. Aquí o en el mar.

El sol se cuela entre las buganvillas de la casa de la playa.

—¿Qué lees? ¿De qué autor? —me pregunta mi madre.

—No sé de quién es. No la conozco... No la había leído antes —corrijo—. Habla de la vida de Hemingway.

—¡Cuánto lloré yo con *Genoveva de Brabante*! ¿Dónde está ese libro?

—En la estantería de Buñol.

—Me lo trajeron mis tíos de su librería.

Y ahí descubro que los primos de mi abuelo Victoriano tenían una imprenta y una librería en Sagunto. Imprenta Bono Hernández, calle José Antonio. «Fuimos a esa librería a... no sé qué..., sería a pasar el día con la tía Gregoria...» Los recuerdos vuelven como cada año las primaveras. Se queda ausente y no continúa su relato a pesar de mi insistencia. La mirada se ilumina y empieza su silencio, que parece un buzón de postales no enviadas. Luego, mientras yo sigo leyendo, salta de nuevo regresando al ayer.

«Venían en el día de la patrona..., pero se perdió... El

tiempo fue separándonos... Ya no somos los mismos y nadie es el mismo nunca... Y las familias... Bueno.»

Se calla.

El sol que dibuja las mismas buganvillas en el suelo se mete en la conversación con las siluetas, parece que forma letras, palabras, y cuenta aquellos días en los que había feria, romería, viajes, carros hasta Minglanilla y cenas al aire libre. Pepinillos por la noche, vinos, el primer sueño vencido y las luces iluminando las calles de fiesta.

En el silencio están mezclándose los recuerdos del libro «tenebroso» que marcó a mi madre, así lo llama. «¿Cómo regalaron eso a una niña?», se pregunta indignada en voz alta.

—¿Estás buscando dónde estaba la librería? —dice, porque me ve escribir.

—Sí. Pero no la encuentro.

—Calle José Antonio. Bono Hernández.

Asiente para sí.

La miro.

Arranca de nuevo. Pero en otro lugar.

—Cuando llegó el agua a las casas fue un avance tan grande... Ay. —Suspira—. Me subían al burro y con un primo de por allí, no sé ni quién era, íbamos al lavadero con seis cántaros. ¡Pero si era una niña! ¡Cómo me llevaban! Tan niña...

Le doy la razón sin abrir la boca.

—También había dos pozos en la casa. Pero era muy salada, por las minas de sal de Minglanilla. Y... ¿sabes una cosa?

—Dime.

—Para que al agua se le fuera la cal, echábamos ceniza

por encima del cántaro. Primero el agua y luego la ceniza. Después la apartábamos con un cazo, y el agua..., tan rica. Ya ves.

La evocación se para en seco.

No quiere más.

Se levanta de la silla y desde la escalera me dice:

—No me gusta recordar. No quiero. No eran buenos tiempos.

Desaparece tras la cortina y el viento envuelve todo de nostalgia, la buganvilla suelta algunas de sus hojas rosas y doña Leo juega con ellas en medio de la lluvia de color. El pasado pesa, le pesa, y disimula al volver a la terraza con un cuenco de cerezas para merendar. Los recuerdos son como esas cerezas, uno trae otro, enredado, sin venir a cuento, sin permiso. Sí, lo es: tiempo de cerezas.

11

—Ay, escucha esa música.

Mamá está apoyada en el alféizar de la ventana del salón, desde donde vemos cada tarde los atardeceres. Ahora es mediodía y una bendita brisa alivia el calor de los muros de este julio cálido y bochornoso. La música de una trompeta mala y un tambor viene empujada por el viento.

—Es la pobreza —dice—. La abuela siempre lo contaba: cuando llegaba la cabra es que se anunciaban tiempos de escasez.

—Pero es un pasodoble... —la animo—. Alegría.

—Ninguna.

El volumen parece que sube y que llega más fuerte. Para en seco y mamá recuerda la escalera que llevaban los gitanos, a la que obligaban a subirse a una cabra para hacer equilibrios sobre sus patitas al ritmo de la música. «Cambiabas de acera —recuerda—. En Utiel se ponían en la Puerta del Sol, cerca de casa, era más centro que la Puerta de las Eras, pero iban de calle en calle. A mí me daba miedo. Y la abuela decía lo del hambre. Pero el hambre ya estaba allí. Entre nosotros. La tía Fernanda, me acuerdo, nos llamaba: no abráis, decía. Y la mujer tampoco tenía de nada. Mucha casa, preciosa, pero solo había sido un préstamo en vida. Su marido fue alcalde. Vivieron bien, pero... era pobre. Me quería mucho. El hombre se murió y se quedó ella con sus tres hijos: Manolo, Fernando y otro que no me acuerdo. Y uno más. Eran cuatro hijos. Uno era taxista con un coche en alquiler al lado del bar del Potajero. Había ambiente de ida y vuelta. Y le fue de aquella manera. Al final se fue a Caracas y no volvió. Fernando estudió en Valencia y se hizo abogado. Y los otros... Uno era director de banco, formal, y nos quería muchísimo; vivía por los chalets del colegio, donde Joselito. Era lo mejor. Bien colocado y se hizo su casa. Del otro no me acuerdo. Uno se casó con una que tenía un estanco. El pequeño también trabajaba en el banco. Me querían mucho —insiste mirando a ningún lugar.

»Lo mejor era cuando era su santo, llevaba un bizcocho al horno de la Reme, compraba papeles de colores, de esos finillos, de la papelería de Alarcón. Me invitaba a ir a ayudarla y troceaba el bizcocho y hacía paquetillos de colores. La cocina era bien oscura, daba al Vegano. Dos ventanas al bar del Vegano, pero con tela metálica, por lo que no entraba luz en aquella casa.

»Mientras vivió su madre, la "abuelita", que le decíamos, cenaba aceitunas con un trozo de pan. No te creas que...

»La escalera era imponente. ¿Te acuerdas? Abría con un cordel desde arriba. Tocabas el timbre y ella tiraba y se abría la puerta. Tenía dos balcones o más a la Puerta del Sol. Uno era el despacho del hombre, de cuando fue alcalde. Todo tan grande... Todo tan desordenado... Una galería en el corral que era el váter.

»Mira, ya se oye lejos la cabra...»

Qué complicado es visitar el pasado. Y qué innecesario. Pero aquí estamos, como desde la primera página.

Madre e hijo, sentados en el mismo lugar, entre silencios y palabras deslavazadas. Esperando habitar ese lugar que ya no existe. Perseguir el pasado es algo terrible, doloroso. Y, aun así, lo hago para amortajar un tiempo que aparece a fogonazos y, otras veces, en restos de metralla que uno se guarda en el bolsillo para un *porsiacaso* absurdo.

El otro día, sin ir más lejos, bajé a regar las plantas de la terraza y en la misma esquina en la que se sentaba mi padre muerto, al remover la tierra con una pequeña azada, aparecieron las colillas. Sus colillas. Las de los puros caliqueños. Una. Dos. Tres. Otra. Más. Me molestaba su humo —el asma del niño enfermo— y se alejaba para esconderse y callar. Ahora lo veo. Cogí una con los dedos, con cuidado de no destrozarla a pesar de lluvias, veranos y años pasados desde entonces. Curioso, parecía haberse apagado en ese momento. Miré buscándolo, esperando la aparición del fantasma que tanto temí.

Me guardé la colilla en el bolsillo de la camisa, como hacía él con bolígrafos y puros. «Vas a romperlo», le decía mamá. No hacía caso. ¿Alguna vez se prestaron atención?

Regué el suelo para quitar el fuego que se levantaba de los azulejos y para aliviar los pensamientos. El luto eterno. Y, con los pies mojados, volví a las colillas. Esta. Esta misma. Me la puse en la boca. Aspiré.

Aspiré.

Removí la tierra con las manos, enterrando a mi padre por segunda vez.

El calor sofocante de aquellos veranos de cabras y pobres era el que vivíamos. El piso de la avenida de la Música era el veraneo. Y la manguera, la playa. No íbamos de turismo. Papá prefería, para no gastar, pasar el verano en Buñol, en casa, con reducidas escapadas a El Saler. Allí me bañaba un rato y luego extendía la manta del coche, la que iba también en el camión, bajo los pinos, y mamá servía la comida: tortilla de patatas fría, «está mejor», solomillo con tomate, croquetas, cebollitas en vinagre, aceitunas... Y de la nevera sacaba el agua congelada y alguna cerveza para papá. «En el bar sabe mejor.» Era su frase. Siempre lo fue. Luego el postre. Sandía. Y un termo de café. Nos dormíamos en la manta de cuadros, que picaba, y las hormigas venían a recoger restos, migas, como los de la cabra.

12

Mi pesadilla era morir calcinado.

El 11 de julio de 1978, cuando yo tenía siete años, un camión cisterna explosionó a la puerta del camping de Los Alfaques. Murieron doscientas cuarenta y tres personas en aquel campamento de playa. Estaba situado a solo tres kilómetros de San Carlos de la Rápita, y eso era muy cerca de donde nosotros veraneábamos.

Mi tío Rafa, el hombre más generoso del mundo, el más tonto según mi abuela, «así le va», nos prestaba el doble apartamento que tenía. Doble porque eran dos pisazos unidos en los que llegábamos a juntarnos tíos, sobrinos y abuela. La Irene. Era la planta sexta de la Torre San Sebastián de Vinaroz, y parecía que volábamos por el Mediterráneo. Allí aprendí a enamorarme sin ser correspondido, a nadar y a coleccionar cristalitos gastados por el mar. Allí estaba la vida. Pero también la muerte.

La tragedia del camping salía en la tele una y otra vez, los cuerpos negros junto a sus pertenencias, los niños, los mayores, en una Pompeya terrorífica.

El camión Pegaso iba con su carga de propileno y todo fue un segundo. Más de cien murieron al instante. En las imágenes se veían las cajas ordenadas, sin tapa, con restos de carbón. Las cámaras enfocaban las caravanas, los coches quemados, las mesas listas con las bebidas, los zapatos, el asfalto, los vivos acercándose a mirar.

Aquel verano, las temperaturas fueron muy altas y la sobrecarga hizo saltar la rueda de repuesto. Metros después, el camión explotaba. Los telediarios hablaban de la nube blanca y de la posterior lluvia de fuego. Dos mil grados. Los muertos iban contándose cada día. Uno más, seis más. Diez más. Y las fotos, una y otra vez, con la poesía periodística que habla de los dramas como si fueran novelas de misterio. «La hora del almuerzo se convirtió en un infierno.» «Todo ha quedado calcinado. Miren los restos. La nada. La muerte en segundos.» «El edificio de dependencias hizo de pantalla y evitó que la catástrofe matara a todos.»

La mayor parte de las víctimas eran alemanas y francesas, además de belgas y británicos. Tal vez eso hizo que el pudor desapareciera con el camión y aquel verano fuera la noticia que se repetía una y otra vez. Una y otra vez. Niños con padres mirando. Las conversaciones en la playa, en el bar, en la comida..., y en mis sueños los cadáveres uno junto a otro, sin identificar, flotando en el mar, en la orilla. «El agua —según los testigos— llegó a hervir. Muchos cadáveres fueron encontrados sentados, con los pies y los brazos rígidos. Era la hora del almuerzo.»

La lluvia de fuego, el mar ardiendo y las imágenes permanecieron en mi memoria durante años. Me despertaba con las plantas de los pies negras, sintiendo que había huido del infierno. Corría a la habitación de mis padres para ver si dormían. Abría la ventana de aquel sexto piso y aspiraba aire del mar. Pero me ardía la garganta. Si cerraba los ojos, todo era negro. Si los abría, también.

«Los niños son difíciles de identificar porque sus dentaduras también se han calcinado. Nadie podrá saber quiénes son.»

Yo tenía la edad de aquellos niños. Y empecé a tenerle miedo al mar. A la orilla. Y a las bombonas de gas. Miedos que se sumaban a otros que fueron viniendo, regalados por la vida, con la edad.

La abuela lo calmaba todo con comida y con su sola presencia. Se subía un rato antes de la mar —cuánto le gustaba bañarse— y se ponía a hacer la comida para todos. En cuanto entrábamos nos quitábamos la arena en la bañera del primer lavabo de aquel piso que olía a sal. Y tirábamos los flotadores y los manguitos en la entrada para la mañana siguiente.

Ahora me doy cuenta de que su papel era de sirvienta, de criada para todo, de chacha para invitados y familia, esa que es más desagradable y que nunca daba las gracias, que daba todo por hecho. Abrían la puerta del lavadero y lanzaban la ropa sucia. Ni un gesto de cansancio. Ni una mala cara. Ni un «eso no es cosa mía», ni un «déjame, que estoy cocinando». Nada. La Irene nació en 1913, un 26 de octubre, y eso la hacía invencible en aquellos veranos.

—¿Estás contenta?

Los dos hoyuelos reflejaban la respuesta. «Me gusta veros comer», respondía después.

El sol se filtraba por sus manos y el agua por las piernas, porque, desde la orilla, nos miraba a todos con el bañador negro. Se sentaba en los peñones de la escollera y movía los pies para jugar con las olas. La veo.

—¿Qué comeremos hoy, abuela?

Sonrisa tímida y pícara.

El tío Luis y sus hijos se bañaban más allá, y ella se ponía con ellos. Tal vez los quería más. Era su hijo pequeño y los últimos nietos. Yo era el mayor. Un crío que tenía miedo a no hacer pie en el mar.

Era pequeño. Y los recuerdos de esa edad se aparecen en fotografías sobre la memoria, flotando a medias, atropellados e inconexos. La llegada de los barcos a la lonja, las cajas de hielo que me dejaban arrastrar, el mercado al que íbamos madre, abuela y nieto de buena mañana, los tebeos de Mickey, los cromos de los pastelitos, los helados, el bolso de paja de mamá, su vestido al viento por la tarde cuando bajaba el calor.

Tras la siesta.

Hay un niño dormido todavía en esa cama de colcha de colores, en esa habitación desde la que se oía la voz grave de papá.

13

El accidente de papá fue la víspera de Nochevieja de no sé qué año. Poco antes de la tragedia del camping de Los Alfaques. Mismo lugar. Su camión chocó con otro cuando salía de cenar de un restaurante de carretera. Alberto y él, cada uno en su camión, seguían la ruta con el cemento en la cuba. Era la última noche, al día siguiente volvía a casa y pasaba las fiestas en casa.

Alberto en su camión iba detrás. Lo vio todo.

Nunca le he preguntado.

Buscó una cabina telefónica para llamar a la Guardia Civil.

Aquello estaba todo deshecho. Un motor todavía ardía en el arcén.

Era un montón de hierro.

Alguien llamó a mi madre.

Era tarde. Las dos o las tres de la madrugada.

Mi abuelo vino a por mí desde Utiel en el coche de un amigo.

Noche cerrada en Buñol. No hay ruidos. Solo susurros.

Mamá se sube en ese momento a otro coche con destino a Amposta, donde —le dicen— está el cuerpo.

Mi padre estaba en una clínica de monjas. Roto. Cosido. Zona de la morgue. Olía a muerte. Nadie lo limpió. Eran sus últimas horas.

Así lo dijeron.

Dormí entre la abuela Irene y el abuelo Victoriano. Hundido entre el amor y las lanas de aquel invierno. Mi niñez se quedó en parte allí. Aquella noche.

—Los papeles deben de estar ahí —señala mi madre sin ganas hacia la habitación de arriba.

—No quiero verlos. Haz tú lo que quieras.

Respira hondo y cierra los ojos, más para olvidar que para evocar la noche de aquel año en el que todo cambió.

—Empecé a limpiarlo poco a poco. Era irrespirable. La muerte tiene su aroma.

—¿Quieres un café con hielo? —me pregunta levantándose hacia la cocina.

14

Mi madre podría haber sido una de ellas. Una mujer aventurera, viajera, libre, soltera, una mujer sin hijos. Pero nada de eso sucedió porque 1937 no es un buen año para nacer. Es la guerra. La infancia en la posguerra y la juventud en la dictadura. «Nací demasiado pronto» es una frase que acostumbra a decir cuando no le hace daño. «Yo habría sido otra.» ¿Quién? Nos empeñamos en pensar que la memoria es una tarta de cumpleaños que se puede compartir, pero no es así. Hay trozos que se van a la basura y otros que nadie se come. Mamá guarda un fragmento de cada cumpleaños. Sus silencios serán siempre —y escribo «siempre» con el dolor de saber que nunca sabré quién fue realmente— el aire que nos separa. Mamá está construida de viento y de una realidad dura: no ha vivido lo que quiso vivir. Y, para eso, no hay más que silencio.

Aunque, siendo justos, ella fue ella hasta que nací yo. Y escribirlo duele. Pero ya no leerá este libro, como tampoco leyó el anterior. Hay una lupa sobre la mesa con la que busca números de teléfono en una agenda vieja que la acompaña siempre en el bolso.

El día que nací yo murió mamá.

Las hermanas de mi padre hicieron todo lo que un bosque puede hacer para lastimarte. Perdió la luz, aunque los destellos se han quedado en todas las personas que ha ido conociendo.

Nuestra primera casa fue un piso donde vivía una de mis tías, la Lola. En el primer piso, ella; en el segundo, nosotros. Pagábamos dos mil pesetas al mes. «Si no me sacan de allí, me muero», dijo una vez. Yo lo apunté. Y hoy lo dejo aquí. El agua nos salvó. En el de mi tía Lola no subía el agua. Al revés que en las inundaciones, nosotros nos salvamos por eso.

«La Lolita alquila un piso en su rellano.»

Allí nos fuimos. Mil quinientas pesetas al mes. Las cocinas estaban unidas por una celosía. Y las confesiones por otros silencios. Mi padre llegaba borracho cada noche, y había que levantarse a abrirle porque, o no llevaba las llaves, o no daba con la cerradura. Luego había que ir limpiando los vómitos. Y de eso se enteraba la Lolita. Los ruidos, intuyo, eran algo más que voces.

—¿Por qué me preguntas todo esto? ¿Es necesario recordarlo? No quiero.

Mamá es otra en ese tiempo. Lo sabía por las fotos que andan barajadas, a salvo con otras para que no las rompa. Queriendo salvarse de la memoria la ha ido barnizando con capas de pudor y miedo.

Es 1971.

Mamá cosía con la abuela. Madre e hija se ayudaban para sacar unos duros. Papá hacía enemigos en la Cooperativa de Vino, subido a su camión, repartiendo vino a donde le enviaran: Ávila, Segovia... No sé qué apodo le pusieron, pero sé que no fue bueno. Papá era un caballo desbocado, sin riendas, por domesticar. Un niño criado a lo bestia entre bestias y mimos de hermanas, sin escuela, sin horas, burro de carga para el campo, mozo para la casa y azada para su padre. Creció como crecen los algarrobos, esperando lluvias y sin cuidado alguno. Violento en el paisaje e irrefrenable ante todo. Brusco, impulsivo, duro.

El carácter lo ahogaba. Y con ese mismo carácter ahogaba a los demás.

Al tiempo, la familia se fue construyendo una casa en unos corrales de la calle Maldonado. Un garaje en la planta baja, donde el patio comunicaba con la vieja casa de la abuela, y un primer piso con cocina, fría como un témpano, salón y un pasillo circular por el que discurrían las habitaciones. Allí echaron horas y enfados. Pero nunca llegamos a vivir allí.

El carácter del caballo acabó en despido. Y eso que el tío Antonio, el encargado de la bodega, era pariente de su madre: la abuela Lucía. Ni las amistades pudieron salvarle aquel empleo.

Buñol nos recibió con los brazos abiertos. Papá empezó a trabajar, gracias a sus amigos Cruz y Paco el Carchofo, como camionero en la cementera.

La nueva casa, otra, fue un primer piso de la calle Salvador Domingo —ahora avenida de la Violeta—, desde donde se veía el Gran Teatro Montecarlo. Pienso en Carlos, mi primer amigo. El colegio San Luis cerca, una cooperativa de ultramarinos en el bajo comercial, la tienda de deportes, Castell, el de los electrodomésticos, donde trabajaba la Conchín, la tienda de modas Casero y la papelería La Estrella, mi paraíso.

Ese era mi nuevo mundo.

Y todos los nuevos mundos están para ser descubiertos con el miedo de no alejarse mucho de los dominios. Sin saberlo, el niño ya había empezado a cuidar de mamá.

Había mujeres felices.

Mamá no.

No sé cómo, pero el instinto me dictaba que debía estar cerca. El sonido de las llaves de papá acertando en la cerradura siempre fue confuso. Y todo se hacía silencio.

Silencio. Cállate. Recoge eso. Ponte con los deberes. No digas nada. Elipsis.

Nuestros vecinos eran la Consuelo, su hijo Emilio, que se colaba por la ventana a nuestro patio, la Juli y Julio, y la Matilde. Cuatro familias. Los mundos de esas casas de tresillo, aparador y cumpleaños.

Nos íbamos juntos a hacer la colada al lavadero cercano porque a esta casa tampoco llegaba bien el agua. Y, sin embargo, seguíamos ahogándonos de otra manera. Con la ropa en el cochecito con el que me paseaba por las tardes hacia los parques, mamá y yo nos íbamos hasta el lavadero.

—Mal sitio has cogido —alguna vecina.

—Todo ocupado hoy. Pero qué le vamos a hacer.

—¿Cómo vais? ¿Situados ya en el pueblo?

Mamá diría que sí. Y sonreiría como punto final.

Pero pronto fue quedándose vacío el pilón donde las mujeres hacían la colada porque todas empezaron a tener el nuevo electrodoméstico: una lavadora.

Todos menos nosotros.

«Tu padre no quería», me espeta tras un sorbo de su botella. «Tu padre decía que no —se lamenta—, que no hacía falta, que allí se podía lavar muy bien.»

La Matilde meses después fue sincera y dura:

—Si no llegamos a tenerla nosotros, tu marido no la compra.

Papá la compró por imitación, por vanidad. No por ayudar a mamá.

—Y los sábados al bingo, a Valencia, con dos del bar Francisquito y una con la que siempre estaba de risas. Yo los veía. Ella le llamaba y... se iban. Todos en el coche, él conducía al salir del bar. Ya de noche. Y me quedaba asomada en la ventana, en la del rincón, donde tenías tú la mesita con tus deberes. ¿Para qué? Me pregunto para qué.

Mamá se queda de nuevo en silencio. Esta vez es más intenso, los fantasmas están ahí y ocupan tanto espacio como las raíces que levantan la acera, rompiendo las baldosas. Crees que no saldrán, que serás fuerte, que el tiempo ha soldado todo con su gravedad, y sin embargo no.

Doña Leo aparece para salvarla. Le besa las piernas y ella se agacha para peinarla y acariciarla. Anoche se comió una salamanquesa y anda revuelta la perra.

Al rato vuelve a hablar. Quiere abrir el suelo con sus raíces. Lo hace voluntariamente.

—Una noche nos llevó al bingo. Tú no lo recuerdas. —Miento y digo que no—. Pero nos dejó en el hall. Dormidos a las dos de la madrugada, hasta que decidió salir. Allí, madre e hijo. Esperando.

Evito teclear todo lo que me cuenta por pudor, porque solo le pertenece a ella y se morirá conmigo. Aquí, en este momento dejo de escribir.

Los tiempos felices no existieron, y tampoco tuvimos opción de buscarlos. Ella en sus costuras y yo en mis lecturas. Así se fue muriendo la mujer, y el niño dejó de serlo. Adiós, pequeño. Debería haberme despedido de ti mucho antes, cuando todo pasó. Tal vez en aquel rincón de la escalera, en contadores, donde nadie me vio llorar. Pero entonces teníamos miedo, solo existía el miedo. Y el miedo de esos años no se ve, se queda dentro de casa, a puerta cerrada, entre los humos del puro y de la cocina. El miedo empieza a inundarlo todo, como esa agua que nunca llegaba a nuestras casas para lavarnos bien la cara y el cansancio. El miedo es invencible. El miedo va disfrazándose y pegándose a la piel, se hace bola en la comida y oprime con tu cabeza las almohadas de los sueños. Acaba uno acostumbrándose a él, como un hermano o un inquilino que desayuna contigo, que come contigo, que duerme contigo. Y que, de nuevo, despierta otra mañana a tu lado.

Una tarde de septiembre cogí las cenizas de mi padre en una bolsa, al hombro, en dirección al mar, donde siempre dijo que quería estar. La urna era azul, un azul turquesa, que se desharía pronto en las aguas del Mediterráneo. El camino era conocido, pero por primera vez lo paseaba con un padre muerto al hombro. El peso del padre.

Lloré con carácter retroactivo por los besos no dados y por los de buenas noches que me obligaban a darle, por las fiestas que no existieron, ni las ilusiones, por los «sí, papá», por el balón de reglamento sin usar, por la torpeza en la bici y ante el coche, por los acelerones en la marcha equivocada, por rasparle la puerta en el garaje, por no saber hablar, por no saber escuchar los silencios, por no entender nada durante tantos años. Pedí perdón como si la culpa del niño anduviese cerrada en esa urna azul que debía lanzar al mar, como si yo tuviera que arrojarme por el acantilado y dejarla apoyada entre el romero y los tomillos. El niño no lo fue y el hombre estaba atrapado en alguno de esos coches accidentados. El camino largo, el sol espeso y la conversación que nunca tuvimos paso a paso.

Pero los muertos no hablan.

Y las lágrimas no quitan la sed.

Solo al irte, antes del final, entendí algunas palabras y algunas circunstancias.

Fue una tarde, no como esta. Ya te costaba andar y el alzhéimer dejaba huecos de verdad en tus largas horas de sillón, desde el que escribo ahora. Bajé a por ti a la terraza para que pudieras subir a cenar, pero ni así, te derrumbabas en mi hombro, anclado en el suelo, cerrabas los ojos, sé que suplicabas morir; te agarré fuerte de la cintura y forcé para subir esos cinco escalones.

—Va, papá, ahora. Saca la fuerza que sacabas entonces, cuando no hacía falta. Ahora, papá.

Tu mirada está aquí, en este trozo de papel. Ese otro niño, el que vivía en ti y vete a saber cómo creció, me miró.

—Perdóname.

Dijiste «perdóname». Y me tragué el miedo con la tristeza hasta que te sentaste en esta butaca.

—Ya está, papá. Ya está.

No sé cómo continuar esto, ni cómo conseguí caminar hasta el acantilado donde acababa nuestra historia. Ese último paseo, padre e hijo de la mano, contándose nada y todo al mismo tiempo, repasando la vida vivida y, sobre todo, la no disfrutada. «Qué pena, papá», te dije. No hay segunda oportunidad. No hay segundas partes. Nada.

El mar. A mí, cuando me muera, tiradme al mar.

Lo decías para no molestar. O como si tu último gesto de libertad fuera no quedarte encerrado en un nicho del cementerio de Utiel con tus padres: Lucía y Ricardo. ¿Cómo te trataron? ¿Cómo fue tu infancia? ¿Qué locura sucedió para que mataras al niño antes de tiempo, papá?

Al mar. A mí, al mar.

Lejos de las viñas y los olivos.

Lejos de la carretera del Remedio.

Lejos de la raíz y de la familia.
Al mar. Echadme al mar, que yo sé nadar.

Es verdad que sabías nadar, te tirabas de cabeza desde las rocas de Vinaroz hasta el agua, salpicándolo todo, y, desde ahí, me animabas a imitarte. Pero no. Luego dabas brazadas hasta el fondo, mar adentro, y yo, en algún lugar de mi niñez, de aquel momento de mi infancia, sentía orgullo porque mi padre sabía nadar. Te gustaba irte lejos, y esto sirve para todo, irte, marcharte, ya fuera al horizonte del mar o a un bar de carretera. La casa te ahogaba, la familia y los amigos. Hay algo en ti, ahora lo veo claramente, cuando ya es tarde para todo, para hablarlo y para mirarnos a los ojos, que nos hacía iguales.

Trago saliva por la parte de culpa que me toca.

El niño en la orilla, cerca de la madre, el padre nadando y, en ocasiones, mirando al cielo, su cielo, desde la colchoneta azul y roja.

Qué pasaba por tu cabeza que nunca compartiste. ¿Por qué solo se quedó el miedo entre nosotros?

Arreglados, con las caras morenas, ya por la tarde, salíamos a pasear. Y por tu cojera, la que dejó el gran accidente, te venía bien apoyarte en mi hombro. Estoy seguro de que buscabas la confianza más allá del bastón, decir «este hijo es mío», pero yo andaba aprisionado bajo tu mano peluda y fuerte. Quería correr. Acercarme a mamá, que siempre me miraba con una compasión inabarcable para un niño de esa edad. Volvía a ser el crío que atravesaba el follaje de los arcos del puente de Buñol para pescar renacuajos. Atravesar una puerta y esconderme a leer en la penumbra de la habitación de las jaulas de madera donde había libros. Sentarme en el balcón con las piernas colgando y mirar el mar.

También pienso en aquello de lo que no hablaba: algún secreto pequeño, insignificante, nunca revelado para los demás, pero inmenso como el azul para el niño de pies descalzos. Pudor, sin duda. Y algo más importante: falta de palabras, vocabulario, para explicar qué sentía mi cuerpo cuando el deseo era deleite al mirar al resto de los niños de la playa.

Pero eso solo se quedaba en el balcón. Esa era mi ley, la que quedaba atrapada entre los barrotes y mi vergüenza.

Había niños felices.

Había madres felices.

Había padres felices.

Pero aquí orbitábamos en distintos espacios gravitacionales. Sin saber cómo ni cuándo coincidir.

Aquel apartamento doble de Vinaroz y aquella colchoneta fueron las últimas señales de la felicidad. Luego siguió un definitivo silencio, muchos silencios, hasta perder la capacidad de hablar.

La hipótesis más novelesca —y eso pertenece a las pesadillas de aquellos años—, que nunca confesé a nadie, ahora lo hago, es que el humo de aquellos cuerpos calcinados en el camping de Los Alfaques llenó de ceniza la casa y se quedó a vivir con nosotros.

Otro hijo, otra madre, otro padre.

15

Me falta vida.

Amanece otro día.

Una vez más hay que bregar con el ánimo de mamá en su inminente ceguera. Se acerca las cosas, ya sea un teléfono, un recibo o una medicina, a la cara, coge la lupa, se lamenta —se queja— y lo abandona todo en la mesa con desesperación. Balancea la pierna y da vueltas al anillo, aguanta así durante un rato largo, en el misterio del dolor y los miedos personales. Llamo a la perrita para que juegue entre los dos, yendo y viniendo con una pelota, pero se cansa y se tumba cerca de los pies de mamá.

El viento mueve las cortinas, rotas, hacia la calle y las devuelve al interior; las plantas se agitan contra la valla y las buganvillas cubren el suelo de la terraza con sus colores: rojo y rosa. La ropa tendida está seca y despide el verano con los bañadores y las toallas. Al fondo, las palmeras se agitan, como los pinos, y los pájaros empiezan a elegir nueva casa para el invierno.

Papá me mira desde la foto que tengo frente a mí en la estantería, se diría que me dicta lo que debo escribir y que, como en alguna canción, me susurra con la mirada tierna un «perdona...». Está en la silla de ruedas, con la perrita en sus piernas. ¡Cuánto le gustaba subirse encima de él en esos últimos años para no andar! Saltaba, se ponía en su regazo y, orgullosa, ladraba al resto de los perros, que la miraban con envidia. Papá la agarra con su brazo y los cuatro parecemos felices. Yo ya sabía que alguno de nosotros se iba y andaba haciendo fotos casi cada día, como si retratando el momento pudiera parar la vida en un instante de falsa felicidad. Y el viento mueve la fotografía: el pelo de mamá, mis greñas y la chaqueta de papá. El mar, sin embargo, parece estar pintado, una gran mancha azul sin misterio, como esas familias en las que no pasa nada en la superficie y basta una piedra para crear las ondas infinitas despertando los entresijos.

Es bonita la foto.

Era el atardecer. Un atardecer cualquiera.

Papá se fue muriendo poco a poco, una tarde olvidaba quién era Leo y otra aparecía derrumbado en el salón. La vida lo maltrató con accidentes y etcéteras que con mayor o menor gravedad fueron minando su cuerpo.

—Tu padre es como los gatos.

Salíamos de la sala de espera de uno de los muchos hospitales que hemos visitado. Mi madre, cansada, apostaba a que saldría de la nueva tragedia.

—¿Por qué lo dices?

—Porque tiene siete vidas, verás.

Yo supe que aquella era la última vez. En el hospital de Alicante, mi padre agonizaba en la habitación —creo recordar el número, hice una foto a la puerta— con alaridos y palabras incoherentes, desconectadas y extrañas que salpicaban la espera. La espera.

A pesar de todo, y ese todo es lo que hizo de nosotros una familia infeliz, yo aprovechaba cada minuto que mi madre salía al pasillo para acercarme a su lado y hablarle de lo que podría haber sido y no fue, sin rencor, despidiéndome desde la paz que da la muerte del niño. Le apretaba la mano y le secaba el sudor de la frente o le ajustaba las sábanas.

Los médicos no anunciaban nada bueno con sus explicaciones y, aisladas del contexto, eran solo inicios de novela que no anunciaban un final feliz.

Mamá y yo cenábamos por turnos, cuando uno bajaba, el otro subía y se quedaba leyendo o marcando el tiempo de la espera.

En uno de esos momentos, cuando padre e hijo estábamos solos en la habitación, me pidió «chocolate».

—Quiero chocolate.

Los médicos lo habían prohibido.

Papá suplicaba mitigar los sabores de hospital con algo de dulce.

Bajé al bar, compré helado y me subí.

Compartí su alegría con la sencillez de la misericordia.

—¿Quieres más, papá?

Negó con la cabeza. Pero noté su sonrisa.

No se lo dije a nadie. Pero si se tenía que ir, por el amor de Dios, que se marchara con la suavidad del chocolate. Si el cielo o el infierno lo esperaban, que algo atemperara el dolor y la pena.

Fuimos en ese momento padre e hijo. No sé si por única vez. Pero me bastó para poder escribir hoy estas palabras torpes y tardías.

Escondí la tarrina de helado en el baño.

Papá empeoró. De la habitación lo llevaron a la UCI, en un sótano del hospital, oscuro y silencioso, donde todo olía a muerte, donde ya intuía, aunque solo fuera por metros bajo mis pies, que la tierra estaba cerca. Los enfermeros bajan la cabeza o miran sin mirar, atravesando la piel, sabiendo —para protegerse del dolor ajeno— que quien visita el ensayo de tumbas viene a decir adiós.

Papá estaba intubado.

Mamá callaba.

Yo la dejé entrar a ella primero porque en algún lugar de su corazón, aunque no fuera el marido soñado, el padre perfecto, era el hombre que durante medio siglo había dormido a su lado. Sentí el dolor, que, sumado al mío, era un atropello en cadena de misterios y silencio.

Ella se sentó al otro lado, al fondo.

Yo me quedé aquí, agarrándole la mano.

«Papá...»

—No te oye.

Quise que se saliera para poder hablar, para poder desahogarme y pedirnos perdón por una vida desaprovechada, perdida y nociva. «Papá, ¿cómo estás? Estamos aquí, a tu lado.» Es lo que dije. Mamá notó la piel fría del cuerpo, comprobó el ruido de los goteros, y un médico la llamó.

Para salvarme.

—Papá, te quiero. No lo olvides. Aunque no haya sido de la mejor manera. No sé. Y tú tampoco has sabido. Pero da igual, vete tranquilo. Papá..., ¿me escuchas? Sé que sí.

Puse mi mano en su mano gélida.

—Habrán visto que ya...

Era el doctor.

Salí con ellos.

—... que no hay nada que hacer. Le hemos puesto un —no sé qué dijo— para que no sufra, para evitar cualquier dolor y que el corazón se vaya apagando sin ningún sufrimiento.

—¿Sufre? —pregunté alterado.

—No. No hay malestar. Está simplemente durmiéndose.

—Pero... ¿puede oírme?

Me miró como quien mira al niño que ya no es niño.

—Tú háblale si lo necesitas.

Mamá dijo que había que preparar cosas, preguntó algo más del tiempo, de la UCI, de qué hacer. Salió la mujer resolutiva y fuerte que tapa con valentía cualquier adversidad. Siempre ha sido así en los peores momentos. Ahora tiembla por el calendario. Por esa hoja roja de Delibes que marca otro final inexorable. Pero entonces, firme y decisiva, me dio unas órdenes cuando acabó el médico.

—Ve a casa y trae la... el traje.

La mortaja era un terno gris que yo había utilizado en el informativo; estaba nuevo y, como me venía grande, se quedó esperando siempre —en un por si acaso aciago— en una esquina del armario. Un traje colgando. Un ahorcado. Un sudario que esperaba la hora del último telediario.

Volví a hablar con papá.

Mamá daba vueltas con el teléfono llamando a la funeraria de Utiel. Debían estar preparados. Les contó todo. Luego hizo más llamadas. Esas suyas que pertenecen a su intimidad y que, hoy, sigue realizando apoyada en el banco de la cocina.

Yo rocé la mano de mi padre.

Miré la máquina que apenas dibujaba curvas.

Me crucé con el médico por ese pasillo de difuntos a la espera y me puso la mano en el hombro.

—Lo siento.

En otra habitación, de un pabellón cercano del mismo hospital, estaba naciendo Olivia. Mi segunda sobrina.[7]

Durante semanas, crucé pasillos de la vida a la muerte, de la espera a la despedida. Raquel a punto de dar a luz una niña esperada y feliz por las patadas que anunciaban su llegada. Al final de la misma calle, un hombre, mi padre, se dejaba dormir para siempre.

La playa del Postiguet sirvió de bautismo para mi ansiedad. Paré el coche, aparqué donde no sé si se podía, me quité la ropa, anduve hacia el mar y me colé hasta donde la respiración ya era ahogo. Así estuve largo rato. Contando números.

Una mano me sacó de la profundidad. Un niño con sus gafas de bucear me despertó de ese otro sueño o pesadilla.

Salí a la superficie y el sol me devolvió a la realidad. El niño me dijo un hola. Y me preguntó si aguantaba hasta cien. Le dije que sí. Que podía aguantar hasta cien. Y más.

Se alejó nadando y salpicando con sus aletas de buceo rojas.

Allí me quedé un rato.

Flotando.

Rodeado de desconocidos. Gente sin nombre, vivos o muertos. Llorando con el agua del mar que lo disimula

7. Llamo sobrinas a las hijas de mi prima.

todo. Idealizando la vida, y en el espejismo de una muerte a pocos metros.

Un padre.

No fue el mejor, pero era mi padre.

Salí hacia la orilla en ese mar que nunca cubre, un paseo eterno hasta el coche. Me sequé con la camisa, me cambié con algo que llevaba en el maletero y salí hacia L'Albir a por la mortaja. El teléfono podía sonar en cualquier momento con la noticia.

Si alargo la mano, puedo tocar ese día.

16

No sé qué tiempo haría aquella tarde en la que papá y yo nos sentamos frente a la mesa camilla en la casa de la playa. Pero puedo oler el vaso de café con leche y sentir los pinos agitándose. Debía de andar la primavera despertando recuerdos porque la niñez, que asalta en el momento más inesperado, surgió. Papá se recordaba a sí mismo con las manos llenas de tierra, con su padre, en los almacenes para comprar plantas para el terrateniente del que siempre hablaba y del que no recuerdo el nombre. No hubo escuela.

No hubo escuela apenas.

Nació el 22 de enero de 1937.

Tengo su carnet sobre la mesa.

La guerra empezada y los bandos matándose. Radio Lisboa, a punto del parto, ya anunciaba de forma precipitada la caída de algunas ciudades, la entrada triunfal de Franco a lomos de un caballo blanco. Las tropas venciendo y el parto a punto de empezar. A Utiel no llegan todas las noticias, pero sí los miedos, esos corren mucho porque tienen las piernas largas y las lenguas afiladas. Madrid arde en violentos combates en la Casa de Campo, cruzan el Manzanares; llegan las Brigadas Internacionales; hay tanques soviéticos, también aviones rusos, dicen que ciento treinta y pico, las «moscas» y los «chatos», comentan en el pueblo; los de la Legión Cóndor se unen en un cielo amenazante.

Pero Madrid queda lejos de Utiel.

Lucía está a punto de parir su sexto hijo.

Llega la fecha, no puede más. El hambre, el miedo y los dolores.

La radio habla de la «primera batalla importante de la guerra civil a campo abierto». El 6 y el 9 de enero la División Reforzada ataca el norte, gira hasta La Coruña, los republicanos resisten y los «nacionales» desisten del avance. La radio lo va contando todo. Salvo una cosa: el 22 de enero, mi padre toma el país. La niñez es entre armamento, terrores, hambre y más ataques. La alegría se mezcla con la batalla de Teruel, más cerca, y la del Ebro.

El niño tiene un año y empieza a andar cuando el Mediterráneo es más que un mar de pescadores y bañistas: un bocado fácil para la ofensiva sobre Vinaroz, Sagunto y Valencia. ¡Qué ambiente para una infancia! Así día y noche, semanas, meses...

Un crío de dos años con sus hermanas juega en el patio. Le cuidan. Lejos, las unidades militares oponen la última resistencia, otras controlan a los sublevados, se levantan unos, otros caen. La primavera ilumina de verde Utiel y los campos de la sierra. Las mujeres rezan en misa por sus hijos y sus maridos. Otras cocinan en casa.

Franco únicamente acepta una «rendición sin condiciones». El Consejo Nacional de Defensa ya está listo. Las tropas entran en Madrid, en Cuenca, Albacete, Ciudad Real, Jaén, Almería, Murcia, Valencia, Alicante, Cartagena...

El 1 de abril papá no escucha lo que dice Radio Nacional de España, es el último parte de la guerra civil: «En el día de hoy, cautivo y desarmado el ejército rojo, han alcanzado las tropas nacionales sus últimos objetivos militares. La guerra ha terminado. Burgos, 1.º de abril de 1939, año de la victoria. El Generalísimo. Fdo.: Francisco Franco Bahamonde».

La abuela Lucía, ajena, sirve la comida para los siete niños. Los gatos del patio maúllan esperando la miseria de las sobras.

17

A papá le encantaban las historias de los maquis. Le compré un libro que nunca leyó porque no tuvo tiempo de ir a la escuela, pero miraba las fotos y contaba historias mejores que las del autor del tocho de páginas. Los maquis, siempre los maquis en su memoria.

¿Fue papá un maqui de su propia vida?

Todos lo somos.

Presumía de esos hombres resistentes, escondidos tras órdenes de detención por bandidaje, espionaje o terrorismo. Hombres y mujeres clandestinos, conocidos entre ellos en secreto. Oliendo a sierra y a cueva, y olfateando la presencia de la Guardia Civil demasiado cerca. «Algunos se tiraban al monte y bajaban agazapados a ver a sus mujeres, a sus niños si los habían tenido, porque tenían prohibido el sexo y las relaciones amorosas, y a las familias amigas —contaba papá. Había dignidad en sus elogios, fantaseaba con la convivencia en las cuevas o en los bajos de las casas de los pueblos—. Mejor que una cárcel franquista.» Explicaba que tal o cual había sido chivato en Utiel, y a esos les costaba la vida, la juventud; otros andaban en constante huida amparados por las casas de apoyo.

Y me lo contaba como un cuento, con la mirada de

orgullo: cumplían las reglas, no andaban de día, ni cruzaban puentes, eran invisibles.

—¿Y tú cómo lo sabes, papá?

No contestaba.

—La mayoría fueron olvidados. Años perdidos, años en el exilio, en la cárcel, en el monte o muertos sin entierro.

Papá no hablaba mucho. Podría decir que no hablaba casi, que fue un maqui toda su vida. Un hombre escapando de sus temores y de su instaurado régimen en casa. No supo bien cómo gestionar la libertad, sus deseos y la familia.

No sé explicar nada.

Solo observo ahora desde esta distancia en la que no tengo respuestas y tampoco quiero hacerme preguntas.

Durante muchos años, mi tarea ha sido ovillar el olvido, trabajar la elipsis y echar arena sobre los recuerdos. A puñados, a paladas, lo que necesitara el momento, el día, no pensar, parar y respirar. Seguir. Seguir adelante como único destino, porque echar la mirada al álbum de fotos sin sonrisas ha sido duro. Me he esforzado en abrir esa caja en la que están desordenados, junto a los informes médicos, recortes del accidente de papá o partidas de nacimiento. Ha sido mejor la desmemoria. Por eso, en este libro hay años que están comprimidos en frases. O palabras. Como si el ahogo de las letras hundiéndose en el mar impidiera reflotarlas. Queda borrado.

Amnesia. Paseo por los extravíos.

En esa caja no hay fotos de mis padres solos. No hay

retratos de los enamorados, ni en un bar, en las fiestas o en el día del hospital. La pareja no existió. ¿Qué los unió? Ni siquiera puedo imaginarlo. Tampoco lo preguntaré en el tiempo que nos queda juntos.

No es fácil nacer sin permiso.

Crecer en un lugar donde no hay amor.

Engendrado, no creado.

De la misma naturaleza del padre por quien todo lo hizo.

Con los mismos miedos de una madre a quien todo lo entregó.

De todo lo visible y lo invisible.

El niño ya no está, ni puedo ir a abrazarlo.

Y por obra del Espíritu Santo se hizo hombre.

18

Con las cenizas bajo el brazo seguí camino del acantilado. «Si me muero, no me enterréis, echadme al mar.» Y eso hacía aquella tarde de finales de verano, septiembre, no recuerdo el día.

Las cenizas habían esperado unos días cerca de su sillón, donde pasó los últimos años, con las mismas vistas, el mismo sol de la mañana. Sentí que, si debía despedirse, tenía que ser desde «su lugar».

—¿Vas ya? —preguntó mamá.

—Sí. Ya toca.

—No tardes.

A mí me gusta el olor de los pinos, y creo que a papá también le gustaba porque muchas veces parábamos con el Simca 1000 a comer algo en una pinada de alguno de esos viajes a Andorra, cuando yo moría de asma. La montaña le sentará bien, nos había dicho el médico. Y a los Pirineos que nos íbamos los tres. Luego allí comprábamos leche en polvo, alguna radio, tecnología de los ochenta y quesos de bola que apestaban en el maletero durante el viaje de vuelta.

En aquellos descansos, bajo la sombra de unos pinos

como estos que ahora te despiden, relajábamos las piernas y nos quedábamos callados como los maquis. Siempre lo fuimos. Una familia de maquis.

Papá se echaba una siesta y estiraba la pierna que tanto dolor debió de producirle toda la vida. Mamá recogía los restos de la comida, guardaba los *tuppers* y buscaba una papelera para la basura, y yo... yo fantaseaba con vete a saber qué desde la mesita plegable. El niño. El pequeño con asma.

En las curvas del camino hacia el mar iba parando. La última vez juntos, aunque fuera de esa manera. El pelo revuelto y el viento agitando pensamientos y conversaciones nunca compartidas entre padre e hijo. La pena. La ansiedad.

El adiós.

Elegí el mejor banco de uno de los recodos del recorrido para sentarme a hablar.

A hablarte.

Igual que cuando me senté junto a ti, ya muerto.

Te apoyé en el suelo y me miré las manos, que es como mirar las tuyas. Mamá también lo hace. Se mira las manos y supongo que ve las de su madre, como ella observaba la de las otras y así en una cadena de manos que van envejeciendo con el aspecto dc las pasadas.

Rompí una rama de tomillo y la aplasté entre los dedos para tragarme el aire y llorar a gusto. No hay preliminares en el dolor.

El dolor es.

La pena desciende.

El olvido permanece.

El recuerdo salta como los grillos. Hoy aquí, mañana allí, inesperado, asilvestrado y desnortado.

Juega.

19

¿Te acuerdas, papá, de cuando me contaste el árbol genealógico y yo iba apuntando? A ver, que lo recuerdo si tiro del hilo. La memoria es un buque hundido, con las bodegas llenas, todas las cosas en su sitio, desparramadas, pero en su sitio. A kilómetros de una superficie que disimula la vida de todos y que oculta miles de barcos hundidos con muertos que quisieron escapar y otros que no sabían nadar. En ese pecio por el que pasean peces y seres microscópicos andan algunos recuerdos, hundidos, protegidos por las algas y la roca que los cubre como una lápida. Es la memoria profunda, la que resulta insondable, la que aparece entre algún sentimiento. Qué misterio.

Masticabas un bocadillo de sobrasada, que tanto te gustaba, y el café esperaba en la mesa.

Mamá desde la cocina avisaba —«¡se te va a enfriar!»— cuando a ti jamás te gustó el café caliente.

No os conocíais.

No os conocisteis nunca.

Entonces era cuando hacías tu gesto de frustración. Ese. Sí. Parece que me miras desde el sofá deseando que lo describa, pero no sé. Mírame, parece que dices, píntalo.

Y sin mirar las teclas escribo lo que haces invisible en el

sofá donde no estás. Una mezcla entre enfado, tristeza y fracaso.

No nos conocemos nunca.

Jamás.

Pero regreso a la memoria profunda, al barco hundido de recuerdos donde puedo aguantar pocos minutos sin respiración.

Empezaste con aquel trajín que nos provocaba risa. Tener un hijo es hipotecarse emocionalmente para toda la vida. Nos quedamos con los papeles; ellos se van, buscan otro nido, se apartan para siempre de nosotros. Pero los padres quedamos atados, sin poder apartarnos jamás de los hijos. Algo así decía Graham Greene. Vete a saber.

«Mi bisabuelo se suicidó en las vías del tren. Y Eulalia Ramón, la bisabuela, se quedó al cargo de todo. La miraban. Es la del muerto, decían. Pero ella echaba a andar y tiraba para casa. La Eulalia era muy tiesa, grandota, daba miedo. Vete a saber.»

Silencio y mirada al horizonte. El café está frío. Mamá viene a por la taza y a llevárselo para volverlo a calentar. Rumia algo.

«Antonia estaba loca, se tiró al pozo y nadie la buscó. Un día, su sobrino, Ricardo, mi padre, tu abuelo, bajó por las paredes del pozo y allí se la encontró: metida en una cavidad de la pared, alimentándose de aire y agua.»

Mi segundo silencio es proporcional al miedo de la genética que estalla en sus palabras sin ninguna alteración en el verbo. Lo cuenta todo con la normalidad de la memoria profunda, sin color, oxidado todo por el agua.

Sigue.

—Mi padre murió en la Nochevieja de 1969.

—¿Dónde?

—Por Alginet o Algemesí, o Carlet. No sé.

—¿No pasaba la Nochevieja en casa?

—...

«Mariano Hernández e Isabel Hernández eran mis otros abuelos. Los padres de tu abuela, Lucía Hernández Hernández, y de Manolo, con el que no se hablaban, y de Luis y Enrique. Alguna foto habrá por ahí, pero no de todos.

»Y de todo esto yo. Y mis hermanos: Ricardo, Lola, Lucía, Amparo, Concha, yo... y Ángel.»

El tío Ángel trabajó en un banco, pero poquito tiempo. Un ataque esquizofrénico le devolvió a casa. Y allí estuvo toda la vida, tapando los enchufes con papel para que no nos vigilaran, «nos controlan desde ahí», decía, bebiendo vino tinto con leche condensada y saliendo al patio con los conejos y los gatos a fumar. Hacía largas siestas y le olían mucho los pies. Yo era un niño, y al pasar por su puerta echaba a correr tapándome la nariz. El tío Ángel había leído algo, lo que podía leerse en la época, y me corregía si hablaba mal.

—Me hace mal.

—Me hace daño, se dice.

—Bueno, pues eso. Daño.

Y muchas más que no recuerdo porque estoy ahora en la superficie del mar nadando, sin querer bajar a esa profundidad sin suficiente oxígeno.

El tío Ángel siguió cobrando una pensión del banco toda la vida, hasta que acabó sus días en una residencia. Los hermanos, demasiado viejos, y los sobrinos, incapaces de mantenerlo en casa. Salía a pasear por las tardes, desde el centro a las afueras de Utiel. Su cigarrito y unas monedas para tomarse un cortado en algún bar de camino a las oliveras de las afueras. Allí murió. Nadie supo de él durante tres días. La Guardia Civil lo buscó; la familia, alertada ante la ausencia, lloraba y se preguntaba adónde habría escapado con su esquizofrenia. Fueron días de lluvia. No paró de llover.

El tío Ángel apareció sentado en una olivera, con su cigarrillo en la mano extendida y el corazón roto bajo las ramas. Tranquilo. Feliz en su pausa para reírse y tirar el humo alto, hacia las nubes. Lo veo.

Lo enterraron con los padres. Pero mientras todos lamentaban la muerte, yo lo interpreté como una huida libre, a su gusto, sentado, sin molestias y con su paquete de Ducados en el bolsillo de la camisa.

Ahora creo que me vigila él desde los enchufes. Veo sus ojos de pajarillo asustado.

La genética es una tómbola de feria en la que nadie canta. Sin premios. Suicidios, locas, demencias, pozos... ¿Qué puedo pensar?

20

Cada mañana, doña Leo y yo salimos a pasear, elegimos un camino al azar mientras guardo las llaves de casa en el bolsillo trasero de los pantalones. Su primer tironcito es la brújula, me dejo llevar. El otoño se ha instalado en su primer día y el suelo está mojado, evitamos los charcos, y seguimos hacia la curva de los pinos y bajamos hacia la fuente de la Violeta. La doña anda envejecida, le vino de pronto la edad, y tiene pérdidas de orina —anoche mismo mojó todo el sofá en uno de sus olvidos— y una dermatitis en la barriga que no se está curando bien. Pero me sonríe con el brillo de sus ojos negros, como si subrayara que la vejez a ella no le importa, que con su paseíto, su caricia y su botecito de pienso, ella, feliz. La acaricio en una de las rocas donde nos sentamos. Huele todo a tierra mojada y a pinos, la primera llovizna de este nuevo otoño que será un sobre sorpresa como aquellos del colegio. Nos queda hospital y más resonancias, evitar la pérdida de visión y mejorar el carácter que se está comiendo a mamá. Mientras pienso en todo, la perra me mira. Lo sabe. Y sabe de mi quebradero, de mi tristeza petrificada poquito a poco y de mi incapacidad para ponerle una sonrisa a lo que sucede. Por eso se acerca, se pega a mis piernas. Se acurruca como un pesebre a mi abrigo. Le rasco la cabecita y levanta la mirada. No parpadea.

No es verdad que también esto pasará.

No es cierto.

Es una mentira.

Pasará con la máquina de escribir de la muerte, cuando ponga su punto final y saque el folio.

No todo pasa. La vejez ha venido para quedarse. Y me entristezco todavía más por haberlo sabido tantos años después.

—Vamos a casa, parece que va a llover —le digo.

Si pasa alguien, me verá hablar con mi perra. Dirá que estoy loco. La genética, susurraré. Nadie se salva de la genética.

Al echar a andar llevo el culo mojado.

Doña Leo se ríe.

¿Tú también?

21

Abrí las puertas del armario y saqué el traje gris de los informativos con el que debí dar noticias tristes y alegres. Las menos. Estaba en una funda negra. Corrí la cremallera y comprobé que era la mortaja que esperaba mamá en el hospital para dársela a la funeraria de Utiel. Un traje colgando ahora de mi mano. Lo abracé como una piedad y rompí a llorar sentado en la cama.

Salí al jardín.

Respiré hondo, profundamente, salvando al niño que al cabo de unos minutos dejaría de tener padre.

El día era de verano y la buganvilla estallaba de color.

Leo no ladró cuando me metí en el coche en dirección al hospital de Alicante. Sabía que algo pasaba y que su misión entonces era cuidar de la casa y de los silencios.

No fue fácil llegar. Las lágrimas convirtieron el día soleado en una tarde de invierno, los coches pitaban cuando me adelantaban, qué sabrán, mi padre está agonizando en el sótano de la UCI. Gestos con la mano. Otro claxon. Y, por fin, el parking del Hospital General. La bolsa negra. Otra con los zapatos. La muerte dispuesta a poner su punto final.

Solo miro al pasado para ver si encuentro en él algunas respuestas a las preguntas que tengo en el presente. Respondo sin que nadie me pregunte.

Papá me enseñó a conducir en la carretera del cementerio de Utiel. Cruzábamos el túnel de las vías del tren y paraba, salía del coche y me daba las llaves. Por allí están los restos del hospital donde nací. Curiosa narrativa la de la vida.

—Primero metes la llave, embragas, metes primera y vas soltando embrague mientras aprietas el acelerador. Suave. Y ponte el cinturón. Te lo repito mil veces. Es que no se te queda, es que no vas a saber conducir nunca. Va, arranca otra vez. Se te cala. Debes escuchar el motor, escúchalo, te lo pide, ¿no lo notas?, él mismo te habla, te va diciendo cuándo debes cambiar de marcha, se te va de revoluciones, ahora, cambia, cambia..., ¡cambia!

—Se me ha calado.

—Ya lo sé. Déjame a mí. Y mira.

Salió del sillón del copiloto. Yo solté el volante y me tragué mi idiotez o mi ineptitud, o mi ignorancia, o mi impericia. Yo qué sé. Era un necio al volante. No sabía. Papá era camionero. Y yo un chaval al que se le calaba el coche y al que conducir le daba absolutamente igual.

Pensé en escapar.

Pero no en escapar de allí. Sino en la idea de la huida de Ulises, de correr mundos, de tener autonomía, de recorrer países y ser libre. Era un inútil. Me lo había dicho muchas veces de una u otra manera, pero el borrico iba a ganar. Puse a Ítaca en mi mente y, callado, escuché otra vez sus explicaciones mientras daba la vuelta conduciendo hasta el cementerio de Utiel, subida, curva, bajada, túnel, curva, subida y vuelta a empezar. Era un recorrido de tren de juguete.

—Ahora tú.

—Sí, papá.

—Pero coge las llaves, joder.

—Voy.

—Pon el pie en el embrague. Ahora arranca. ¿Lo oyes? Mete primera. Acelera y ve soltando. Ve soltando poco a poco... No tan poco a poco. Que lo sientas. El coche te lo está diciendo.

—Sí, papá.

Se caló. Otra vez. Y otra. Aturdido, era incapaz de arrancar y de salir, de estamparme en la tapia o de dar un acelerón con el que matarnos los dos. El lugar era propicio. ¿Qué podían decir?

Un padre y un hijo mueren en la carretera del cementerio de Utiel. El padre enseñaba al chico a conducir. Una maniobra los desnucó antes de chocar con la pared del cementerio municipal. El lugar se ha llenado de flores.

—Prueba otra vez.

—Sí, papá.

Esta vez parecía que había oído mis pensamientos. Se calmó.

—Arranca y poco a poco. Va.

Por fin, el coche me hizo caso, aceleré y, a perchones, conseguí meter primera, segunda, tercera... «No aceleres tanto, sigue —me decía—. Vas bien.»

Era un piropo.

Vas bien.

Me envalentoné y di la curva al parterre del final del recorrido como pude, salvando algún coche aparcado y a una señora, cargada de flores en una jardinera de una lápida, a la que asusté con el acelerón.

—Cuidado.

Sonreí. El muerto era otro.

En el descenso del camino de cipreses subían algunas mujeres, también con flores y botellas de agua, bolsas que —reconocí— cargaban con periódicos viejos, limpiacristales para las fotos de los muertos, cera y trapos secos. Fui cambiando de marcha tal y como me decía mi padre, «pon ahora la cuarta, baja a tercera», y la vida iba a parecerse mucho a aquella mañana de aprendizaje.

Los muertos, los que no olvidan y los que aprenden a vivir.

En la subida, no sé cuántas llevábamos, se me caló y al intentar arrancar con soltura me metí en las viñas. El coche, en lugar de frenarse, se me aceleraba. Y solté ambos pies. Golpeamos contra unas cepas, por suerte, las del linde del campo.

Salí del coche y mi padre cogió las riendas.

Echó marcha atrás y yo miré desde fuera cómo el barro me cubría la ropa, quieto, paralizado ante el miedo de sus palabras aún no dichas. Me esperaba una buena.

Quise que todo eso que removía las ruedas me fuera enterrando.

En eso pasó el tren por encima del túnel. «El que va a Madrid», pensé. Madrid. Ítaca. Fue una visión fugaz, una visión de colores, de luces, de noches con nuevos amigos, de fiestas interminables, de caras desconocidas que dejaban de serlo al hacerse de día. Imágenes de una especie de libertad lejana, más allá de la tapia del cementerio. Unas y otras se han ido borrando o confundiéndose con las que de verdad sucedieron pasados los años, pero aquella pervive, quizá porque es la generadora del sueño, la portadora de la fantasía o alucinación, de lo imposible, de ese abismo entre un niño de pueblo y una gran ciudad para la que a uno no le han dado carnet. Debí de sentir algo parecido al deseo de la noche de Reyes, ganas de abrir regalos y de huir, aterrado ante mi torpeza y animado por ese tren que iba en dirección a Madrid y del que ya no se veía más que el humo.

—Perdón, papá.

—Mañana seguimos. Por hoy ya está bien.

Encendió el puro y aparcó en el restaurante Garzarán, muy cerca de allí.

La misma sensación de libertad tuve cuando me acerqué a la pantalla tragaperras. Los colores, la musiquita y los símbolos de felicidad extrema que no paraban de rodar me hacían sentir en un *music hall.* La Gran Vía, Las Vegas, Nueva York..., eso era lo que atravesaba como Alicia en el espejo frente a la simple máquina tragaperras que ofrecía la utopía y el ensueño en un sencillo bar de pueblo.

Mi padre no necesitaba amigos. Conocía a los camareros y al dueño. A la segunda caña aparecía el Gorrinero y se apuntaba a la tercera y así se hacía la hora de comer.

Mientras tanto yo estaba en Nueva York viendo campanas de oro y cerezas de color rubí.

22

A mí lo imposible se me apareció al llegar al Hospital General de Alicante. Abrí el maletero y saqué la mortaja. «Ya estoy aquí», le dije a mi madre por mensaje sabiendo que no lo leería. Aun así, la imaginé llorando junto al muerto, o con la agilidad que tuvo siempre, de enfermera en enfermera, firmando papeles y diciendo a todo que sí.

Sonó el teléfono y solté la bolsa en el suelo para atender la llamada. Me faltaban manos y fuerza.

Era Raquel, mi prima hermana.

Habló sin preámbulos.

—No me digas que tu padre se muere hoy, el día que nace Olivia.

—Eso me han dicho. He ido a casa a por las cosas... Vengo ya con todo.

—Estoy a punto. Me llevan a quirófano en unas horas... No sé qué decirte. Pero maldita sea. Maldita sea.

Se hizo el silencio compartido: Raquel en la cama del hospital y yo en el parking.

—Ahora me dices lo que sea —añadió.

—Será la parte bonita del día, Raquel.

—Pero... ¿el mismo día?

—Calla. Piensa en la niña.

—La vida, joder. Qué maldita casualidad...

—Lo sé. Ya estoy entrando en... Te dejo.

23

De la misma manera que desapareció aquel lavadero adonde iba con mi madre de pequeño en Buñol, los recuerdos se van desvaneciendo. Los escribo para que queden, no sé para quién, para nadie, tal vez. Porque aquí acaba la vida que otros empezaron. Soy hijo único y no tengo descendencia, así que el árbol empezará a secarse desde las ramas hasta que a un olmo seco hendido por el rayo —te recojo, Machado— y en su mitad podrido, con las lluvias de abril y el sol de mayo, dejarán de salirle las hojas verdes. El musgo amarillento lamerá la corteza blanquecina al tronco carcomido y polvoriento.

Antes de que me derribe la memoria, como al olmo del Duero, con un hacha de leñador haré palabras, y el carpintero de la familia, como los lectores, si quieren, harán melena de campana, lanza de carro o yugo de carreta; antes que rojo en el hogar, mañana, arderé en alguna mísera estantería.

El recuerdo se esfuma.

Mi corazón espera y acelera.

También hacia la luz y hacia la vida, recogiendo los souvenirs que me ha ido dejando la memoria. Migas de pan que voy anotando como un obrero que sabe que, acabada la obra, será entregada con sus llaves a los que la hayan de habitar.

Eso sois los lectores. Habitantes de casas que hemos ido construyendo mientras nadie mira, tal vez algún abuelo; donde quedan pájaros atrapados al poner el tejado, donde duermen los gatos sin nombre, donde —ay, mamá— quedan también los orines y los corazones de tiza con dos iniciales. Eso es la obra.

Papá no fue el mejor padre del mundo, pero fue mi padre. El que tuve. Y ahora, construyendo, ladrillo a ladrillo, este muro alto que no volveré a saltar, tapia de cementerio, no concibo la vida sin él. Porque la vida es esta. La que ha sido. La que queda. La que me queda.

La conversación nunca mantenida, el beso de buenas noches obligado, la rueda pinchada, el ronquido de la siesta, el café frío, la página de pasatiempos, el sudor en las patillas, el humo, tu sillón, la mala hostia, el silencio, tus problemas para pedir perdón, mi atasco para no buscarlo. Papá es el que fue y yo soy hijo de todo eso.

Y por eso ahora, en cada bar, cuanto más cutre mejor, te veo. Te pido en la segunda caña, que sabe mejor que la primera, te descubro en la espuma del café solo y en el azúcar hundiéndose como un secreto. Las migas sobre la mesa, el mantel de papel, el bolígrafo en tu bolsillo para no sé qué, nunca me lo dijiste, como tampoco sé qué llevabas en esa cartera tan abultada. ¿Mi foto? ¿La foto de quién?

¿Y dónde está esa cartera tuya?

¿Hendida por el rayo?

Veo al hombre en su sillón, en silencio.

Pensabas.

...

Y, ahora, qué absurdo es hurgar en ese mutismo tuyo,

roto en los bares, en el garaje, entre tragaperras. ¿Cómo es posible que haya olvidado la risa, la voz?

Me callo para escribir, pienso en la elipsis de todo lo que no quiero decir aquí por innecesario, y parece que tus pasos en la escalera, bastón y cojera, se oyen llegar.

Miro a mamá, que se relame una de las heridas de las llagas que le ha dejado la quimio, acaricia a Leo y cierra los ojos. Se queda así y el miedo me atrapa. No, no es ese terror que generaba tu llegada, papá, con el vete a saber; este es otro miedo. El más intenso, el eterno. Cuando los silencios no sean calma, sino sordina. Y me hagan daño. Todo ese dolor que no puedo verbalizar ni siquiera literariamente, y que pondrán fin al pequeño.

—Mamá, ¿hay café hecho?

No hay manera más torpe de romper el ahogo que atasca el río de pesares en la garganta. Pero el guion es así. Diálogos que podrían ser un «cuánto te voy a echar de menos», «¿sabes que nos estamos perdiendo conversaciones, charlas, confesiones... en este tiempo agrio que anuncia cada día un sacramento?», «cuéntame cosas que recuerde, dime a quién amaste de verdad, fue papá un amor, aunque solo durara un bolero, un segundo, un beso. Dónde fue. Qué soñaste ser, adónde quisiste viajar, dime la verdad..., la que te mantiene callada».

Pero solo digo, ante el miedo de unos ojos cerrados: «¿Hay café?».

—No —despierta, y se incorpora—, ¿quieres? Por cierto, ¿le has dado la pastilla a la perra? No te vayas sin dársela, que ayer se te olvidó.

—Vale.

Y, en esa conversación de bar, la perra nos mira, primero a ella, después a mí, porque sabe qué contiene el aire que respiramos. O qué nos ahoga.

—Toma. Recién hecho.

—Mamá, ¿te has probado la sudadera que te he comprado? A ver cómo te queda, a ver si te gusta...

—Seguro.

Abre la bolsa y noto que le agrada, sin aspavientos. Le hago una foto y le digo que está guapa. «No me saques la cara, no quiero verme», salta. Yo disparo sin que se dé cuenta, así voy desde hace un tiempo. Me empeño en hacerle fotos como si temiese que fuera la última, para recordar con pruebas gráficas que hubo un tiempo en el que simplemente nos probábamos un jersey nuevo. Disparo mientras acaricia a la perra. Ella no se da cuenta. De espaldas en la cocina o entre las estanterías del supermercado, con el brazo alcanzando un frasco de mermelada, sale asomada al balcón, y a veces vuelvo a disparar desde el coche mientras me voy al trabajo. Yo no salgo nunca con ella. Y ella nunca sonríe. Después las borro porque no quiero recordarla así, con esa presencia de madre amargada, triste y afligida. Sombría en todas, apenada ante algo que ya no sé dónde nace, la miro, elimino diez, doce, veinte fotos. Mamá no es ella. Mamá es la que me acompañaba a comprar a la librería La Estrella, la que esperaba en la pantalonera de las Ventas a que me tomaran medidas, la que coge el trozo más seco de la pechuga, la que no quiere regalos. Y, al mismo tiempo, la que llama cuando no estoy a alguna amiga para decirle que tiene un nuevo suéter que es precioso y que no se lo piensa poner porque es demasiado bonito.

No recuerdo quererla más.

Sin embargo, ahora no recibo la sonrisa que ilumina otras fotos, las de blanco y negro, en las que parece que viene de bailar en la piscina de Utiel, de los toros con los mantones al viento o de saludar al tal Alejandro que la dejó sin bailar.

Tengo las imágenes congeladas de aquellos años, son recuerdos ajenos que hago míos. Y en todas ellas me cuelo, intentando buscar, esforzándome en encontrar en cuál de las fotografías dejó de mirar a la cámara y sonreír. La pillo desprevenida ahora, con la perra, se acarician, una a la otra, esquivan el objetivo, sabiendo que está. Que estoy robando al tiempo un tiempo que no volverá.

A papá le gustaba en cambio sonreír en las fotos. Fumaba junto a la ventana y hacía pasatiempos, sopas de letras, conservo las últimas en el estante de la terraza. ¿Qué palabra quedó por encontrar?

A mamá tengo que pillarla desprevenida para que no se tape la cara o gesticule con disgusto.

A la abuela, como a mí, bastaba con decirle: «Abuela, una foto». Y la Irene posaba con sus dos hoyuelos guapa, radiante, después de ajustarse la blusa o el vestido. «Espera a que me quite el delantal.» Y atravesaba la cámara porque el instrumento no era lo importante, le daba igual. La abuela me miraba a mí cruzando lentes y carrete hasta mis ojos.

De mí, no sé qué decir. Me han hecho tantas fotos que confundo quién soy y cuándo. Solo ahora —tal vez— empiezo como cuando era niño a ser natural. Pero aunque me esfuerce no me salen los hoyuelos de la abuela.

—¿Quieres más? ¿Más café? —pregunta de pronto mamá.

—No, deja. Que me pondré nervioso.

—Ah.

—¿Qué?

—La foto esa que me has hecho guárdatela para ti. Y ya está. Que no me gusta que me vea nadie.

—No te preocupes.

La foto es solo de sus manos, con el anillo de plata y piedra violácea que le regalé en Navidad.

Mamá sigue siendo la de las fotos en blanco y negro: una chica que no quiere gustar, que no se arregla, ni se pinta, que detesta el foco y los adornos. Detrás de las arrugas, el pelo que empieza a nacer disparado como el de un bebé y la dificultad al andar, sigue la chica de la calle del Cebo. La más bella, la que no necesitaba lápiz de labios, la que bastaba con decir su nombre y, al girarse a cámara lenta, sonreía a toda la vida.

No sé, papá.

No hay fotos de los dos.

Ninguna.

Nada.

Es la elipsis más profunda de esta historia.

Fin.

Las fotografías que hay son de la vejez, de esos días en los que paseábamos los tres por la playa, empujando su silla de ruedas, y le pedíamos a alguien que nos hiciera una foto a voluntad mía (otra vez el miedo a no tener pruebas gráficas de que una vez fuimos una familia). Impresa está y colgada entre unos libros. Y nada más. No sé cómo fueron de jóvenes, ni he preguntado. Y, lo peor, no quiero imaginarlo. Los viajeros del tiempo son los recuerdos, y de esos no tengo ni jamás tendré.

Si consigo verbalizarlo, lo haré al final.

Ahora oigo la respiración de mi perra apoyada en mi brazo derecho, que, lista, sabe que he roto a llorar.

24

Al entrar al hospital seguí la ruta de todas aquellas semanas de ingreso, siguiendo mis pasos y sin mirar los carteles, girando a derecha e izquierda con la corriente de los salmones.

Bolsa en mano, traje final y respiración agitada.

Apagué el móvil y al guardarlo en mi bolsillo se me resbaló y todas las tripas mecánicas se dispersaron en la puerta de los adioses. Hice el trasplante de piezas desde el suelo, viendo cómo los pasos tienen otro ritmo en el silencio de esas salas. Aproveché para llorar en la posición religiosa, de plegaria, en la que me hallaba. Nadie paró. Los pasos seguían de un sitio a otro, voces bajas, pitidos de máquinas, motores de aviso. Salmones que suben el río a desovar y morir, a contracorriente, con toda su fuerza. La vida que llega, la que se va. «Papá...»

Había salido de la sala una hora antes diciéndole al oído que, a pesar de todo,[8] le había querido, que no había sido el mejor padre, seguramente, pero que le perdonaba todo. Que me perdonara a mí si lo hice también mal.

8. ¿Qué es todo? ¿Cuánto dolor implica un todo? Soy consciente de que las vidas no se recuerdan como fueron, las estaciones van trucando los recuerdos y ese todo fue apagándose al mismo tiempo que él moría y yo crecía. A veces, las personas no coinciden en el tiempo.

La culpa cristiana.

«Papá...»

Estaba todo dicho.

Más que nunca.

Los pasillos de los hospitales son laberintos cuando llegas, con los días forman parte de la palma de tu mano, caminas sin mirar, giras y subes una escalera, bajas otra. Esperas el ascensor.

Entras en el que no se cuela nadie.

Ruegas que ese viaje sea en solitario.

Y te miras en el espejo.

Soy yo.

El hijo.

Las puertas se abren tras el encierro fugaz, y una enfermera saluda, ya eres parte del paisanaje. Ella ya sabe cómo están las cosas.

Unidad de cuidados intensivos.

El cartel.

Un nudo.

La vida se ha ido.

En el colegio sacaba buenas notas, algún regular. Firmabas.

La excursión a Segóbriga con el autobús de la clase. Dabas permiso.

La pelota de reglamento y el traje del Real Madrid con el número cuatro a la espalda en azul.

Tu siesta en el sillón del ventanal a la terraza.

El olor a humo, el cortapuros, el «¿me dejas hacerlo?», y tu «ahora voy».

El bar Francisquito, las fichas de dominó y tus enfados al perder.

La caña.

La tragaperras cantando alegrías como si fuera un tablao flamenco en Las Vegas.

El coche, el radiocasete extraíble.

La cera para que brillara, la lata para el cambio de aceite, el taco de madera para la rueda, como si no bastara con detener la vida con el freno de mano.

Las tardes de domingo en el bufet de El Corte Inglés, donde cambiábamos de clase social. Allí, las horas. Allí pasando la tarde. Allí, como si fuéramos ricos.

El sudor mientras arreglabas —a tu estilo— algún mueble. Fijo otra vez. Mil tornillos. Todo seguro, inequívocamente afianzado a martillazos y nuevas herramientas.

Tus cajones de tuercas, arandelas, taladros de tallas diferentes para madera y metal, alicates..., y mi desasosiego cuando no acertaba con lo que pedías. Tu voz. «No lo sé, papá.»

El ya voy yo.

El no te fijas.

La angustia.

Mi escondite para pintar.

Y, al mirarme, cambiabas.

Ni Velázquez tuvo nunca una caja de pinturas como la mía, ni una paleta tan grande, ni un caballete, otro por si salía a la calle, de metal, más lienzos. Más enciclopedias. «Los libros no son nunca demasiados», decías. Comprabas todo aquello que llegaban vendiendo puerta a puerta en los setenta. Y yo, así, podía tener mi biblioteca.

Unidad de cuidados intensivos.

—Pon el intermitente. ¿No lo ves? Derecha. A la calle. A ver, sigue. No embragues. Suelta. Deja de pegar acelerones, debes notar el corazón del coche. ¿No lo escuchas?

Mira las revoluciones, fíjate. Que no pase de tres mil. Ahí. Va. Deja, ve soltando... poco a poco. Escucha el corazón.

Escucha el corazón.

—Para ahí. Ve frenando. Vamos a aparcar. En ese hueco. Hay suficiente. En la tapia. Mira. ¿Sabes que ahí fusilaban? Y están en el cementerio civil.

Luego entramos y saludamos al abuelo Ricardo.

—Embraga, cambia, baja, que se te va a calar, embraga..., embraga.

No sé escuchar el corazón.

—Sal, déjame que yo lo aparque bien.

Y en ese silencio entrábamos a otro silencio, el del cementerio de Utiel, saludábamos al enterrador, que andaba rellenando botellas de cristal verde con agua, para las viejas que venían a poner flores.

—En tu lápida pondrá lo mismo que en la mía. El mismo nombre.

—Ya, papá.

Y utilizándome como bastón, la cojera fue siempre empeorando tu estado físico, llegábamos poco a poco hasta el panteón de los Huerta.

Silencio.

No sé si rezabas.

Yo deseaba irme.

Familia Huerta Hernández.

Mamá salió al pasillo.

—¿Crees que le irá bien el traje?

—Es el que hay. El que estaba guardado para hoy.

—Bueno. Ya está. Vamos.

25

Tras la ventana, comienza un nuevo día. Hasta aquí llega el olor del invierno que se acerca. ¿Dónde están las aves que cruzaban el cielo y se posaban en las tejas y en el alféizar de la ventana? Las bandadas de vencejos no tejen mallas en el azul y las nubes son ahora las que juegan a montarse películas. Como cada mañana, he paseado a Leo, he desayunado todas las pastillas y me he puesto a escribir. Las macetas del balcón son un erial, han muerto todos los geranios, pienso que habrá que comprar plantas fuertes que aguanten el invierno que se anuncia. Escribo y pienso. Escribo y borro. Escribo y lloro para no escribir lo que la elipsis me dicta. Mamá se ha convertido en una vieja cascarrabias tras el tumor y la quimio. Ese es el resultado. Un «ay» constante del balcón a la cocina. Nada es bueno, nada es bonito, nada está bien. Es un nuevo lenguaje al que no estaba acostumbrado y al que ella se ha habituado. Encallece sola. Se abriga. Malpiensa. Y nada la alegra, ni siquiera los mensajes buenos de los médicos que, gracias a la confianza generada durante tantos meses, me envían al teléfono. «He revisado el caso. El tumor de la órbita del ojo ha sido valorado y tratado de forma muy correcta y por profesionales supercompetentes. Puedes estar seguro y tranquilo por ello. Y la evolución no parece que sea mala.

He visto la última resonancia y no se ha movido nada el tumor. Por lo tanto, a corto y medio plazo el pronóstico es bueno...»

Le voy leyendo a mi madre, como tú, ahora, lector, me lees.

«Si te parece, me vas contando los pasos siguientes y yo haré un seguimiento más estrecho. Cualquier cosa que necesites, cuenta con ello. No tengas reparos en comunicarte conmigo. Estaré encantado de ayudar. Es mi trabajo.

»Un fuerte abrazo.»

Las palabras no la devuelven a los veinte años. Ni le cambian el gesto lo más mínimo. Es la vejez lo que pesa sobre su cabeza, en la que el pelo ha empezado a nacer. Se queja también. Mírame. Todo disparado. Y llevo meses. Pero, mamá, va bien. ¿Has escuchado al doctor?

Silencio.

Pero tú no me entiendes. Tú no sabes lo que estoy pasando.

Sí.

Lo sé.

La vejez es la hoja roja de Delibes, el aviso final, las campanas que odia porque le recuerdan a muerto, cuando de niño te sonaban a fiesta; tamborilea con los dedos en la mesa y cierra los ojos y sueña. Y la última mosca que queda del verano se le para en la cara, la espanta, ¡malditas, no las soporto!, y apaga la cara para sus adentros. Quiero pensar que ve a la chavala de las fotos en blanco y negro por las calles de Utiel, los viajes a Irún, a Segovia, a la playa con las amigas de la Sección Femenina. Ella lo ve todo en color ahí dentro, en ese cine de la memoria.

No tecleo.

No quiero molestar a mamá en esos momentos de paz en los que no hierve la realidad.

Déjate llevar por los zapatos nuevos que compraste en la calle Santa María, ponte tus primeras medias, ve al salón Pérez, ¿qué echan en el Florida?, la feria llega, el vestido de las tías de Minglanilla va a ser la envidia de las Periquis, cómprate algo, fériate, como dicen allí, coge un racimo de uvas agraz y pasea hasta el río entre risas, y cuidado con los caballitos, que la última vez se te enganchó la falda y tu madre te dio un bofetón. Qué bonito era ese vestido, ¿eh, mamá? Y qué bien los caballitos... «Qué bien se va, cuánta ilusión, ir a caballo así, como Napoleón.»

La perra te observa dormir. No aparta ojo.

Tal vez estás cantando las canciones de Sara Montiel que te pedían que imitaras los amigos aquellos de las fallas. Vaya, te tocó el feo como acompañante. Qué habrá sido de él, piensas.

La vejez no la esperabas, como tampoco que se rompiera el vestido. Y, sin embargo, las dos han venido como una nevada.

Y si no es eso, ¿en qué piensas, mamá?

El teléfono no suena.

Las amigas murieron.

Echas de menos a la Pili Cózar. Y a tu hermano. Y al paisaje de gente que no conocí y que te hizo la vida feliz con la nada de unos años duros de posguerra.

Tal vez estás cosiendo con los ojos cerrados, echando hilvanes y pespunteando los hábitos de las hermanas del colegio de Santa Ana. Todos los hiciste tú. Estás cansada, ¿verdad? Y no dan tregua. Dicen que Dios te quiere y que eres buena, y que tendrás un lugar bonito en el cielo, como las mujeres santas. Y tú ese lugar ahora no lo quieres. Por eso te duermes.

Mamá, digo en voz baja. Mamá...

El ronquidito de la perra es también tuyo.

Dormís.

Descansa.

Yo te canto ahora: «Qué bien se va, cuánta ilusión, ir a caballo así... como Napoleón...».

26

Una enfermera avisa.

—Vengan corriendo.

Mamá se agarra a mi brazo para no caer, yo arrastro la mortaja con el otro, los pasillos anchos parecen estrechos, caminamos con el paso acelerado conociendo el destino que nos espera. No hablamos porque es nuestra costumbre no comentar nada a no ser que sea preciso, y parece que la muerte no lo es. Callados, ahogados seguramente, giramos y nos damos de bruces con una camilla. Está cubierta de sábanas plegadas, limpias, planchadas. El médico aparece, nos mira.

—Pasen.

Me parece mentira que ya todo haya acabado, que el fin tenga ese telón blanco de sábanas, que papá haya disipado sus voces, su cigarrillo caliqueño, que haya ordenado los clavos y ordenado los cables del garaje. Sigue sentado en el sillón, junto a las buganvillas, o en el de escay, en la mesa camilla, frente a la tele, con su café solo frío en la mesa, o en el bar, feliz y libre de sus preocupaciones. El coche aparcado, el camión en la cementera, la mesa reservada, la caña fría, el taladro para colgar otro cuadro que el hijo ha pintado. Papá está en algún sitio, aunque no oiga su cojera, ni su tos, ni el portazo. Entonces ajusto el cerrojo de mi memoria, tranquila, «es lo que tenía que pasar», dice mamá. Las cosas irradian una quietud tan límpida como si alguien hubiera apagado el volumen de todo, también de nuestros corazones. Quizá papá haya tenido la tentación de volverse a su sillón, al suyo, al de los almohadones, con sus pasatiempos y el mechero, el cortapuros y el vaso de agua. Cualquier cosa que haya hecho me parecerá bien, no tiene ni por qué compartirla con nadie. Qué urgencia, ninguna. Es papá.

Entonces el niño oye de nuevo los pasos del padre que inundan la casa, la paz se rompe y el miedo lo pinta todo de humo. El niño no encontró nunca solución y deseó lo que hoy previsiblemente sucede.

Esta vez el niño no siente miedo.

Pena.

Quiere darle el beso de buenas noches. Ese al que se acercaba a la cama a regañadientes.

—Pasen que les explique —dice el doctor.

Papá no está en la cama. La sala de la UCI está vacía, los cables cuelgan, la máquina no dice nada, está apagada. Miro el colchón, al que han quitado sábanas y almohadas. Es de plástico, supongo que es por los pipís y las heces de los enfermos. No hay belleza en los finales. Jamás, porque no lo son.

—Su padre está en una habitación de la tercera planta. Inexplicablemente ha..., digamos..., resucitado. Ha salido del coma. Está consciente y todas las constantes están en orden. Pueden subir a verlo.

—Pero...

Yo dejo caer la mortaja al suelo.

—¿Me dice que...?

Mamá es incapaz de hablar. Asumo el papel de hijo y la sorpresa.

—Me puede decir en qué habitación está otra vez.

Nos da unos papeles y nos explica que arriba nos dirán que podemos irnos a casa. De camino llamo a mi prima. Mi padre no se ha muerto. Mi padre está en una habitación. No me cree. Nadie lo cree. Incluso las enfermeras que bajaban la mirada parecen ahora azafatas de Iberia con el carrito de la comida. Subimos. El ascensor para en la planta tercera —creo que es esa, no lo sé— y buscamos la habitación.

—¿Papá? Papá...

27

Ayer eché en falta su nombre en la tumba de su familia. Un día era joven y otro, sin saber cómo ha pasado el tiempo, encargas las flores y vas al cementerio a visitar a tus muertos. Mis amigos me esperaban en Madrid para ir a Burgos y visitar Atapuerca, el Museo de la Evolución Humana, una excusa para vernos en este tiempo de distancias y olvidos. Pero mamá, por la noche, mientras hacía la maleta para tenerla lista y poder madrugar, me dijo que desde niña odiaba las noches de difuntos, que no podía dormir, que temía las historias que siempre habían contado en el pueblo. Le pregunté por qué, pero ya no coordina las explicaciones y todo se queda en una nube de frases que viajan de la niñez a la vejez a la velocidad de la luz. La niña, mi madre, me empezó a contar que se acurrucaba en la cama con el miedo y que así fue toda la vida. «¿Hoy también?», le pregunto a la madre que habla como una niña. «No lo sé, tú vete, no te quedes por mí.»

Pero la frase es la que sirve para desfondarme en el sofá.

—Me quedo contigo.

—¡No! —me grita alterada—. No vayas a quedarte por mí. Ya lo he hecho mal. No tendría que haber dicho nada. Me voy. Debería irme. Me tendría que ir con mis tías. Con ellas.

Las tías, Luisa, Flora, Carmen, Josefa y Esperanza, hermanas de Irene, su madre, mi abuela, están muertas desde hace años. Josefa es la única que, demente, pasea por una residencia a sus noventa y siete años, abanicando las manos y tamborileando también los dedos que nunca dejaron de hacer ganchillo, delantales y bolsas de pan, con cualquier retal del mercadillo de Sal.

En su cabeza empieza el miedo a los difuntos, esos con los que quiere estar porque creerá vivos. Se queda ausente, con la boca abierta, los brazos estirados en el sillón y los pendientes que le regaló la abuela, unos aretes simples de algún cumpleaños. La mirada está perdida en algún lugar de la memoria, gesticula y niega con la cabeza. La niña debe de estar jugando dentro a correr por las calles de Utiel rumbo al colegio, por las eras o hundiendo las manos en la masa del horno de la Reme.

—Ahora llevarán ya a la Virgen pa'rriba. Estará en la mesilla. Saldrá la romería de vuelta a la ermita del Remedio. ¿Qué hora es?

—Las diez y once.

—Almorzábamos siempre por la casa Medina, pero bajar lo hacíamos con unos que tenían talleres y camiones. La Mari era amiga y, como subían a por la hermana, la que cabía también en el asiento se libraba de la vuelta a pie. El último domingo de octubre volvía la Virgen a la sierra y estrenábamos abrigo al día siguiente, para subir al cementerio. Me acuerdo de uno azul, muy capeado, cheviot oscuro. Las tías me vestían de maravilla, recibían muestras de Galerías Preciados, y la gente de todos los pueblos —la Graja, la Puebla del Salvador, Iniesta, Villalgordo...— les compraba a ellas las telas porque cosían muy bien, muy bien. La Esperanza estudió corte y confección, pero era la única, el resto de las hermanas aprendieron de ella. Pero mi abuela, Teófila, me decía siempre: «Qué *delgá* y qué fea estás». Mira que tener que recordar eso... Es que estar delgada era como yo qué sé, mala, enferma. Hacía cuatro días de la guerra. Pero no recuerdo el hambre. Mi abuelo se mataba por hacer de todo con el carro para traernos comida. Había una cómoda en el cuarto de coser y, madre mía del santísimo, ¡las telas que había para coser! Los encargos. Yo iba a repartir de casa en casa con mi mano así —hace el gesto de cabestrillo— y me daban propinas. Dos pesetas o tres. No me puedo acordar. Pero sí que venía muy contenta.

Recuerdo ahora la frase del inicio y vacío la maleta, vuelvo a poner todo en las perchas y en los cajones, cuelgo las camisas y el abrigo en el zaguán. La maleta vuelve al altillo.

—La Esperanza era muy recta. La casa de al lado de la abuela Teófila era de una hermana suya, se quedó viuda y no tuvo hijos, la casa era preciosa. Pero como no había pensiones ni nada, se venía a cenar a casa con todas. Me ponían en una mesa grande junto a la ventana a hacer patrones... Madre mía, hasta que no los hacía bien... Qué genio tenía la Esperanza. Debía aprender como ella. Que la academia de corte no se podía perder. La Josefa arreglaba la casa y se venía a coser. Las puntadas de la Luisa eran las mejores. Menudo *frivolité* hacía. Qué señora fue. No quería casarse. Iba arreglada como en las novelas. Pero no, hombres no. No le conocí novios. Ni me acuerdo. La Josefa sí tuvo uno. La quiso uno que trabajaba en un banco, venía a por ella, pero ella escapaba a las habitaciones como gallina sin nidal. No quería ni verlo. Y el muchacho se iba. La Josefa no quiso. Ni la Luisa. El caso es que iban arregladas para gustar, para verse bien. La Josefina era otra, una viejecica, vivía bajando del Santo Cristo, y me gustaba quedarme con ella porque tenía una lumbre con el puchero de malta siempre al fuego. Una vez, ay, qué risa, pensando que era un cocido le eché el adobo salado. Ay, lo que nos reímos.

La niña asiente. Revisita y me cuenta.

Es víspera de Todos los Santos.

No sé por qué el miedo. Es superior a mí. Una vez me dejó la abuela, por no sé qué. Y se tuvo que venir la tía Julia, otra, a dormir conmigo. Contaban historias de muertos. Era la abuela Teófila la que contaba las leyendas de muertos, la que me decía flaca y fea. Disfrutaba. Estoy viendo la casa que daba la vuelta a la iglesia y había allí una señora, en esa curva, a la que le tiraban del pelo por las noches. Encendían las velas para los difuntos, candiles..., y una cazuela con agua y un poco de aceite para que flotaran las palometas de luz. Era gracioso, pero aquello ya te daba miedo.

28

En el cuaderno, cada día todo es más incierto. Habla. Habla en voz alta y mezcla recuerdos. «Se veía mucha Guardia Civil —dice de pronto—. Las calles seguían oliendo a guerra aunque ya había pasado. ¿Era dictadura? —me pregunta—. Nos ponían en fila con el uniforme para ver pasar a Franco con banderas pequeñas en la estación de Romero. Serían cien coches delante y cien detrás. Y allí nos tenían, heladas de frío, a agitar banderitas. ¿Utiel qué era —me pregunta—, de derechas o de izquierdas? Sería de derechas porque allí no pasaba nada. Mucho cura. Aireando sotanas. Don Gregorio vivía en la calle de las Cruces, y bajaba montando escándalos. Ponía verde al que no fuera a misa. Y desde el púlpito decía unas cosas... Luego las procesiones, se hacían con velos, ¡qué amargo!, tapadas nosotras, ellos de traje. Y procesiones por todo. Una tras otra. Te arreglabas con el atuendo bueno, bien calzada. A veces me reía.»

A veces, pienso.

—Tenía un vestido lleno de margaritas —sigue contándome—, de batista, eso era muy bueno, eh, que la abuela lo almidonaba y así me hacía vuelo. Un fotógrafo me sacó un retrato, pero... ¿estará por ahí? No lo recuerdo. Yo quería las mangas más cortas, pero no. La abuela no quiso. La pobre.

—¿Por qué, mamá?

—La engañaron con el testamento. A todos les tocó casa menos a ella y a la Flora. Lo hicieron como quisieron. El Timoteo se quedó como el *hereu*, que dicen en Barcelona. Al hijo, al único hijo, no había que tocarlo. Hasta decidía la muestra de tela que debía llevar cada una. Se lo consentían.

—¿Los padres?

Refunfuña.

—Dominaba la Luisa. Era ella. No los padres, ni la Teófila ni el abuelo Timoteo. Pobre. Una vez lo tiré del abrazo. Venía del correo, del autobús, él estaba en el *porchao*, sentado en la silla, balanceándose, y lo tiré al suelo del abrazo que le di.

Hay un silencio. Se recreaba en la evocación del pasado, la escena entera, vívida como si volviera a la edad del abrazo, como si reviviera una película que acababa de ver, todavía iluminada por el claroscuro de las letras que van anunciando el cierre del cine. «Me acuerdo muy bien de él, de tanto que me quería.»

—El abuelo no iba a misa. Todas las mujeres sí. Pero él se quedaba callado.

Imagino que los republicanos debían callar en tiempos inciertos, silenciar opiniones y sentarse a la fresca de la calle. Todo para dentro. Sentimientos, emociones, miedos.

—... se llevó a la abuela Irene a Valencia y se hicieron una foto. Por ahí estará.

Asiento.

—Él con su traje de labrador y ella vestidita de los años veinte, como una *flapper*.

De pronto, todo se hace silencio, mamá se pone los calcetines, Leo cree que hay paseo, la mira cómo se atusa el pelo que le ha ido creciendo blanco, disparado. «Pronto tendrás más», le digo. Se lo digo siempre, pero el «pronto» me lo niega. «Solo van rápidos los dolores y los días..., ¿y cuándo me operan?», pregunta.

La ceguera.

—El 22 de noviembre.

—Y si no sale bien..., ¿no veré?

29

Veo los nombres de las hermanas de mi padre en la lápida blanca del panteón que compró la abuela Lucía. Están todas las caras, tal como eran o tal como las recuerdo. La Lola, la Luci, la Amparo... Las flores tapan parte de los nombres y de las fechas, el tío Ángel me sonríe. Parece que quiere decirme algo, una complicidad, como si supiera qué piensa el resto y quisiera ser portavoz desde el marquito ovalado. Es fácil romper a llorar porque nada salió bien en ese panteón. Tal vez para ellos, pero para mí fue el bando enemigo. Y esa culpabilidad me duele hasta que una voz imaginaria habla de perdón y quita gravedad a aquellos días. La lluvia en el cementerio a esa hora, en ese momento, no es lo más agradable. El barro frente a los muertos, las miradas congeladas. Los pies encharcados. Y, como si el tío Ángel hubiera hecho su función, sucede.

El niño que pone fin a pasajes que ya no importan se tropieza con la alegría al doblar el bloque de nichos. Es un primo al que no veo hace años, hijo de la Luci y Arturo. Hay algo inusual en él. Mi familia paterna era, ya lo he dicho, una multitud de tíos y primos como hilachos de algodón de una alfombra, confundía sus nombres y no me interesaba saberlos. Como si alguno tuviera la culpa, solo que yo depositaba en ellos otro tipo de fantasmas. La genética y su misteriosa transmisión ejercen en ese momento su función.

«He recuperado a mi hija, he vuelto a verla veintiséis años después, mira. —Busca torpemente en un móvil viejo—. Y soy abuelo. —Se alegra desde sus gafas empañadas—. Tanto tiempo sin hija, y... mira. ¿Ves? Es ella. Me llamó. Consiguió mi número por alguien de la fábrica y... le pedí un minuto para poder hablar. Y ahora nos vemos, primo. Tengo hija. Mi madre se fue con ese dolor. Pero mira... mira esta foto. Es guapa, ¿eh?»

La lluvia. Una foto mojada. Nos abrazamos con la torpeza de los paraguas, pero hay un pellizco de cariño en mi parte fría, rencorosa con el bando que maltrató a mi madre. Se quiebra. Se suelda. No lo sé. Qué ocupación tenían los soldados en tantas guerras para vestirse de uniforme equivocado, el que te dieran, este cargo, aquel oficio, un destino para matar a amigos, para esconderse tras peleas ajenas, para destrozar familias.

El otro primo que le acompaña sonríe. Parece que lee entre líneas.

—No tengo tu teléfono, pero es que yo no soy de llamar —me dice antes de despedirse en la manzana de muertos.

Cuando desaparecen, el relato cambia, la narración muda de pieles y olvido que llevo el paraguas cerrado tras el abrazo. Vuelvo a las fotos. Pido perdón *por lo que sea.* Utilizo esas palabras.

Y miro el espacio vacío sin nombre que dejaron para mi padre. La abuela gallina quería tenerlos a todos en vida y en muerte. Pero mi padre ya no existe. Me pidió lo que hice con sus restos. Leo su nombre en el vacío. Tal vez, pienso, ha llegado el momento de que, al menos, su nombre esté ahí, junto a sus padres.

30

Si no cuento yo esto, ¿quién lo va a hacer? Se quedará perdido entre nichos y cajones que serán vaciados para vender la casa. Llenarán de bolsas todo lo que ahora son recuerdos y en ese momento pasarán a ser trastos inservibles que no caben en otro lugar. El contenedor se irá llenando de mantas que hoy nos abrigan en el sofá, o de cuadros que una vez pintó mi madre de niña en la Sección Femenina, o mis copias para imitarla. El mortero de mármol, los huevos de colores que compró la abuela en algún mercadillo, las miniaturas de bronce. O las zapatillas con las que hemos recorrido caminos, los trajes que a nadie servirán por pasados de moda, algo irá en algún bolsillo, tal vez esa tarjeta que me dieron cuando me hicieron ministro de Cultura y Deporte en la que una cruz marcaba mi lugar. Una cruz. Bolsos, pañuelos, mantelerías, cajitas que hoy son decoración junto a los libros de viajes. El taquillón, el peinador de la tía Gregoria, los abanicos, también los rotos que guardo por cariño, o las naranjas secas de la beata Inés sobre la bandeja de cerámica de Manises. «La compró a los traperos que pasaban por la calle —me explica mi madre—; todo lo que sobraba de tela podíamos intercambiarlo por tazas o jarras de porcelana. Exponían en la puerta de la tía Alfonsa, donde la acera se hace ancha. Se ponían y les entregábamos trapos de la costura a cambio de cerámicas.» Mamá regresa de su sueño para contarme todo. Y miro sus manos. ¿Quién se pondrá sus anillos, sus pendientes, esos collarcitos de piedritas que tanto le gustan?

Los cajones de las cómodas, la del salón y la de su habitación, están llenos de obras de arte de ganchillo, manteles, puntillas, toallas bordadas con sus iniciales, sábanas con las mismas letras. ¿Dónde acabará todo eso? ¿En manos de quién? El niño Jesús, las estampitas que pueblan los libros como marcadores, los rosarios, el monedero último que llevó la abuela Irene, sus gafas, su bata y su reloj.

A veces me acerco y, veinte años después de su muerte, huelo el aroma a Maderas de Oriente.

Me lo imagino, claro.

Me la imagino.

Debo escribir a toda velocidad para que algo quede, fe de notario, de que una vez fuimos, jugamos y nos quisimos. Todo esto no es más que eso: un documento de objetos que desaparecerán, un gabinete de curiosidades, nombres y memoria.

Papá dejó todas sus herramientas en el garaje, ordenadas con la minuciosidad de una abeja reina. He ido regalándolas poco a poco, como si en ese ritmo acompasado fuera yéndose un poco más él. Pero en sus estanterías, que él mismo hizo, sigue la cesta de mimbre con la que íbamos de fin de semana a la playa, el proyector de cine en el que está un recorte de *Grease* y otro de *Tiburón*. Cajas de barnices, otras de membrillo repletas de objetos de fontanería, un gato de coche, otro de camión, la máquina de afilar. Y arriba, la Singer de mi abuela junto a un montón de azulejos de alguna pequeña reforma. La de mamá, en la que me sentaba como en una feria, está en la esquina. El cajoncillo está vivo de hilos, agujas, ovillos y dedales oxidados.

¿Son ya trastos?

Me inquieta quién dormirá en la habitación de mamá cuando no esté, adónde irán sus cosas, esas que dobla cuidadosamente en la banqueta verde. O en los cajones en los que sigue su primera batita de niña, su uniforme de colegio de rayas azules, el mío, los pañuelos de papá sin estrenar en cajas, las botitas de infante hechas de punto con los baberitos. Todo eso. Y el mantón marfil bordado primorosamente que heredó de la bisabuela. Fue pasando de mujer en mujer. Y cuando fue Reina del Fuego se quedó en sus manos. Cuelga ahora de la percha junto a los armarios. «Sin doblar —me dijo—, que la seda se rompe.»

Todo se rompe.

Se tirarán los tabiques, se amontonarán las bolsas, se perderán las fotos aquellas que con tanto esmero fueron a hacerse en tren a la capital. Y me urge escribir para que algo no desaparezca. Ella, la madre, la niña, ya lo está haciendo. Y yo, el niño, me despido poco a poco de él.

Ha dejado de hacer arroz meloso porque el último que cocinó se le quemó; ya no hay membrillo, ni pone solomillo en limón en la nevera para luego freír tomate y juntarlo en una bandeja de barro; la zarzuela de marisco es un sabor pasado, como la paella de los domingos o el alipebre de las Navidades, también los rellenos de cebolla del potaje, los pimientos al horno desmigados con aceite, las albóndigas de bacalao, la ensaladilla rusa, los huevos rellenos, las empanadillas, las morcillas secas colgando de un clavo como en las carnicerías, la orza que venía de Utiel, el sencillo arroz a la cubana para la vuelta del colegio... La torta de moka con galletas, el pastel de limón, la calabaza asada o aquellas papillas de maicena que, por capricho, nos hacíamos para merendar.

Si veinte años después de la muerte de la abuela no hemos podido tirar su monedero, sus gafas, su reloj y sus tocas, ¿qué pasará después? ¿Quién regará las plantas cuando nosotros hayamos muerto? La hierbaluisa la doy por perdida, y la lavanda, y las buganvillas.

Mientras escribo para no olvidar, mamá ha encendido una vela roja en la mesilla de la tía Gregoria. La vela de Todos los Santos. Esta noche la niña pasará miedo. Y aquí estoy.

31

En la habitación del hospital de Alicante no teníamos nada. Llegó en bata para morir, pero —aunque mamá tenía ya ganas de quedarse viuda, sola— hubo que vestir a mi padre con lo que teníamos a mano. De modo que, en aquel juego imprevisible de la vida, tuve que sacar la mortaja, vestirlo de fiesta, y salir en silla de ruedas hasta el coche. Me dio por reírme cuando le dije: «Qué arregladito te vuelves a casa, papá».

Solo morimos una vez. Y aquel no era el día.

32

En la puerta del cementerio de Utiel me conmueve siempre la congoja del tiempo. Cruzo el arco solo, atrás queda el contenedor de restos de flores de plástico donde el enterrador va tirando todo lo que nadie quiere, los abandonados, los muertos sin familia, los olvidados. Me vuelve el recuerdo de mi abuela Irene, del brazo, cruzando el mismo arco, a ponerle las flores al abuelo Victoriano. Parábamos en la sobria y lóbrega caseta del enterrador, cogíamos una botella de agua de las que ya tenía rellenas para la jardinera y le daba algo suelto y, a veces, algún billete para que fregoteara de vez en cuando la lápida. Se saludaban con la confianza de un camarero que ya sabe lo que quiere el parroquiano de siempre. La viuda y el amigo muerto.

Hoy la imito, y tras los buenos días le aviso al enterrador de que ahora vendré a por la botella, que entre las flores y el paraguas no puedo buscar la cartera. «Poca falta te va a hacer, con la que está cayendo.» Sigo a la izquierda, me guía la ruta de siempre, las de los mismos nombres, fotos y cruces. De reojo veo la de Enrique Rambal, el gran panteón de columnas dedicado por el pueblo a su prohombre, por el que yo sentía admiración: actor y director de teatro, maestro del melodrama y empresario en aquellos grandes espectáculos folletinescos, obras truculentas, policíacas. Yo entendía que si ese panteón era así era por algo. Y sentía envidia. No sabía entonces que con él se formaron actores como Ismael Merlo, Carlos Lemos o el grandísimo Fernando Fernán Gómez. Dieciocho giras por América, casi dos mil montajes teatrales, entre las que destacan *Cyrano de Bergerac*, *El conde de Montecristo*, *Miguel Strogoff, el correo del zar* o *El mártir del calvario.*

—A mí, así —decía imprudente.

—Anda, calla y coge la botella —respondía la abuela—. Qué sabrás.

Hoy, bajo la lluvia, me vino aquel recuerdo y sentí el pudor por las absurdas ínfulas de grandeza ante la muerte. Los cipreses más grandes, varios pabellones hundidos, lápidas con nombres desconocidos amontonadas como discos viejos de pizarra y la brújula del niño que fui, sin su abuela de la mano, hacia la triste meta. Iba mirándome en los charcos y haciendo equilibrios con las flores.

Tras llegar, pliego el paraguas, olvido la tormenta, encajo la jardinera, pero antes arranco con la uña el papel sobre papel y papel, como cal de una pared vieja, en el que año a año la florista ha puesto el nombre de mi madre. Es la primera vez que me doy cuenta. Me apesadumbra leerlo y lo arrugo en la mano sin soltarlo hasta que abandono el cementerio.

Victoriano, Irene, Rafael... Las fechas de nacimiento y las del adiós. Tu mujer, tus hijos, tu familia. Se va reduciendo el árbol genealógico y se amplía el que duerme tras la cruz «sencilla» que eligió la abuela. Toco los nombres como si rozara sus cuerpos, retiro el agua de la lluvia para leerlos bien, como si me hubiera equivocado, pero no tarda en apagarse la letra, borrada por el mal tiempo que hoy todo lo cubre de nubes. Cuando desaparecen los nombres salgo. Otra vez.

En la entrada digo adiós a las hijas del Mercé, aquel bar en el que tantas cervezas se bebió mi padre y en el que tantas horas perdimos sin llegar a casa a la hora de la comida. No sé qué palabras nos cruzamos, ya no las escucho, disimulo las lágrimas ahogadas hasta estar en el coche.

En el espejo se refleja la tumba de Utiel a Rambal, en la que nadie ha puesto flores.

33

Leo ha puesto fin al verano comiéndose la última mosca del otoño. Ahora empieza a buscar hueco cerca de la estufa y se acurruca entre unos almohadones que, con los dientes, alcanza del sofá, y se coloca a su antojo en el suelo. Ya ronca.

Eso me da la tranquilidad del invierno que se acerca.

Pasé de la infancia a la literatura sin transición. A bocajarro en uno de estos caminos, similar, lleno de lagartijas ahora escondidas por el frío que ya eriza la piel. Por eso los paseos empiezan a hacerse cortos, más rápidos y con pugnas con doña Leo para que se pare menos entre las hierbas. El suelo está húmedo, le digo, vas a llegar hecha un asco. Pisa por donde piso yo, pero es una provocadora y basta que dirija ligeramente con la correa para que ella meta las patas en los charquitos de la noche. La regaño. Ella cree que es divertido. Y vuelve a buscar dónde hundirse, para mi disgusto. En la rivalidad gana ella porque ahora me toca caminar más para que se le seque —creo que lo sabe— y andamos hasta el nuevo instituto, de sendero en sendero, por los olivos, la granja de caballos, las acequias en las que se mira si llevan agua. Algún bichillo la despista y me pide que la suelte de la correa.

—Va, anda, corre, pequeña. Corre.

Y veo al crío que no se manchó de vuelta al colegio para que no le riñeran. Y en esa felicidad de saltos de mi perra se cuela la mía, la anestesiada por otras batallas. Me hace sonreír porque cuando se mete en otro charco, más hondo, más embarrado, clava sus dos ojos negros y perfilados en mí, provocando.

Tal vez me manché de niño, seguramente, pero no a propósito. Y eso echo de menos, al niño crío que ahora voy despidiendo, si no se ha ido ya. Un chaval sin corazones en los árboles del colegio, sin equipo de fútbol y sin besos furtivos. Qué hostil puede ser la infancia y qué fácil me resultaría ahora edulcorarla como han hecho tantos en sus relatos. Con quién he de litigar, en qué ventanilla se pone la querella, qué formulario relleno para quejarme por ese robo.

—¿Leo? ¡Leo!

La he perdido de vista. Acelero el paso. No está por las huertas cercanas, ni en los cercados, me hundo en los sembrados, húmedos, la busco a gritos. No puedo perderla porque es la alegría de este tiempo de otoño.

—¡Leeeo! ¡Leeeeeo!

Regreso sobre mis pasos, acelero, me cuelo en la entrada de la granja de patos, en la de caballos, al olor de la mierda. Nada.

—¡Leo! —más fuerte—. ¡Leíto!

La ansiedad surge como nacía en aquellos años, preso de otras voces y otras leyes. Agito la correa en el aire, contra las ramas de los algarrobos, a ver si oye el cascabel de la muñeca. Nada. Doy más golpes y lanzo más gritos. Más fuerte. Más preocupado. Más inquieto y ansioso ante la posible pérdida. Me agito entre los campos, ya no respeto senderos ni vallados, salto las acequias y, exaltado, la busco a voces.

—¡Leo! ¡Leíííto! ¡Ven! ¡Vamos a casa!

Y, tranquila, aparece tras un olivo. Donde supongo que habrá defecado. Me lanzo a ella y la ato a la correa. Es mi primer instinto. Después la acaricio y la riño como a un crío rebelde que, tal vez, perdido, ha disfrutado de su despiste. Va sucia, sucia como los asnos de Juan Ramón; y yo, al mirarme, voy como ella: de barro hasta la cintura, el pelo lleno de ramas, las manos, de arañazos. Y cuando sus azabaches me miran, perfilados como las moras, me río.

—¿Lo has hecho aposta? —le pregunto.

Sí, me dice. Para que juegues. Para que te manches conmigo. Y para saber si me quieres cuando me buscas.

Me lo imagino. Me lo imagino, claro. Ninguna herida cicatriza con los años, pero puedes dejarla sangrar. Me conformo con imaginar cómo habría sido la niñez. Difícil, porque las palabras de los adultos nunca significaron lo que decían. Y porque aquel niño que ahora se despide de la infancia se ovilló a la espera de alguna primavera.

Mi padre está muerto.

Mi madre teme su llegada.

El hijo, el buen hijo, se ha perdido y se deja llevar por los días, los trabajos y las palabras. Hoy no es ayer, y aquel ayer está ahora lleno de barro. Como Leo.

34

Una tarde me asomé a la ventana, llegaba papá en coche de su trabajo. «¡A la mesa!», gritaba mi madre. Yo creo que venía borracho y sin hambre. Habría estado en alguno de sus bares, donde otros hombres le entretenían, se entretenían, para no llegar a sus casas a la hora. Yo tendría ocho o nueve años, consciente de mil cosas a pesar de los años setenta, en los que todo era más cerrado, menos ventilado. No tardaron los chillidos, las voces, las exclamaciones y los avisos de «está el niño», como si fuera novedad verse entre disputas. Los «me quiero morir», los «haz lo que te dé la gana», el «me voy a la cama» y los baladros desde la mesa hasta el pasillo. Sería sábado porque yo me metí en mi habitación a pintar, los colores siempre me salvaron de la oscuridad.

En ese momento solo tenía miedo.

Ahora, tantos años después, me da pena que nadie fuera feliz en aquel entorno de lamentos y quejas, estados carenciales de tranquilidad.

En la mesa camilla, cuando llegaba el tiempo de comprar postales de Navidad en la papelería de la Estrella, escribíamos «Feliz Año Nuevo» y «Feliz Navidad» muchas veces. Pero no me lo creí nunca. Porque nunca lo fuimos ni lo deseamos de verdad.

35

En el coche, mamá dijo que se iba a tirar. Yo iba detrás, con mi muñeco. Papá la llamaba puta muchas veces. La noche la habíamos pasado en el restaurante del Vegano, papá perdió el dinero porque siempre lo llevaba todo encima —todo lo que corresponde a un sueldo de camionero de 1975— y yo, cansado, pedí las llaves y me dormí en el coche hasta que aparecieron. Oí las puertas, entraron y arrancamos en dirección a Buñol.

Mamá amenazó con tirarse varias veces. Yo, llorando, agarraba su cinturón y gritaba que no. Papá decía que hiciera lo que le diera la gana. El coche seguía a la velocidad de siempre. La noche era de lluvia. La puerta se abrió. Mamá se soltó el cinturón. Y mi «nooo...» ahogó el episodio.

No sé cómo puedo escribir esto.

No sé cómo pudo pasar.

No sé qué habría pasado.

—... Nooo... Si te tiras tú, me tiro yo —dije.

Un niño.

36

La mortaja de papá volvió a quedarse colgando como un ahorcado en mi armario. Recuperó la ropa cómoda para estar en casa y no tardó en llegar el alzhéimer. «¿Quién es este perrito que anda por aquí lamiéndome las piernas?» Primer aviso. La mirada perdida. El lápiz en la mano durante horas frente a una palabra de la sopa de letras que durante años hacía hasta comérselas de pura velocidad. Papá ya era otro padre. Un padre que se hace pis, que no camina, que aparece en el suelo si sales un momento. «No te muevas, papá, ¿eh?, que tardo poco.» Y la mirada. La sonrisa que parece cómplice. Los medicamentos. La imposibilidad de vivir con tantos tratamientos.

Papá me regaló tres años de vida en los que desapareció el rencor, olvidamos los miedos y nos empezamos a observar como siempre debimos haber hecho. Un padre. Un hijo.

Le prometí que, si se curaba, saldría de la residencia en la que tuvo que ingresar. Mamá, anciana, era incapaz. Mi trabajo me impedía estar todo el día, todas las semanas. El corazón se agitaba a cada llamada. El qué pasará se fundió con pastillas, médicos y psicólogos. La muerte, otra vez, se anunciaba. Esta vez en serio, aunque mamá, con esa ironía que poco a poco ha perdido, decía al teléfono: «Tranquilo, que tu padre es como los gatos. Son siete vidas».

Era la última.

Subíamos a visitarlo a la montaña donde estaba la residencia y desde la que se veía la bahía de Altea en todo su esplendor. En su cuarto pusieron mi nombre y mi foto. «Es tu hijo —le decían—. Estarás orgulloso.» Asentía. Pocas palabras. Cada vez menos. Sabía que ese lugar era la antesala de la muerte. Y cuando mamá se iba a hablar con las enfermeras o a pedir algún café, un refresco o unas patatas fritas en el bar del salón común, papá me lloraba con la intensidad de un niño.

—Sácame de aquí, por favor.

Yo me tragaba las lágrimas y, a pesar de la vida, estaba de su lado, ignoro el porqué. Como también ignoro por qué mi madre quería subir a verle todos los días, o día sí, día no, aunque no se dijeran nada. Tal vez eso, el no haberse dicho nada, era lo que taponaba el vómito. Qué zozobra habita de pronto entre dos seres de los que no tengo ninguna foto juntos. Qué intranquilidad paraliza la vida. Y qué impaciencia por irnos de allí.

—Recuerda lo que te he dicho.

—No te preocupes —respondía lejos de mamá—, cuando te pongas bien. Si te pones bien, si puedes levantarte algo de la silla e ir al baño, te vienes a casa.

Era mi promesa.

Los meses pasaban.

Los meses pasaron.

Dejó de suplicarme, como si hubiera asumido que ni su hijo le haría ya caso. Nos sentábamos en la terraza, bajo los pinos de la residencia, y pedíamos algo de beber, con alcohol para mí, sin para él.

—La cerveza así no es lo mismo.

—Ya lo sé, papá. Pero... los medicamentos.

—Vale.

El buen hijo y, de pronto, el buen padre.

Las conversaciones eran escasas, cuatro palabras alrededor del tiempo y de mi trabajo, que yo relataba para regocijo de los amigos que se había echado allí. Pepe, un emigrante socarrón que había tenido una vida dura, pero que le daba la vuelta. Me hablaba de Grenoble, y decidí adjudicar ese pueblo a uno de los personajes de una novela que andaba escribiendo por aquel tiempo. Pepe hacía de portavoz de mi padre. «Está bien, está bieeen, tranquilo. Aquí nos cuidamos.»

Pero papá, cuando llegaba la hora inventada de irse, me lloraba y yo sacaba fuerzas para mentir y, utilizando a la perra, se la subía a las piernas y se besaban. Doña Leo hacía la función de psicóloga. Y la despedida era rápida, quirúrgica. Mamá le estampaba un beso y yo le abrazaba con la incomodidad de los resentimientos apocados.

Así pasaban las tardes.

Incluso la Navidad.

Cenamos los tres junto a decenas de abuelos y abuelas abandonados, sin familias, bajo una decoración de colegio, frente a un menú infantil y anodino que servían las enfermeras con fingida felicidad.

Tal vez ha sido la Navidad más verdadera de mi vida. Dios está ahí, entre los viejos. Seguramente porque los está esperando uno a uno. Y, de manera consciente, lo notas. Son figuritas de belén que se rompen, que van faltando a su silla; este un año, aquel otro, los demás resisten, pero llega. El final está cerca. Y nadie es ajeno a esa sensación que perfuma de pis y colonias de niño toda la cena.

No sé qué tarde sucedió. Papá, extrañamente, estaba mejorando. «Mira —hacía fuerza con los brazos, como la que siempre tuvo—, puedo levantarme. Me dijiste...»

—Ya veo, papá. Qué bien. ¿Te pido una cerveza?

—¿Sosa?

—Va, ahora que no está mamá, una a medias. ¿Te parece?

La sonrisa de los ancianos es la más hermosa que existe porque es un regalo. Hay algo de pueril, ilusionada y vagamente inexpresiva, pero que llena y oxigena todo.

—Las niñas van a venir a verte —le dije.

No contestó. Estaba esperando a que mamá hiciera su rutina de ir a saludar a los demás ancianos y al personal del centro. Cuando vio que ella no estaba a la vista y, sobre todo, que no nos podía escuchar, lo soltó:

—Debes ayudarme en una cosa. Debes coger el teléfono ese en el que siempre encuentras datos y nombres. Debes buscarla.

No entendí nada.

—A ella. A mi primera novia. Estuve enamorado. Ella debe de estar ahí, en tu teléfono. Búscala. Mira dónde vive, cuéntale. Dile...

Mamá llegó con dos refrescos y una bolsa de patatas fritas.

Papá, al verse sorprendido, rompió a llorar. Jamás ha llorado tanto. Mamá le preguntaba que qué pasaba. Qué le has dicho. Qué sucede.

Mi padre negaba con la cabeza como diciendo «no digas nada, prométeme que no dirás nada». Pero no paró de llorar.

Solo cuando Leo subió a abrazarle, se calmó. Y entonces nos fuimos.

La verja se cerraba automáticamente.

Me giré.

Papá me miró.

«Búscala.»

37

Ahora mi madre, ensimismada, mira una foto que ha encontrado entre unos Evangelios que, ataditos con goma, pertenecían a mi abuela y que han estado esperando el momento de aparecer entre mantelerías y bordados del aparador. En la foto aparecen los suyos. Me señala a Teófila Gandía López y a Timoteo Martínez Perea. Sale la historia de sus manos temblorosas, «¿lo ves?, otra vez este temblor. Antes no me pasaba», con el verbo joven de narradora en el que aparecen vivos en su mirada. «Timoteo era carretero, bien buena persona, me quería mucho. Y yo a él. No me acuerdo mucho de aquellos días, pero surgen... Momentos sencillos. Yo era como una caña, y me decía que mojara, que comiera. Era delgadísima. En la calle Real ponían la feria, puestos de melones, era un fiestón. Lo metía al pozo y lo sacaba después de comer, en el *porchao* donde teníamos la cocinilla. Yo le llevaba el almuerzo que hacía la abuela y me iba a la trilla a la hora del descanso. Y corría feliz a dárselo. Pero eso en vacaciones, porque la abuela no quería que faltara al colegio, ella deseaba que estudiara. No tardaban las insolencias, "qué fea estás tan flaca", marcadas en la nuca. Él sí me quería. Ella era *rebordecía.* Él no.

»¿Qué sería de la familia que se fue a Buenos Aires?

Era hermano del abuelo. Pero la pobreza lo echó de aquí. Jamás se supo.»

Escucho el recuerdo a sabiendas de que aparece muchas veces en su cabeza. Los emigrantes que se esfumaron formaron vidas, otros mundos que no eran —según las primeras cartas— como las tierras de Minglanilla.

«¿Tuvo algún problema y se murió...? Aquí había trabajo, el molino de yeso. Se marchó solo. No sé si era un valiente o... no sé. La habitación de los abuelos era blanca, con el suelo de yeso. Yo dormía con la tía Luisa en una cama pequeña.

»En una de aquellas mañanas tardé en llegar a casa. Había ido a la carnicería y el camino se me hizo largo. Pero ¿qué te ha pasado, hija?, me preguntó la abuela Irene. Y yo, llorando, venía escocida, con las piernas sangrando, nadie me lo había dicho. Era la regla. Y vine poquito a poco. Poquito a poco.»

Deja la foto en la caja donde guardamos las que vamos encontrando como flores silvestres que nadie espera y que cuentan sin querer alguna historia.

Mamá las esconde. A veces, la rompe.

«La casa tenía dos puertas, una para las mulas y otra para nosotros. Había un portal con sillas a los dos lados, y tras las puertas de cristal, verdes, muy bonitas, estaba el comedor, una chimenea muy alta y muy hermosa daba la vuelta hasta la pared. En la pared había cuadros. Nadie se estimaba las cosas, seguro que se tiraron. Yo tenía una silla para mí, altita, para comer en la mesa. Me la hicieron, era la nieta mayor. Detrás había un armario de madera para el *vedreao*: los platos, los vasos, las cosas de cocina. Y alrededor más puertas, de habitaciones. Dos. Una pequeña para el hijo mayor y otra para los abuelos y la tercera para las hijas, todas juntas. Había una puerta que subía a la cámara, con la leña, el aceite, los jamones colgando de las vigas... Y me acuerdo de ver el corral, con otra cocinilla, donde la abuela hacía las conservas, la matanza, estaban las gallinas y los conejos... Y el basurero para hacer caca. Luego se inventó el váter, pero no sé cuándo. Cuando se casó Timoteo ya pudo dormir ahí otra de las hermanas. Iba ventilándose la casa. Luego se casó la Flora, pero se separó. Hubo un follón gigante. El marido iba al campo y la maltrataba. El abuelo se enteró y la rescató. Aquel se fue a Alicante y allí se colocó. Parece que respiramos, que la tía empezó a dormir sin palizas. Pero la llamó y ella regresó con él. Otra vez. Un coche la esperó, la Flora con su maleta se subió al vehículo y se marchó.»

El silencio regresa como una elipsis.

No todo está en la memoria, desaparece como las aguas sucias por los desagües.

«Metía la mano en la orza y sacaba una longaniza, qué buen sabor el de los adobos. Le pedía a la abuela que la hiciera igual. Eran como chorizos. Mataban tres o cuatro cerdos. Claro, eran todo gentes del campo. Había que alimentar. Pero no me engordaba nada, "como un palo". Mis vestidos estaban llenos de dobladillos por si crecía, por si engordaba. Vestidos de colores, salmón, malva, con batista perforada en el cuello... Ay, ese se me enganchó en la feria, en los caballitos. Se rompió con la barra que subía y bajaba y... rompí a llorar. ¿Esto te lo conté?»

Mamá me cuenta las cosas una y otra vez. Hay algo de memoria y mucho de despedida. Cierra los ojos, echa la cabeza hacia atrás, con la mano izquierda se cubre el ojo destrozado por el cáncer y pregunta por las pastillas. La niña ya no está. La anciana duerme mientras la miro.

38

Yo no me tiré del coche. Mamá tampoco. Papá siguió conduciendo por la Nacional III hasta Buñol. Fui agarrado al brazo de mi madre por el hueco que queda entre el sillón, el cinturón de seguridad y la puerta. Así pasaron los kilómetros que separan Utiel de Buñol. Hileras de coches, atasco de domingo, luces rojas haciendo serpientes por la carretera. Miedo. El clic del seguro.

Si te tiras tú, me tiro yo.

La voz baja de un niño, la amenaza de una mujer. El terror de un hombre borracho al volante.

39

En el camino con la urna de cenizas hacia el acantilado, el peso de padre se hace grave. El sol calienta la nuca y ahoga la respiración asmática en la segunda curva, cuando los pinos inundan todo de belleza. Paro. Me siento con su compañía en un banco que da al mar, como nunca hicimos, padre e hijo, pegados y disfrutando del paisaje que regala ese día de septiembre. Un día bonito en un sendero que jamás compartimos. ¿Te gusta? Se ve bonito el mar, aquello del fondo es Calpe, desde aquí parece Gibraltar. Y dicen que en días más claros... ¿Más que este?, creo escuchar su voz. Mucho más. En días más claros se columbra Formentera. ¿Y aquello? Es la piscifactoría. ¿La que parece una jaula desde la orilla? Esa. Ensucia el paisaje, pero, a pesar de todo, es un lujo este lugar. Nunca me habías traído. Nunca habíamos paseado juntos. Así. Así como ahora.

Deberíamos haberlo hecho, ¿no crees?

Sí, papá. Pero...

Ya lo sé. No digas nada. Pasó.

La vida se ha ido.

He vivido. Ahora tú. Cuida del coche, no des acelerones. Recuerda llenar el depósito, que siempre vas en reserva. Y mira la presión de las ruedas. Y el aceite. Haz las revisiones, que llevas muchas ITV y los coches con tanta electrónica lo mismo fallan sin saber. Y...

Qué, papá.

Nada. Que... que te cuides mucho.

Tú también.

Sucede en mi cabeza de manera tranquila, mirando el azul, los barcos sin velas parados en la bahía, figuritas que parecen niños en la orilla jugando como nunca jugamos. No hay preguntas, ni quejas, ni lamentos, tampoco querellas, ni clamo al cielo. Solo suspiro en una exhalación con carácter retroactivo, hundo el pecho y ahogo los hipos y las penas. El mar está hermoso, como un plato, azul índigo, azul verdadero, el único azul que merece la pena, añil en la inmensidad de la despedida. «Papá...»

En ese banco del camino hay un hijo y los restos de un padre, cenizas, como las de sus puros caliqueños.

Pasa una pareja con gafas de sol y les sonrío para disimular las lágrimas.

Ni ella ni él me hacen caso, seguramente ni me han visto entre los pinos, y siguen su ruta. Los veo alejarse como cuando —supongo— alguna vez pasearon mis padres por algún lugar de Utiel. Tuvo que pasar.

Tuvo que pasar. Repito.

Hay un mundo invisible ante nuestros ojos, los de los hijos, sin notario que certifique nada, un tiempo que está lleno de muertos que narran qué pasó, cómo pasó y qué se dijeron. La normalidad se convierte en misterio. Todo eso se irá al fondo del mar, como se irá papá, tal y como pidió en una sobremesa, sin palabras, sin recuerdos. La vida que no fue mía tendré que inventarla para poder sostener algún resquicio de amor que justifique mi vida. Seguro, me juro, que antes de todo lo infame se encendió alguna cerilla, breve, pequeña, de amor. Algo.

—Vamos.

Le hablo a la urna, pero es papá el que pesa.

Es ahora cuando recuerdo la frase de inicio: mi madre habría sido más feliz si yo no hubiera nacido. Y pienso: papá también.

Tras el túnel que atraviesa la montaña ya se ve el final, de manera absurda freno el ritmo, como si con eso mantuviera con vida al padre para poder seguir hablando con él. La falta de lógica de la culpa, de la muerte que no cicatriza las faltas y que tampoco se explica sin perdones. Qué multa me pondrá la vida mientras el recuerdo siga como un yerro, ¿es esto condena? Culparse como católico, como crío lleno de carencias; la infracción de la memoria va acompañándome a cada paso. Y desde entonces, a cada abandono del recuerdo, con una evocación, aparece. Y no es la versión infernal, sino la afable, la incomprendida. Es ahí donde padre e hijo nos encontramos, en la caña del bar y en los humos ajenos, en la gasolinera, en el cajón de las herramientas, en la siesta, en el ronquido o en el apetito cuando me acerco a la barra de un bar de carretera. La imagen de papá es ahora honesta, bastante diferente de la que viví. Pero es esa. Sana, incluso, diría. Y sana caminar con la urna hacia la despedida que no es sino el inicio de una nueva oportunidad.

Los pinos se agitan, una culebrilla cruza el camino, las mariposas de exagerada belleza colorean el romero, y de ahí al esparto, a las lavandas, y se paran en la barandilla de madera para mirar, como yo, el mar.

—Mira, qué bonito.

—Te lo dije. Yo quería mar.

—Pero casi me ahogas cuando me enseñaste a nadar. ¿Lo recuerdas?

—No seas lila. Era solo un juego.

—Pero me diste miedo...

—Siempre me has tenido miedo.

—¿Qué quieres que te diga, papá? No has sido bueno, ni conmigo ni con mamá.

—...

—No contestas.

Responde el viento llevándose de allí las mariposas y levantando polvo del camino al girar la curva y quedarnos parados en el saliente de la montaña. Cierro los ojos para no llorar. Cuando los abro hay una ardilla mirándome, parpadea y presume de cola. Hace monerías para robarme los pensamientos, se friega las manos, olfatea y duda al cruzar el metro y medio de pista. Nos miramos. Huye al segundo, cuando en mi recuerdo aparecen las que el tío Ricardo tenía disecadas en la entrada de su casa, cerca del ferial. De niño pasaba la mano por la piel y me observaba del revés en el cristal negro de los ojillos puestos como canicas. Estaba fría, como los muertos, pero la apariencia era vital, pillada en la fotografía de un salto desde una roca.

«Anda, sube. Deja los bichos.» Parece que escucho a la Manoleta invitándome a tomar un vaso de leche y algunos dulces. Allí sí. Allí papá era otro. Como el de ahora tal vez: un hombre bueno de cenizas.

Tres días antes, una llamada fue directa al grano.

Su padre acaba de morir.

No hacen falta muchas palabras para acariciar el último recuerdo que viene a la mente en ese momento: un libro de pasatiempos de sopas de letras sin acabar en la mesa de la playa. El bolígrafo suspendido entre sus dedos, el alzhéimer comiéndose el cerebro, las letras bailando en su cabeza, la pausa en su mirada hueca y tierna. El sol, igual al de ahora, tamizado por las cortinas, la perra en el suelo, el café frío en la taza y el sonido del aire acondicionado del bar soplando como un barco rumbo a ninguna parte.

¿Qué palabra se quedó sin encontrar papá?

No explicaré nada de lo que sucede en ese instante en el que el hijo avisa a la madre-esposa. El coche va solo en una vuelta a casa que jamás has hecho. La vida ha puesto un punto final. Y sabes que se guarda en la recámara unas cuantas balas para disparar cuando le dé la gana y que harán todavía más daño. Vivir no es tan difícil, y el recorrido tiene la posibilidad de ser un juego macabro.

Mamá tenía razón: tu padre ha tenido las vidas de un gato, siete. Las siete las ha gastado. Y en todas nos hemos despedido de él. Ha jugado.

El viento se levanta de nuevo, los pinos aplauden y ajusto la bolsa con la urna a mi espalda.

Ese es el lugar.

Escalo las rocas.

Salto la muralla.

Al bajar las maderas de la valla, papá me golpea en la espalda como su último toque de atención para que tenga cuidado. El suelo resbala, me dice. El mar está a muchos metros a nuestros pies.

¿Y si morimos los dos?

Ese pensamiento durará años, crecerá con la dimisión del ministerio y se agudizará con la vejez de mamá. Morir como solución a todo.

El peligro de haberle perdido el miedo a la muerte se convertirá en una extraña seguridad. Un qué más da. Los muertos no existen, no se ven, la televisión los borra, todo sucede en la oscuridad de las noticias y ni una pandemia mundial ha sido capaz de enrojecernos las caras con la muerte de miles, millones. Muchos, abuelos. Y los abuelos son viejos. Y la vejez no se fotografía bien. De niño veía los funerales, los féretros saliendo de la iglesia, a veces con banda de música, familiares y amigos acompañando al viejo. Y el ritual era, con su dolor, hermoso por la despedida. Pero, claro, soy de pueblo. Y en los pueblos la vida es como un ultramarinos donde todo sucede cerca, donde todo lo encuentras y hasta la muerte coincide con la calle de la vida por donde pasa la fiesta y la procesión.

En un pasaje de *Vivir no es tan divertido, y envejecer, un coñazo,* del irónico Óscar Tusquets, que seguramente ha contribuido a que yo esté escribiendo este libro, invita a que mientras nos quede algo de tiempo y un mínimo de salud no renunciemos al placer de conversar, a la belleza de personas y obras, a las risas con amigos, a acariciar un perro.

Doña Leo me mira mientras copio este texto y viene a decirme que papá ya no está, que no existe la posibilidad de curar el desencuentro de cincuenta años, que el niño se ha hecho mayor a su pesar, sin disfrutar de infancia, adolescencia y flecos de la madurez. Que la acaricie y respire. Que tire las cenizas. Que diga adiós y bendiga un hola, un buenos días, un buenas noches. Que la saque a pasear, que tiene cosas que decirme que solo ella sabe.

Y hago caso. Mi Platero me tira corriendo hacia el sendero del tío Tripa, donde se ve el cementerio viejo, vacío de muertos, lleno de flores, hiedras y un pino gigante que regala una sombra para los vivos. Olfatea unas flores que no sé cómo aguantan en este frío noviembre y hace pis libremente sobre ellas. Así es la vida. Siempre podemos mearnos sobre la belleza y seguir danzando sendero arriba, hacia las oliveras, los algarrobos y las huertas de los viejos que en pocos metros plantan sus cultivos para alargar los días y mantener la cabeza activa.

«Hola», digo alargando la o.

El anciano levanta la barbilla y vuelve a bajar la mirada a la tierra, a esa que será nuestra casa eterna.

El mar rompe en las rocas. Le digo a papá que perdón y gracias, que ha llegado el día de decirnos adiós. Abro la urna y el viento aparece para reírse de mí contaminando mi respiración de cenizas. La cierro. Me limpio la cara. Intuyo que era un beso. Y, con toda la fuerza que me queda, lanzo a mi padre al mar. Lo veo de joven saltando a la piscina de su pueblo, chuleando con los amigos y sacando a alguna muchacha a bailar en la verbena de la Alameda. Tardo en escuchar el final de ese viaje, cuando un golpe seco me descubre que papá ha preferido descansar en la última roca del acantilado y no en el agua. ¿Bromeas?, le digo. Me quedo aquí, hijo, estaré mirando el mar antes de largarme. Ahora —le escucho perfectamente— te toca a ti. Vive.

Lloro hasta encogerme en un ovillo que el viento agita con demasiada fuerza. El miedo me saca de ese risco, digo adiós y, sorprendentemente, de vuelta a casa, noto una paz que nunca tuve. El peso del padre.

40

La voz de mamá es igual de joven que siempre, a pesar de su temblor, la artrosis, el tumor, la operación de cataratas, las inyecciones de Nolotil, los ansiolíticos, la calvicie y los pasitos lentos acompañados de lamentos de la cocina al salón. Se toma la tensión, la fiebre, y se pone la manta eléctrica. Llama al médico y me pide que baje a por las recetas. Se interesa por el cirujano que la operará el próximo lunes y me dice que tiene miedo. Yo la intento apaciguar con las fuerzas que me quedan, con un «tranquila, mamá». Pero al repasar lo que sucede me doy cuenta de que detrás de todo hay ganas de vivir, que exige a los días más horas, que en ese egoísmo de querer tenerme cerca hay amor, mal gestionado, pero es amor. Y no seré yo quien diga ni explique cómo debe uno distribuirlo. De ahí su genio, su rabia, sus celos de mi pareja, su rebote matutino, su largo y pesado enfado con la vejez. Dentro sigue la niña. Y la adolescente feliz. Y la joven Bacall que odiaba al de las gaseosas. La viajera, la buena hija que escribía cartas y enviaba latas de conserva a sus hermanos en África, la mujer que aprendió a pintar cerámica y óleos, la que se colgaba de las espalderas con las amigas de la Sección Femenina en Segovia, o Irún... o Valencia. No lo sé. No sé nada de ella. Solo intuyo entre sus silencios, los que se llevará para siempre a su cielo y que quedarán en los márgenes de las fotos en blanco y negro que todavía no ha roto.

Abro la caja, al azar, cojo una.

Mamá está feliz.

Mamá fue feliz.

No vale la pena mirar ni hablar del ayer, lo decía Carroll, porque entonces éramos —era ella— una persona diferente. Pero esa caja de fotos que se mantiene como un reloj parado sirve para tener constancia de que la vida de hoy no hace justicia con el ayer. Un termómetro, una botella de alcohol, una manta eléctrica, una lupa, una bolsa de pastillas, la misma ropa gris y azul, la manta de la abuela, la mirada ausente, las llagas en la boca, la ira, el rechazo a los afectos, los olvidos, la obstinación para conseguir sus fines, los que antes eran vida normal... No escucha consejos ni atiende a razones y, sí, se ofende por nimiedades y, como Séneca —lo dijo de alguna manera no sé dónde—, mamá se parece a un edificio que, al derrumbarse, se hace pedazos sobre aquello mismo que sepulta.

Mamá es, en este invierno de improviso, incapaz de mantener la calma en la que los nervios revolotean como avispas a punto de picar. La ira no se reprime, cuando lo ideal sería dominarla, contenerla para que no se convierta en dolor. Pero nadie nos avisó de esto. Nadie. Tras esas fotos de abuelos dulcificados por la publicidad hay también, seguramente, furia, dolor y rechazo a los afectos. Y ese reloj o las campanas que suenan y que ahora detesta —«¡Cierra la ventana, maldito cura, otra vez!»— y que de niña sonaban a fiesta.

Ignoro cómo gestionar los días que nos quedan. Pero el invierno ha llegado. Hace frío.

Hoy, finales de noviembre, soy consciente de cómo los niños —pienso en infancias— se han ido, la tuya y la mía, mamá. Y sé, me faltan refranes, que echaré de menos cómo buscas torpe de visión una lima roja de las uñas rotas por la quimio. Y diré con más razón que nunca aquello de *el corazón roído de culebras, ¿está en ti, Noche negra? Frío, frío, como el agua del río.*

Tendrá que ser.

Dices que no distingues mi cara desde tu sillón, que no ves mis ojos, que todo es borroso, y mientras parece que la frase acabará en un gesto de cariño, en una conversación amable de madre e hijo, salta la ira. Tu ira. La que aplacas con agua que se derrama al suelo porque no aciertas con el tapón de la botella.

Aprovecho para mirar a Leo, que duerme a mi izquierda con los ojos entornados sobre la toca que fue de la abuela Irene, morada y negra. ¿Que por qué detallo los colores? ¿Que por qué digo lo de la lima roja? ¿Que por qué resalto el tapón de la botella y tu ropa? Porque no habrá nadie después que recuerde esto. Aquí se muere el niño, se funde como la lava de ese volcán de la tele y arde junto a los recibos de la luz que utilizamos para encender la leña. Si no soy yo quien lo cuenta, habremos muerto antes de tiempo. Y frente a la incertidumbre solo cuento con la memoria y la mirada. Más allá de los años, del tiempo, será una ficción caprichosa que se resumirá en dos frases, un olor imposible de recordar y una foto nuestra. De ahí que tu iracundia no quiera relatarla en este libro que no es libro, es el texto de un hijo superviviente.

Y equivocadamente vivo como si llevara otra vida en la maleta, a lo Hemingway.

Tengo cincuenta años, he vivido un montón de experiencias y, si me acuerdo, algunas locuras para poder sonreír en el futuro. Pero, como los libros representan el hoy, el hoy es duro. Más duro y más áspero de lo que nunca imaginé de niño. Cuando todo olía a pegamento, a goma de borrar y a libretas nuevas, el futuro era una odisea en el espacio. Ja. El espacio es este salón de chimenea, leña, perro y madre en el que habitamos con apegos feroces. ¿Cómo hacer para quererse bien en esta despedida? ¿Cómo sacar un tema de conversación que no derive en un agrio debate, en la exasperación de la que ya no es? ¿Cómo volver a la niña? ¿Cómo hacer que hable el niño?

Hemos muerto. Ya hemos dicho adiós sin despedirnos.

41

El invierno ha llegado a casa.

Lo esperaba, aunque solo fuera porque viene tras el otoño. Así es la vida. Doña Leo lo sabe, se aleja de mí y busca los pies de mi madre, se tumba en su cama cuando ella no está y se acurruca en sus almohadones del sofá, sintiendo el calor que cada día es más frío.

—Me he asustado al verme en el espejo. Es una arruga de golpe. No es mi cara. Esta no es mi cara. Ha sido en cuatro días... o cinco. Yo qué sé. Los brazos se me caen, es todo entero otro cuerpo.

A pesar de la razón, yo sí veo a mi madre. Está ahí, tras todas las arrugas profundas, hondas e insondables, las físicas, las anímicas. Todas van en contra de cualquier atisbo de ánimo porque son el enemigo de una batalla que no hemos buscado. La más dura, la más cruel: con uno mismo. Envejecer.

—Me hago a la idea y ya está —dice de pronto tapándose la cara.

Yo veo a la que conocí a los treinta y tres años. La primera cara que me besó, me abrazó y me consentía con papillas de maicena dulces a base de leche condensada. Veo a la oficinista de la tía Vicenta, haciendo facturas y subiendo a toda pastilla la escalera de Garcés Vericat a

Salvador Domingo. Veloz. La que hacía arroz a la cubana con huevo y tomate. La que me compraba recortables. La de la máquina Singer como fondo musical eterno, mañana y tarde, la del beso al llegar de la escuela y los dulces de limón. La de los silencios cuando era preciso apagar humos, la especialista en fingir felicidad o iluminar cuevas oscuras. La seguridad de una tarde a solas en casa, la alegría de una mañana de compras en Utiel, el chocolate de media tarde o el olor a limpio. La herida imprevista. El cardenal que se curaba con Thrombocid. El disgusto disfrazado de porfía por qué hacer de comer. Qué invisible es todo en la infancia y qué testaruda es la bondad de una madre frente a un hijo único.

42

«Toda vida humana tiene sus estaciones, y no hay caos interior que dure indefinidamente. El invierno no dura siempre. También existen el verano y la primavera, y aunque a veces, cuando las ramas siguen oscuras y la tierra se resquebraja con el hielo, llega uno a pensar que nunca van a llegar, esa primavera y ese verano llegan, llegan siempre.»

Truman Capote.

43

—

Papá en el ataúd cerrado se cubrió de flores. Fueron llegando las viejas del pueblo, la mayoría parientes, que se me abrazaban y soltaban algún requiebro y recuerdo lejano, de cuando mi padre no era padre, de cuando era hombre, o chaval, o niño.

La gente, los hombres y las mujeres de Utiel iban buscando al muerto. Pero decidí que el féretro estuviera cegado a la curiosidad, si alguien había de recordarlo, que fuera en vida. No quería rosarios de palabras repetidas: qué bien ha quedado, parece que duerme, estaba mayor. No. Mi padre no. Algún primo pidió verlo, cerraron las cortinas, le abrieron la tapa y lo vio. Supongo que para certificar la muerte o examinar el estado final. O yo qué sé. Nadie más. Ni mamá, ni yo.

Papá estaba ya de bares, así evitaba las lágrimas, con todos esos viejos amigos que no se acercaban al tanatorio porque también estaban muertos.

Ha vivido. Lo dijo el cura. Y lo dije yo en mis palabras frente al féretro.

Ha vivido.

Pero vuelvo a las flores.

Las mismas que llegan en los bautizos, las mismas de las comuniones, de las bodas, de los cumpleaños, las flores que sirven para pedir perdón o felicitar a la novia estaban allí, rodeando la caja y tapándose unas a otras. En ese momento en el que las voces se elevan y el muerto pasa a segundo plano, cuando el velatorio empieza a convertirse en una recepción y besamanos de antiguos conocidos, llegó.

Era un centro de flores pequeño, discreto y de remitente desconocido. El encargado de la funeraria lo puso sobre el féretro, en medio del corazón. Me acerqué a mirar y las flores me hablaron de la misma manera que a veces hablan las nubes anunciando la tormenta o el día de sol. «Han llegado», escuché decir a la Amparo, prima por parte de padre.

¿Han llegado?

Noté cómo hacía la foto.

Silencié todos mis pensamientos y me giré para que mi madre no viera qué estaba sucediendo. Al cabo de unos segundos iba a preguntar lo que había preguntado con todos los ramos: de quién vienen.

Entré a la tramoya del escenario, toqué la puerta, me abrió el chaval y le dije que cerrara las cortinas. La función se había acabado.

—Retira inmediatamente las flores que acaban de llegar.

—¿Las escondo?

Pensé en la foto.

—No. Arranca la cinta y déjalas en un lugar discreto. Abajo mismo, donde sea. Quítalas.

No quiero que las vea mi madre, callé.

Así pasó.

Tras las cortinas, ajenos al bullicio de las visitas y los lloros de los familiares vivos, apareció ella. Aquella. La novia con la que todos querían que él se casara. «Búscala en eso

—eso era internet—, donde encuentras las cosas desaparecidas que necesitas para tus trabajos, ahí estará, aparecerá.» Recordaba a mi padre en sus delirios finales de la residencia pidiendo saber. Y a mi madre llorándome: la querían a ella, a mí me odiaron siempre por su culpa.

Se abrió el telón de nuevo.

Nadie notó nada. Nadie preguntó nada.

Mamá, agotada en su sillón, yo a su lado.

Nada más...

Cuando llegó el momento del final, llamaron al hijo. A mí. Arrastraron el féretro hasta el interior de la nave. La cápsula de cristal se quedó vacía. Cerraron de nuevo las cortinas. Recogieron las flores, todas. Pasé a donde me dijeron para despedirme definitivamente. Los hombres del tanatorio se echaron unos pasos hacia atrás después de abrir la tapa. Papá me miró con la bondad que tienen los muertos. Le besé y le apreté las manos, hielo.

—Espera —le dije al chaval.

Fui corriendo por la puerta de atrás a mi coche y cogí la ramita de buganvilla que siempre acompañaba sus vistas desde el sillón de la playa. Estaba en el maletero. La recogí al salir con ese fin. Buganvillas, papá.

Puse la ramita entre las manos.

—Ahora sí.

Cerraron.

¡Qué grande me parecías entonces, papá, en aquella playa, y qué alto eras cuando parabas el coche para que mirara el horizonte desde las carreteras donde aprovechabas para mear! ¿Era ese padre el que de niño tuve y que no creció conmigo el que me perdí? ¿Ese que ponía la mano sobre el hombro como el peso de las cenizas en el camino al acantilado? ¿Era el que decía mamá?

Sí, las buganvillas siguen creciendo, van bien. Se enredan en la madera que pusiste aquel verano, sudoroso y ágil. Está bonita, crece bien y, ¿sabes?, ahora me siento en tu sillón para que no sea mamá la que crea que hay un hueco. Los vacíos, hasta del dolor, son inmensos. Es la flor la que alegra los días, coloreando la tapia, desde que te fuiste.

Antes de volverte a ver tengo que hacer muchas cosas, debo viajar y querer, escribir para mantener los recuerdos y para borrarlos. ¿Te crees que no soy listo y que no borro lo que no debe quedarse? Que hay que vivir. Que te lo escuché al oído cuando tiré tus cenizas al mar.

Suelo ir a verte, pero ya no estás. Sospecho que te has cansado y has salido a nadar a brazadas grandes como aquellas. Yo siempre quise nadar como tú. Pero en la orilla estaba mamá. Ella riega ahora las buganvillas y cierra la puerta con llave porque no has de volver. No esperamos a nadie. Tu copia está en algún llavero, junto a la cuerda de Leo.

Ella es ahora la que pasea conmigo. Está vieja, ¿sabes? Tiene la fresa agrietada, como las manos que decías traer tú del campo, cuando plantabas viñas. Hay belleza en ello, es el tiempo que marca su nuevo paso más lento, más disfrutón y con el trotecillo grácil para buscar hierbas y un buen espacio para sus cacas.

Leo, le digo, mira qué cielo. Está dorado, rojo, rosa, morado, oro. Tiene todos los colores de los cuadros. Toda ella pasa de mí, aunque lo mira y me observa. Sabe que a mí me gusta y por eso detiene su marcha por la vereda.

Salvamos con cuidado dos charcos que reflejan el cielo

del revés, como un espejo. Aunque Leo prueba con la patita a romper el efecto de colores y lame un poquito.

—¿Seguimos? —me dice.

Qué delicia de cielo cambiante, nuevo y exagerado. El énfasis de la naturaleza está ahí, como en las hierbas que encuentra mi perra, frescas, recién nacidas, en el viento que despeina su flequillo y en las aguas que corren por las acequias como ríos donde dejar un barco de papel. Qué regocijo debe de ser navegar hacia ningún lugar, donde no haya nada de lo vivido, al lugar sin recuerdos, al inicio. ¿Podría, papá? ¿Podría volver para volver a empezar? ¿Y mamá? ¿Y si fui yo el culpable de dos parejas que no lo fueron, tú con Encarnita y ella con Alejandro?

El cielo ha borrado sus colores en un segundo. Los inviernos son así, como las vidas. Van rápidas. No hay opción a corregir, solo una foto.

Una foto.

Mi camino y mis charcos favoritos.

En casa está mamá con toda su colección de dolores, mencionando demasiado a menudo la muerte, con el pañuelo en las manos arrugadas de tanta costura, y la espalda arqueada hacia la tierra. Llamándola.

—¿Hago café? —le digo.

—Tómatelo tú, hay hecho. Está en la cafetera.

—¿Quieres una galleta?

—Ya he comido tres o cuatro. No pasa nada. Yo te lo traigo. Así camino hasta la cocina.

Su voz se pierde, se hace bajita, musitando algo que no comprendo. «¿En taza o en vaso?», puede ser. Grito que en vaso. Y el viento sopla. La chimenea seduce la mañana de domingo con los mismos colores que el sol del atardecer. Tal vez se repita, tal vez la vida se repita. Quién sabe. Tal vez tengamos la oportunidad de cambiar el guion, los nombres y los lugares. Tal vez eres tú quien hará de mí. O yo de ti. Y Leo se llamará Platero. O será un gatito gris. Y quién sabe. A lo mejor somos felices, si acaso existe la felicidad continuada.

—Toma, tu café. Le he puesto sacarina.

Sé que un día echaré de menos estos momentos. Puede titularse el libro *La nostalgia que vendrá.* Me conozco bien. Eso es lo malo. He crecido a la sombra de la infelicidad de mi madre. Mi infancia se ha visto arrastrada por su propia tristeza, como acequias que han ido encharcándolo todo.

Hago las paces y rezo para tapar el derrame. Sangran silenciosamente las palabras no dichas, la incomodidad, los destrozos, la mano invisible. Y las complacencias de los momentos que pudieron ser y nunca lo fueron, ni lo serán ya.

Pero no, aquí he venido a despedirme. A decir adiós al niño. Qué infancia más larga, papás.

Ana María, permíteme que me quede con tu frase, aquella que abría el *Paraíso inhabitado* y con la que hoy puedo cerrar. Lo explica todo. Bastan esas siete palabras tuyas para resumir toda esta novela innecesaria de una vida surgida a deshora:

Nací cuando mis padres no se querían.

Y eso es todo.

Me voy. Te he querido mucho.